DÜĞÜN

NICHOLAS SPARKS

D1726831

İngilizceden Çeviren:
Işılar Kür

ARTEMİS

AB/05

DÜĞÜN

NICHOLAS SPARKS

Orijinal Adı: *The Wedding*
Genel Yayın Yönetmeni: Ilgın Sönmez
İngilizceden Çeviren: Işılar Kür
Grafik: photoRepublic

1. Basım: Haziran 2005
2. Basım: Temmuz 2005
Cep Boy 1. Basım: Temmuz 2009
Cep Boy 2. Basım: Aralık 2012

ISBN: 978 - 605 - 4228 - 25 - 6
Sertifika No: 10905

Nicholas Sparks © 2004

Baskı ve Cilt: Melisa Matbaacılık
Tel: (212) 674 97 23 Faks: (212) 674 97 29

ARTEMİS YAYINLARI
Ticarethane Sokak No: 53 34110
Cağaloğlu / İstanbul
Tel: (212) 513 34 20 - 21 Faks: (212) 512 33 76
e-posta: editor@artemisyayinlari.com
www.artemisyayinlari.com

Genel Dağıtım:
Alfa Basım Yayım Dağıtım Ltd. Şti.
Tel: (212) 511 53 03 Faks: (212) 519 33 00
Artemis Yayınları, Alfa Yayın Grubu'nun tescilli markasıdır.

DÜĞÜN

NICHOLAS SPARKS

Önsöz

İnsanın gerçekten değişmesi mümkün olabilir mi? Yoksa karakterimiz ve alışkanlıklarımız hayatlarımızda değişmez sınırlar mı yaratıyor?

2003 yılında, Ekim ortalarındayız ve ben küçük bir pervanenin verandanın lambasına çılgınca çarpmasını izlerken bir yandan da bunları düşünüyorum. Dışarıda yalnızım. Karım Jane, yukarı katta uyuyor. Yataktan usulca kalktığımı ruhu bile duymadı. Vakit hayli ilerledi; geceyarısı çoktan gelip geçti ve havada kışın erken geleceğini belirten bir serinlik hakim. Kalın, pamuklu bir sabahlık var sırtımda, bununla üşümem sanmıştım ama ceplerime gömmeden önce, ellerimin bayağı titrediğini fark ettim.

Tepemdeki yıldızlar, kapkara bir tuvale yaldız boyayla kondurulmuş benekler sanki. Oriyon'u, Ülker takım yıldızını, Büyükayı'yı görüyorum. Yalnızca yıldızlara değil, aynı zamanda geçmişe de bakıyorum. Bunun bilincinde olmanın beni esinlendirmesini bekliyorum. Yıldız kümeleri milyarlarca yıl önceden gelen ışıkla parlar. İşte ben de ilham bekliyorum, hayatın gizlerini aydınlatacak şairane sözcükler. Ama hiçbir şey gelmiyor aklıma.

Buna şaşırmıyorum tabii. Duygusal bir adam olduğumu hiç düşünmemişimdir. Karıma sorsanız, eminim o da bunu canı gönülden doğrular. Kendimi filmlere ya da piyeslere kaptırmam, hayal kurduğum da hiç olmamıştır. Ustalığımla övünebileceğim bir alan varsa, o da vergi kurallarına bağlı kanunlarla sınırlıdır. Mal ve miras avukatı olarak geçirdiğim onca yıl boyunca kendi ölümleri için hazırlık yapan insanlarla beraber oldum, belki de bu yüzden, hayatımın başkalarına göre daha az anlamlı olduğunu düşünenler olabilir. Haklı olsalar bile, ben ne yapabilirim ki? Kendim için mazeret uydurmuyorum, böyle bir şey hiç yapmadım ve umarım siz de hikayemin sonunda karakterimdeki bu tuhaflığı anlayışla karşılayabilirsiniz.

Sakın yanlış anlamayın. Duygusal değilim ama tamamen de duygusuz sayılmam. Benim de derin bir merak duygusuyla sarsıldığım anlar yok değildir. Genellikle basit şeyler beni heyecanlandırır. Sierra Nevada'da, dev sekoya ağaçlarının arasında durmak örneğin, ya da Hatteras Burnu'nun açıklarında dalgaların birbirlerine çarparak gökyüzüne tuzlu su taneciklerinden tüller savurmalarını seyretmek gibi şeyler. Geçen hafta, kaldırımda babasıyla yürüyen küçük bir oğlan çocuğunun, babasının eline uzanışını gördüğümde boğazımın düğümlendiğini hissettim. Başka şeyler de var: Bazen, rüzgarın bulutları savuruşunu izlerken, öyle dalarım ki, zamanın nasıl akıp gittiğini bilemem ve gök gürültüsü duyduğumda hemen pencereye gider, şimşekleri izlemeye koyulurum. Gökyüzünü aydınlatan ışıkların çakışlarını izlerken, hayatımda neyin eksikliğini duyduğumu hiç bilmesem de, içimin özlemle dolduğunu hissederim… Duygusuz biri değilim. Eminim.

Benim adım Wilson Lewis ve anlatacağım, bir düğünün öyküsü. Ama aynı zamanda bu benim evliliğimin de öyküsü. Ancak hemen itiraf edeyim ki, Jane ile birlikte otuz yıl geçirmiş olmamıza karşın, evlilik hakkında, başkaları benden kat kat fazla şey biliyordur. Birisi benden bu konuda öğüt isteyecek olsa, ona öğretebileceğim hiçbir şey olamaz. Evliliğim süresince bencil ve inatçı davrandım ve bir süs balığı kadar bilgisizdim. Kendime dair bu gerçeklerin bilincine varmak bana acı veriyor. Oysa gene de, geriye baktığımda inanıyorum ki, hayatımda tek bir şeyi doğru yaptımsa, o da birlikte olduğumuz yıllar boyunca karımı tutkuyla sevmem olsa gerekir. Belki de bazılarınız için bu sözünü etmeye bile değmeyecek bir şeydir ama şunu da belirteyim ki, karımın benim için aynı şekilde düşünmediğini hissettiğim zamanlar da olmadı değil.

Tabii bütün evliliklerin iyi ve kötü dönemleri olur, bence bu uzun süreler birlikte olmaya karar vermiş bütün çiftler için doğal bir gelişme. Karımla beraber çok şeye göğüs gerdik. Benim annemin ve babamın ölümlerini, onun annesinin ölümünü, babasının hastalığını yaşadık. Dört kez taşındık ve her ne kadar mesleğimde başarılıysam da, yaşamımızı güvenli hale getirebilmek için birçok fedakarlık yapmak zorunda kaldık. Üç çocuğumuz var ve biliyorum ki ikimiz de çocuk sahibi olmanın mutluluğunu Tutankamun'un tüm servetine değişmeyiz. Ancak, çocuklar küçükken geçirdiğimiz uykusuz geceler, sık sık hastanelere koşturmalar ikimizi de bitkin ve bitap bıraktı. Hele ergenlik dönemlerinde, tekrar yaşamaya hiç de hevesli olmadığım günler geçirdiğimizi, bilmem söylememe gerek var mı?

Bütün bu yaşananlar kendi streslerini yaratıyor ve iki insan birlikte yaşadığında stres de iki taraflı işliyor. Zaman içinde öğrendiğim kadarıyla, bu, evliliğin hem nimeti hem de laneti. Nimet, çünkü hayatın günlük gerginlikleri için bir boşalıp rahatlama alanı, lanet, çünkü boşalıp kendinizi rahatlattığınız yer en çok sevdiğiniz kişinin ta kendisi.

Niçin bunlardan sözediyorum? Çünkü bütün bu olaylar silsilesinde bir kerecik bile olsun karıma karşı hislerimden şüphe etmediğimi vurgulamak istiyorum. Tabii ki, kahvaltı sofrasında göz göze gelmekten kaçındığımız günler oldu ama ben gene de 'biz'den şüphe etmedim. Başkasıyla evlenseydim neler olurdu, diye hiç merak etmedim demek sahtekarlık olurdu kuşkusuz ama beraber geçirdiğimiz yıllar boyunca tek kez bile onu seçmiş olmaktan ve onun da beni seçmiş olmasından pişmanlık duymadım. İlişkimizin yerli yerine oturmuş olduğunu sanıyordum ancak yanılmış olduğumu sonunda fark ettim. İlişkimizin gerçeğini öğreneli bir yıldan biraz fazla oldu -tamı tamına söylemek gerekirse on dört ay- ve işte benim bunu anlamış olmam sonradan olacakları harekete geçirdi.

İyi de neler oldu diye sorabilirsiniz.

Yaşım göz önüne alındığında, yaşananlar yaş dönümü krizinin doğurduğu bir olay olarak görülebilir. Aniden ortaya çıkan hayatımı değiştirme arzusu, ya da belki de bir gönül suçu. Ama bunların hiçbiri değildi. Hayır, benim günahım büyük resmin içinde küçük bir noktaydı. Daha farklı şartlar altında olsaydı, gelecek yıllarda gülümsenerek anımsanacak bir öykücüğe konu olabilirdi. Ama karımı ve bizi incitti, işte bu yüzden öyküme tam buradan başlamam gerekiyor.

23 Ağustos 2002 sabahıydı. Aynen şunları yaptım: Yataktan kalktım, kahvaltı ettim ve adetim olduğu üzere günümü büromda geçirdim. İşyerinde olanların sonradan meydana gelen olaylar üstünde en ufak bir etkisi olamadı; zaten, açık konuşmak gerekirse, olağandışı hiçbir şey yaşanmadığı için başka bir şey de anımsamıyorum o güne dair. Eve her zamanki saatimde döndüm ve Jane'in mutfakta en sevdiğim yemeği hazırlamakla meşgul olduğunu görmek benim için hoş bir sürpriz oldu. Bana hoş geldin demek için döndüğünde gözünün az aşağıya, evrak çantamı tuttuğum elime kaydığını fark ettim. Çantamın altında bir şey var mı diye baktı sanki ama elim boştu. Bir saat sonra yemeğimizi yedik ve Jane tabakları toplamaya başladı. Ben de gözden geçirmek istediğim birtakım hukuki belgeleri çantamdan çıkardım. Çalışma odamda masama oturmuş ilk sayfayı incelerken Jane'in kapıda durduğunu fark ettim. Ellerini kuruluyordu ve yüzündeki ifade, düş kırıklığıydı. Birlikte geçirdiğimiz onca yıldan sonra bu ifadeyi tanımayı öğrenmiştim, anlamayı tam olarak beceremesem de.

Bir an durduktan sonra, "Söylemek istediğin bir şey var mı?" diye sordu.

Duraksadım, sorusunun göründüğü kadar masum bir soru olmadığının farkındaydım. Acaba yeni bir saç modeli yaptırmıştı da, onu mu ima ediyordu? Dikkatlice baktım, saçları her zamankinden farksızdı. Yıllar içinde böyle şeylere dikkat etmeye gayret etmeyi öğrenmişimdir... Ne diyeceğimi bilemedim, birbirimize bakakaldık. Bir şeyler söylemem gerektiğinin farkındaydım.

"Günün nasıl geçti?" diye sordum nihayet.

Yanıt olarak garip, eksik, yarım yamalak bir gülümsemeyle baktı ve dönüp gitti.

Şimdi onun ne beklediğini biliyorum tabii ama o anda bunun, kadınlık gizeminin bir başka örneği olduğuna karar verip omuz silktim ve işime döndüm.

Daha sonra o gece, yatağıma girip tam yerleştiğim sırada Jane'in derin bir iç çektiğini duydum. Sırtı bana dönük olarak yan yatıyordu ve tam o anda omuzlarının titrediğini fark ettim, nihayet anladım, ağlıyordu. Şaşıp kalmıştım, neden bu derece sarsıldığını bana anlatmasını bekliyordum ama o, konuşacağı yerde gene derin derin iç çekmekten başka bir şey yapmıyordu. Gözyaşlarının arasından nefes almaya çalışıyor gibiydi. Elimde olmadan boğazım sıkıştı ve endişelendiğimi fark ettim. Korkmamaya çalışıyordum; babasına ya da çocuklardan birine kötü bir şey olduğunu, ya da doktorun ona korkunç bir haber verdiğini aklıma getirmemeye çalışıyordum. Halledemeyeceğim bir problem olabileceğini düşünmemeye çabalıyordum. Elimi, onu rahatlatabilirim umuduyla, sırtına koydum. "Ne oldu?" diye fısıldadım kulağına.

Yanıtlamadan bir an durdu. Derin bir iç geçirişle nevresimi üstüne çekip omuzlarını örttü ve aynı fısıltılarla, belli belirsiz, "Yıldönümün kutlu olsun," dedi.

Yirmi dokuz yıl olmuştu. Çok geç hatırladım. Odanın bir köşesinde, şifoniyerin üstünde bana aldığı hediyeleri gördüm, özenle sarılmış paketler.

Unutmuştum, bu kadar basit. Fazlası değil.

Mazeret uydurmuyorum, becerebilseydim bile yapmazdım. Ne anlamı olurdu ki? Tabii ki özür diledim, o gece ve tekrar, ertesi sabah ve daha sonra, akşam. Belk's mağazasından genç bir hanımın yardımıyla onun için dikkatle seçtiğim parfümü açtığında gülümsedi ve teşekkür edip bacağımı okşadı.

Kanepede karımın yanında otururken, gayet iyi biliyordum ki, onu ilk evlendiğimiz zaman sevdiğim kadar seviyordum. Ama ona baktığımda, bakışlarını kaçırışını ve kafasını yana eğişindeki hüznü gördüğümde... birden anladım, karımın beni hala sevdiğinden emin değildim.

1

İnsanın karısının, kendisini artık sevmiyor olabileceğini düşünmesi müthiş üzücü bir şey. O gece, Jane parfümü alıp yatak odamıza çıktıktan sonra, kanepede saatlerce oturup bu duruma nasıl geldiğimizi düşündüm. Önce, Jane'in duygusal bir tepki verdiğine ve benim de işi gereğinden fazla büyüttüğüme kendimi inandırmak istedim. Ama uzun uzadıya düşündükçe, karımın tavrında unutkan bir kocaya karşı duyulan kırgınlıktan öte, çok daha eskilerden gelen bir melankolinin izlerinin olduğunu hissettim. Sanki son kusurum, uzun, upuzun bir hatalar dizisinde son darbeyi vurmuştu.

Evliliğimiz Jane için bir hayalkırıklığına mı dönüşmüştü? Buna inanmak istemesem de, yüz ifadesi başka bir hikaye anlatıyordu. Bunun geleceğimiz için ne anlam taşıyabileceğini düşünmeye koyuldum. Birlikteliğimizi sorgulamaya mı başlamıştı acaba? Benden ayrılmayı aklından geçiriyor muydu? Benimle evlenmiş olmaktan memnun muydu? Hemen söyleyeyim ki bu sorular benim için ürkütücü sorulardı ve yanıtları da muhtemelen daha ürkütücü olacaktı. Çünkü o ana kadar ben ne kadar hayatımdan ve evliliğimden memnunsam, Jane'in de aynı ölçüde memnun olduğunu varsaymıştım.

Şimdiyse artık birbirimiz için farklı duygular beslememize neyin yol açtığını düşünmeye başlamıştım.

Söze, çoğu kimsenin hayatımızı 'alelade', ya da 'sıradan' olarak tanımlayabileceğini söylemekle başlasam belki daha doğru olur. Çoğu erkek gibi ben de ailenin mali gücünden sorumlu tuttum kendimi ve hayatımı büyük ölçüde kariyerime odakladım. Son otuz yıldır kuzey Carolina, New Bern'de *Ambry, Saxon ve Tundle* hukuk bürosunda çalışıyorum ve gelirim, abartılı olmamakla birlikte, bizi orta sınıfın üst düzeyine oturtmaya yeterli. Haftasonlarında golf oynamaktan ve bahçede çiçeklerle ilgilenmekten hoşlanırım. Klasik müzik severim ve her sabah gazete okurum. Jane bir zamanlar ilkokul öğretmeniydi ama evlilik hayatımızın büyük bir bölümünü çocuklarımızı yetiştirmekle geçirdi. Karım hem evimizi, hem de sosyal yaşamımızı yönetmiştir. En çok gururlandığı ve değer verdiği eşya, özenle düzenlediği ve ailemizin görsel tarihi diye adlandırdığı fotoğraf albümleridir. Bahçe içindeki evimizde otomatik bahçe sulamasından alarm sistemli bahçe kapısına kadar her şey mevcut. İki arabamız var ve hem Rotary Kulüp'e, hem de Ticaret Odası'na üyeyiz. Evlilik hayatımız boyunca emekliliğimiz için yeterince para biriktirdik, arka bahçeye artık kullanılmayan tahta salıncaklar yaptık, sayısız okul aile toplantısına katıldık, düzenli olarak oy kullandık ve her pazar kiliseye gittik. Elli altı yaşındayım ve karımdan üç yaş büyüğüm.

Karıma karşı beslediğim duygulara rağmen, bazen, bir hayatı paylaşacak bir çift olmadığımızı düşünürüm. Hemen her yönden birbirimizden farklıyız. Her ne kadar zıtlar birbirini çekerse de, evliliğimizde benim karlı çıktığımı hissetmişimdir hep, ne de olsa Jane benim her zaman olmak istediğim tipte bir insan. Ben mantığa ve dayanıklılığa eğilimiyimdir, oysa Jane dost canlısı ve iyi yüreklidir. Kendisini hemen sevdiren, başkalarına karşı doğal bir gönüldeşliği vardır. Kolay güler ve geniş bir arkadaş çevresi vardır. Yıllar boyunca fark ettim ki, benim arkadaşlarımın çoğu, aslında onun arkadaşlarının kocalarıdır. Sanırım bu, bizim yaşımızdaki çiftler için normal bir durum. Ben gene de şanslıyım çünkü Jane arkadaş seçerken her zaman beni de göz önüne aldı ve bundan fazlasıyla hoşnut oldum çünkü akşam yemeği toplantılarında ve partilerde her zaman konuşacak birilerini bulabiliyorum. Bazen bana öyle geliyor ki, karım tanımasaydım keşiş hayatı sürdürebilirdim.

Dahası da var. Jane'in, duygularını çocuksu bir rahatlıkla açığa vuruşu beni her zaman hayran bırakmıştır. Üzgün olduğu zaman ağlar, mutlu olduğu zaman güler, en sevdiği şey, kendisine harika bir jestle sürpriz yapılmasıdır. Her ne kadar tanımı gereği sürpriz beklenmedik bir şeyse de, Jane yıllar önce yapılmış bir sürprizin anısıyla bile heyecanlanır, mutlu olur.

Bazen oturmuş hayallere dalmışken, ne düşündüğünü sorarım ve o da neşe ve coşkuyla benim çoktan unuttuğum bir olayı anlatmaya koyulur. İtiraf etmeliyim ki, bu her seferinde beni derin şaşkınlıklara düşürmüştür.

Tanrı Jane'e onca sıcak ve yumuşak bir yürek verdiği halde, birçok bakımdan o benden daha güçlüdür. Değerleri ve inançları, çoğu Güneyli kadında olduğu gibi, tanrı ve aile üstüne kurulmuştur. Jane dünyaya siyah beyaz bir prizmadan bakar. Bir şey ya doğrudur, ya da yanlış. Jane'e göre zor kararlar içgüdüyle verilmelidir... ve onun kararları hemen her zaman yerindedir. Bense sonsuz seçenekleri ölçüp biçip tartar, her şeyi düşünür ve gene de çoğu kez kararımdan şüphe ederim. Benim tersime, karımın kendine güveni nadiren sarsılır. Başkalarının kendisi hakkında düşündüklerine bu kadar ilgisiz olmak, benim hiçbir zaman yakalayamadığım bir özgüven gerektirir, ki her şeyden çok onun bu özelliğine gıpta ederim.

Herhalde farklılıklarımız, yetiştiriliş biçimlerimizden kaynaklanıyordur. Jane küçük bir kasabada üç kardeşiyle birlikte kendisini çok seven bir aile ortamında büyümüş. Bense Washington D.C.'de, şehir içinde, büyük bir evde, hükümet avukatı olan bir anne babanın tek çocuğuydum. Annemle babam eve nadiren saat yediden önce gelirdi, ben de doğal olarak boş vaktimin çoğunu yalnız geçirirdim ve hala da, bugüne kadar kendimi en rahat hissettiğim yer, çalışma odamın sessiz huzurudur.

Daha önce de sözünü ettiğim gibi, üç çocuğumuz var ve her ne kadar onları çok sevsem de, aslında büyük ölçüde karımın eseridir çocuklar. Onları o doğurup büyüttü ve biliyorum ki, çocuklar da en çok karımın yanında rahat ediyor. Bazen, çocuklarımla daha fazla zaman geçirmediğin için pişmanlık duysam da, Jane'in onlara benim eksikliğimi hiç hissettirmemiş olduğunu bilmek içimi rahatlatıyor. Zaten çocuklar bana rağmen iyi yetişmiş görünüyorlar. Hepsi büyüdü artık ve kendi başlarınalar. Sadece biri eyalet dışına taşındığı için kendimizi şanslı addediyoruz. İki kızımız da bizi sık sık ziyaret ediyor. Karım, kızlarımızın sevdiği yiyecekleri buzdolabında bulundurmaya dikkat eder, aç gelme ihtimallerine karşı. Ama nedense onlar hiç aç olmaz. Geldikleri zaman Jane'le oturup saatlerce konuşurlar.

Yirmi yedi yaşındaki Anna en büyükleri. Siyah saçları ve koyu renk gözleri yetişme çağındayken şekillenen sert karakterini yansıtıyor. Ergenlik çağında kendisini odasına kilitleyip iç karartıcı müzik dinleyen ve hatıra defterine yazılar yazan suratsız bir çocuktu. O günlerde bana bir yabancı gibi davranırdı; günler geçer, benim yanımda tek kelime etmezdi, ben de ne yapıp da bu duruma sebep olduğumu bir türlü anlayamazdım. Ağzımdan çıkan her kelime sadece derin iç çekişlerine ya da umutsuzca kafa sallamalarına neden olurdu, canını sıkan bir şey mi oldu diye soracak olsam, tamamen anlamsız bir soru sormuşum gibi boş bakışlarla yanıtlardı beni. Karım bu olup bitende olağandışı hiçbir şey görmezdi. Genç kızların geçirdiği tipik evreler deyip üstünde durmazdı bile. Ama gene de Anna onunla konuşurdu. Bazen Anna'nın odasının önünden geçerken, Anna ile Jane'in fısıltıyla konuştuklarını duyardım ama benim adımlarımı duyunca susarlardı. Daha sonra Jane'e ne konuştuklarını sorduğumda, Jane omuz silkip ellerini şöyle bir havada sallardı. Sanki tek amaçları, beni bilinmezlikler içinde tek başıma bırakmaktı.

Her şeye rağmen Anna ilk göz ağrım olduğu için, her zaman gözdem olmuştur. Bunu kolay kolay itiraf etmem kimseye, ancak sanıyorum o da bunun farkında ve nihayet anladım ki o suskun yıllarında bile algılayabildiğimden daha fazla seviyordu beni. Geriye baktığımda, çalışma odamda oturmuş vakıf senetleri ya da vasiyetnamelere dalmışken içeri süzülüşünü, odada dolanışını, sıra sıra raflardaki kitaplara bakıp bir iki şeye dokunup bazı kitapları açıp kapayışını hala hatırlıyorum. Ama ona bir şey söylemeye kalkarsam geldiği kadar sessizce çıkıp giderdi. Zamanla bir şey söylememeyi öğrenmiştim, o da bazen odamda bir saate yakın oyalanır, çalışmamı izlerdi. Ona bakarsam sadece ikimizin paylaştığı bir sır varmış gibi gülümserdi, oyunumuzdan zevk alarak. Şimdi ne kadar anlamıyorsam o zaman da anlamazdım bu oyunu. Hafızamda pek az şey bu derece canlı kalabildi...

Şimdilerde Anna, *Raleigh News* ve *Observer* gazetelerinde çalışıyor ama sanıyorum romancı olmayı hayal ediyor. Üniversitede yaratıcı yazarlık okumuştu ve yazdığı hikayeler kişiliği kadar karamsardı. Bir tanesini okuduğumu anımsıyorum. Hikayede hasta babasına bakmak için fahişe olan genç bir kız anlatılıyordu, üstelik baba, kız küçükken ona sarkıntılık da etmiş. Hikayeyi bitirdiğimde böyle bir şeyden ne anlam çıkartmam gerektiğini düşünmüştüm.

Şu sıralar bir de sırılsıklam aşık. Bütün tercihlerinde bilinçli ve dikkatli olan Anna, erkekler söz konusu olduğunda da son derece seçici oldu ve çok şükür ki, Keith'in de her zaman kızıma iyi davrandığını gözlüyorum. Keith, ortopedist olmayı planlıyor ve onda sadece hayatın güçlükleriyle baş edebilenlerde rastlanan bir özgüven var. Jane'den öğrendiğime göre ilk randevularında Anna'yı

Fort Macon yakınlarındaki bir plajda uçurtma uçurmaya götürmüş. Aynı haftanın sonunda Anna onu eve getirdiğinde üstünde spor bir ceket vardı, yeni duş yapıp tıraş olmuştu ve hafiften parfüm kokuyordu. Elimi sıkarken gözlerime baktı ve etkileyici bir biçimde, "Sizinle tanışmak büyük bir zevk Bay Lewis," dedi.

İkinci çocuğumuz Joseph, Anna'dan bir yaş küçük. Bana her zaman *Babo* diye hitap etmiştir, oysa ailemizde hiç kimse böyle çağırmaz beni. Ama zaten onunla ortak yanımız o kadar az ki. Benden daha uzun ve daha zayıf, hemen bütün sosyal toplantılarda kot pantolon giyer ve şükran gününde ya da Noel'de eve geldiğinde sadece sebze yer. Yetişme çağlarında sessiz bir çocuk olduğunu düşünürdüm ama Anna'nınki gibi onun da suskunluğu bana yönelikti sanki. Başkalarının oğlumda iyi bir mizah duygusu olduğunu söylediklerini duydumsa da, doğrusu buna pek şahit olamadım. Ne zaman birlikte zaman geçirsek, hakkımda izlenim edinmeye çalışıyor gibi bir hisse kapılırım.

Jane gibi o da empati doludur, çocukken bile öyleydi. Başkaları için endişelenmekten tırnaklarını yer bitirirdi, beş yaşından beri tırnakları *güdük*tür. Söylememe gerek yok tabii, üniversitede işletme veya ekonomi okumasını önerdiğimde beni duymazdan geldi ve sosyolojiyi seçti. New York'ta şiddete maruz kadınlar için bir sığınma ve korunma evinde çalışıyor. İşi hakkında bize bundan başka bir şey söylemedi. Ama biliyorum ki, benim hayatımda yaptığım seçimleri sorguluyor, tıpkı benim onun seçimlerini sorguladığım gibi. Ama farklılıklarımıza karşın, bebekliklerinde çocuklarımı kucağıma alığım zaman onlarla yapmayı düşlediğim sohbetleri, yalnız Joseph'le yapabiliyorum. Son derece zekidir, yetenek sınavında en yüksek puanı tutturmuştu, ilgi alanları Orta Doğu'daki antik felsefelerin dine yansımasından tutun da, uzay geometrisinin kuramsal uygulamalarına kadar uzanır. Aynı zamanda çok da dürüsttür, hatta bazen zararına olacak kadar, ...ve tabii bütün bu özelliklerinin onunla tartışmaya kalktığımda aleyhime çalıştığını söylememe gerek bile yok. Bazen inatçılığı beni çileden çıkartsa da, özellikle o anlarda ona oğlum demek beni gururlandırıyor.

Ailenin bebeği Leslie, şu sıralarda Wake Forest'ta biyoloji ve fizyoloji okuyor, niyeti veteriner olmak. Çoğu öğrencinin yaptığı gibi yazları eve döneceğine, erken mezun olmak hevesiyle fazladan yaz kurslarına katılıyor ve öğleden sonraları Hayvan Çiftliği diye bir yerde çalışıyor. Çocuklarımız arasında en çok insan canlısı olanı odur ve kahkahası aynı Jane'inki gibidir. Anna gibi o da çalışma odama gelmekten hoşlanırdı ama Leslie ilgimin odağı olmak isterdi. Küçücükken kucağıma çıkıp kulaklarımı çekiştirdi, büyüdükçe odama dalıp öğrendiği komik fıkraları anlatmaya başladı. Raflarım, küçükken benim için yaptığı armağanlarla doludur: Elinin alçı kalıbı, boya kalemleriyle yaptığı resimler, makarnadan bir kolye. Sevmesi en kolay çocuk oydu, büyük anne ve babalar geldiğinde kucaklamak için en önde o koşardı. Kanepeye kıvrılıp romantik filmler seyretmeye bayılırdı. Üç yıl önce, lisenin yılın en popüler kızı seçildiğinde hiç şaşırmamıştım doğrusu.

Çok da iyi kalplidir. Doğumgünü partilerine kimseyi incitmemek için bütün sınıfı davet ederdi. Dokuz yaşındayken bir yaz, bütün bir öğleden sonrayı kumda bulduğu bir saati sahibine iade edebilmek için plajdaki herkesi tek tek dolaşarak geçirmişti. Çocuklarım arasında beni en az üzen o olmuştur. Bizi ziyarete geldiği zaman her işimi bırakıp onunla zaman geçirmeye bakarım. Enerjisi bulaşıcıdır, onunla beraberken tanrının bu nimetini nasıl hak edebildiğime şaşırıyorum.

Çocuklarımızın hepsi artık evden ayrıldıkları için evimiz de değişti. Bir zamanlar müziğin bangırdadığı yerlerde sessizlik hakim. Sekiz değişik lezzette kahvaltı gevreği barındıran dolabımızda artık sadece tek çeşit var, o da, üstünde yüksek lifli olduğu yazanlardan. Çocuklarımızın uyuduğu yatak odalarında möbleler değişmedi ama hepsinin değişik kişiliklerini yansıtan bütün öteki hatıralarla birlikte, duvardaki posterler ve afişler kaldırıldı. Bir odayı diğerinden ayıracak hiçbir özellik yok artık. Şimdi eve hakim olan şey boşluk sanki. Beş kişilik bir aile için mükemmel olan evimiz, birden bana mağaramsı boşluklarıyla aslında nasıl olması gerektiğini, bir zamanlar nasıl olduğunu hatırlatan bir sızıya dönüştü. Dönüşmüştü. Jane'in duygularının, evdeki bu değişikliğe bağlı olduğunu düşünmeye, hatta ummaya çalıştığımı anımsıyorum.

Başka nedenlerle de birbirimizden gittikçe uzaklaştığımızı inkar edemiyordum, bu konuda düşündükçe de aramızdaki uçurumun ne kadar derinleştiğini fark ediyordum. Bir çift olarak başlamış, sonra ana baba olmuştuk, dönüşmüştük -bunun normal hatta kaçınılmaz olduğuna inanmıştım- ama yirmi dokuz yıl sonra, tekrar iki yabancı olmuş gibiydik. Bizi birlikte tutan tek şek alışkanlıktı san-

ki. Hayatlarımızın ortak bir yanı kalmamıştı; farklı saat-
lerde kalkıyor, günümüzü farklı yerlerde geçiriyor, akşam-
larıysa kendi rutinlerimizi izliyorduk. Gün boyu onun
ne yaptığını bilmediğim gibi, kendi günümden de hiç
sözetmiyordum. En son ne zaman Jane'le aramızda bek-
lenmedik bir konuşma geçtiğini anımsamıyordum bile.

Ancak, unutulan yıldönümünden iki hafta sonra tam
da bunu yaptık.

"Wilson," dedi Jane. "Konuşmamız gerek."

Başımı kaldırıp, yüzüne baktım. Aramızda bir şişe
şarap duruyordu, yemeğimiz bitmek üzereydi.

"Evet?"

"New York'a gidip, Joseph'le biraz zaman geçirmeyi
düşünüyordum."

"Tatilde zaten gelmeyecek miydi?"

"Ona daha birkaç ay var. Hem geçen yaz da geleme-
mişti ya, onu ziyaret etmenin hoş bir değişiklik olacağını
düşündüm."

Kafamın gerisinde bir yerde, birlikte bir yerlere git-
menin iyi olabileceğini hissettim. Belki Jane'in önerisinin
nedeni de buydu. Gülümseyerek şarap kadehime uzan-
dım ve "Çok iyi fikir," dedim, "Joseph oraya taşındığın-
dan beri New York'a hiç gitmedik."

Jane bakışlarını tabağına indirmeden önce kısaca
gülümsedi. "Bir şey daha var."

"Evet?"

"İşinde ne kadar meşgul olduğunu biliyorum, uzak-
laşmak zor olur senin için."

"Birkaç günlüğüne işlerimi ayarlayabilirim sanırım,"
dedim, bir yandan programımı kafadan ayıklayarak.

Biraz zorlanacaktım ama yapabilirdim. "Ne zaman gitmek istersin?"

"İşte mesele bu ya..."

"Ne meselesi?

"Wilson, lütfen bitirmeme fırsat ver," dedi. Derin bir nefes aldı, ses tonundaki bezginliği saklamaya bile zahmet etmeden, "Söylemeye çalıştığım şey, tek başıma gitmek istediğimdi."

Bir an ne diyeceğimi bilemedim.

"Canın sıkıldı değil mi?" dedi.

"Hayır," dedim hemen, "Oğlumuz değil mi? Bunda can sıkacak ne var?" Rahatlığımı göstermek için bir parça et kesip ağzıma attım ve "Ne zaman gitmeyi planlıyorsun?" diye sordum.

"Gelecek hafta," dedi. "Perşembe günü."

"Perşembe mi?"

"Biletimi aldım bile."

Yemeğini tam olarak bitirmemiş olduğu halde, kalkıp mutfağa yöneldi. Bakışlarını benden kaçırışından, söylemek istediği bir şey daha olduğunu ama tam olarak nasıl ifade edeceğini bilmediğini sezdim. Bir dakika sonra masada tek başıma kalmıştım.

Başımı döndürseydim, musluğun başında durduğunu görebilirdim.

"Gayet eğlenceli olacağa benziyor," diye seslendim sesimin doğal bir rahatlık yansıttığını umarak. "Joseph'in de çok hoşuna gideceğinden eminim. Belki iyi bir piyes ya da müzikal görürsün gitmişken."

"Belki," dediğini duydum. "Aslında bu Joseph'in programına bağlı."

Musluğu açtığını duyunca yerimden kalkıp kendi tabak ve servislerimi mutfağa götürdüm. Musluğa yaklaştığımda, Jane bir şey demedi.

"Harika bir haftasonu olacak," diye ekledim.

Tabağımı alıp sudan geçirmeye başladı

"Bir de o konu..." dedi.

"Evet?"

"Orada bir haftasonundan daha uzun kalmayı düşünüyordum."

Omuzlarımın gerildiğini hissettim. "Ne kadar kalmayı planlıyorsun?"

Tabağımı musluğun kenarına bıraktı.

"Birkaç hafta," dedi.

Tabii ki evliliğimizin girdiği bu yoldan dolayı, Jane'i suçlamıyorum. Tam olarak niçin ve nasılını çözmek için parçaları bir araya henüz getiremediysem de, sorumluluğun daha büyük bir bölümünün bir biçimde bende olduğunu biliyordum. İtiraf etmeliyim ki hiçbir zaman tam olarak karımın istediği gibi bir adam olamadım, evliliğimizin başında bile. Örneğin benim daha romantik biri olmamı, ona, babasının annesine davrandığı gibi davranmamı istediğini biliyorum. Babası yemekten sonra saatlerce karısının elini tutan ve işten eve gelirken doğal olarak karısına kır çiçekleri toplayan bir adammış. Küçükken bile Jane anne ve babasının arasındaki romantik ilişkiye hayranmış. Sonraki yıllarda, kız kardeşi Kate'le telefonda konuşurken romantikliğin benim için neden bunca zor bir kavram olduğunu merak ettiğini söylediğini duyduğum olmuştur. Hiç çaba göstermedim de değil aslında, işin kötüsü ben, insanların yüreklerini hoplatma sanatından hiç anlamam. Benim yetiştiğim evde sarılmalar, öpüşmeler öyle sık yapılan şeyler değildi ve duyguların açığa vurulması beni oldum olası rahatsız etmiştir, hele de çocuklarımın önünde. Bir keresinde Jane'in babasıyla konuşmuştum bu konuyu, o da bana karıma bir mektup yazmamı önerdi. "Onu niçin sevdiğini anlat," demişti, "Belirli sebepler göster." Bu öğüdü tutmaya çalıştığımı anımsıyorum. Ama boş kağıdın üstünde elim kalakalmıştı. Gereken güzel sözcükleri bulamıyordum bir türlü. Nihayet bırakmıştım kalemi elimden. Babasının tersine, ben oldum olası duygularımı rahatça dile getirememişimdir. Dengeliyimdir, evet. Güvenilir, kesinlikle. Sadık, şüphesiz. Ama itiraf etmeliyim ki romantizm bana doğum yapmak kadar yabancıdır.

Bazen merak ediyorum, tıpkı benim gibi kaç erkek vardır.

Jane, New York'tayken aradığımda, telefonu Joseph açtı.

"Selam babo," dedi sadece.

"Selam," dedim. "Nasılsın?"

"İyi," dedi ve bana asırlar gibi gelen bir sessizlikten sonra, "Ya sen?" diye sordu.

Ağırlığımı bir ayaktan ötekine geçirdim. "Buraları biraz sessiz ama ben fena değilim." Durakladım, "Annenin ziyareti nasıl geçiyor?" diye sordum.

"Gayet iyi, bir dakika boş bırakmıyorum onu."

"Gezmeler, alışveriş filan mı?"

"Biraz o, biraz bu ama en çok da konuşuyoruz, ilginç oluyor."

Tereddüt ettim, ne demek istediğini anlamadım ama Joseph başka bir şey demedi. Ben de, "Yaa?" diyebildim ses tonuma bir kayıtsızlık vermeye çalışarak: "Oralarda mı?"

"Yok maalesef, markete kadar gitti, birkaç dakika içinde döner, yeniden aramak istersen."

"Yok canım, sen sadece aradığımı söyle, akşam evde olacağım, isterse bir telefon açsın."

"Tamamdır," dedi. Bir an durdu ve "Hey Babo," dedi, "Sana bir şey sormak istiyordum."

"Evet?"

"Gerçekten evlilik yıldönümünüzü unuttun mu?"

"Evet," dedim. "Unuttum."

"Nasıl oldu bu?"

"Bilmiyorum," dedim. "Yaklaştığının farkındaydım ama o gün geldiğinde aklımdan çıkıverdi işte, başka mazeretim yok."

"Sana kırılmış."

"Biliyorum."

Karşı tarafta gene bir sessizlik oldu. "Neden kırıldığını anladın mı peki?" diye sordu nihayet.

Joseph'in sorusunu yanıtlamadım ama sanıyorum anlamıştım.

Yanıtı basitti, Jane bizim diğer yaşlı evliler gibi olmamızı istemiyordu. Bazen dışarıda yemek yerken rastlardık bu gibi yaşlı çiftlere ve her zaman da acıyarak bakmışızdır.

Hemen belirteyim ki bu çiftler genellikle birbirlerine nazik davranır. Koca, karısının iskemlesini çeker, ya da paltosunu tutar. Karısı lokantanın özel yemeklerinden birini önerir. Garson geldiğinde birbirlerinin siparişlerini, yılların verdiği alışkanlıkla tamamlarlar, yumurtaya tuz konmasın, ya da kızarmış ekmeğe fazla tereyağı sürülmesin, gibi.

Ancak siparişler verildikten sonra tek kelime etmezler.

Yemeklerini beklerken sessizce içkilerini yudumlarlar, pencereden dışarı ya da çevrelerine bakarlar. Siparişleri geldiğinde belki garsonla bir iki dakika konuşurlar, biraz daha sos isteyebilirler örneğin ama o gider gitmez kendi dünyalarına çekilirler. Ve yemek boyunca da, aynı masayı tesadüfen paylaşan iki yabancı gibi otururlar, sanki birliktelikleri keyif değil de, yüktür onlar için.

Belki de işi abartıyorum, bu insanların hayatları konusunda tahmin yürütürken ama zaman zaman böyle çiftlerin bu noktaya nasıl geldiğini merak ederim.

Ancak, Jane New York'tayken birden bizim de aynı yolda olduğumuz fikriyle çarpıldım.

Jane'i havaalanından almaya giderken garip bir tedirginlik hissettiğimi anımsıyorum. Bu tuhaf bir duyguydu ve karımın, çıkış kapısından geçip bana doğru yürürken hafifçe gülümsemesi içimi rahatlattı. Yaklaştığında elindeki çantaya uzanırken, "Seyahatin nasıl geçti?" diye sordum.

"İyiydi," dedi. "Ama Joseph niçin New York'ta yaşamayı bu kadar seviyor hiç anlamıyorum. O kadar kalabalık ve gürültülü ki, ben orada yaşayamazdım."

"Dönmekten memnun musun, o halde?"

"Evet," dedi. "Ama yorgunum."

"Olmaz mısın, yolculuklar yorar insanı."

Bir an ikimiz de sustuk. El çantasını öteki elime geçirdim. "Joseph nasıl?" diye sordum.

"İyi, son gördüğümüzden beri de biraz kilo almış galiba."

"Telefonda sözünü etmediğin bir hoşluk, bir heyecan var mı hayatında?"

"Yok aslında, çok çalışıyor, hepsi bu."

Ses tonunda anlam veremediğim bir hüznün izini hissettim. Tam bunu düşünürken gözüme genç bir çift ilişti, birbirlerini yıllardır görmemiş gibi sarmaş dolaş olmuşlardı.

"Eve döndüğün için mutluyum," dedim. Bana döndü, gözlerime bir süre baktıktan sonra, "Biliyorum," dedi.

Bu anlattıklarım bir yıl önceki halimizdi.

Keşke size Jane'in New York gezisini izleyen haftalarda durumun iyiye gittiğini söyleyebilseydim. Ama öyle olmadı, hayatımız eskisi gibi sürüp gitti. İkimiz de kendi farklı yaşamlarımızı sürdürdük ve kayda değmez günler birbirini izledi durdu. Jane tam olarak bana kızgın sayılmazdı ama mutlu da değildi. Ben de ne yaparsam yapayım, buna bir çare bulamıyordum. Sanki ben farkında olmadan aramıza bir umursamazlık duvarı örülmüştü. Güz sonuna doğru, yani unutulan yıldönümünden üç ay kadar sonra, ilişkimiz konusunda o kadar endişe duymaya başlamıştım ki, Jane'in babasıyla konuşmaya karar verdim.

Kayınpederimin adı Noah Calhaun'dur ve onu tanımış olsaydınız, neden o gün onu ziyarete gittiğimi anlardınız. Noah ve karısı Allie, 11 yıl önce evliliklerinin kırk altıncı yılında, Creekside Geliştirilmiş Bakım Tesisleri'ne taşınmışlardı. Bir zamanlar aynı yatağı paylaşırlardı,...

...ama Noah artık yalnız uyuyordu. Odasını boş bulduğuma şaşırmadım. Ziyaretine gittiğim zamanlarda, çoğu kez gölün yanındaki bankta oturur bulurdum onu. Gene orada olduğundan emin olmak için pencereye yanaştığımı anımsıyorum.

Uzaktan bile onu kolayca tanıyabiliyordum: Rüzgarda hafifçe dalgalanan beyaz saçlar, biraz kambur bir oturuş ve Kate'in ona geçenlerde ördüğü mavi hırka. Seksen yedi yaşındaydı, duldu, eklem romatizması ellerini eğri büğrü yapmıştı ve sağlığı pek yerinde değildi. Her zaman yanında nitrogliserin hapları taşıması gerekiyordu ve prostat kanserinden muzdaripti ama doktorlar onun zihinsel durumundan daha fazla endişe duyuyordu. Birkaç yıl önce Jane'le beni bir odaya çekmişler ve son derece ciddi bir ifadeyle, Noah'nın hayal gördüğünü açıklamışlardı. Dediklerine göre bu hayaller gittikçe daha vahim bir hal alıyordu. Bence bu, o kadar da kesin değildi, Noah'yı çoğu kişiden ve kesinlikle de doktorlardan daha iyi tanıyordum. Jane dışında en yakın dostum oydu ve onun bu yapayalnız halini görüp de, bütün kaybettiklerini de düşününce, içimin kan ağlamasını engelleyemiyordum.

Karısını beş yıl önce kaybetmişti, kimilerine göreyse çok daha önce kaybetmişti sevgili eşini, çünkü Allie ömrünün son yıllarında Alzheimer hastalığına yakalanmıştı. Bu hastalığın ne denli berbat olduğunu o zamanlar anlamıştım. Çünkü insanı özünden, kökünden yok ediyordu. Hatıralarımız, hayallerimiz elimizden alınınca neyimiz kalır ki? Bu hastalığın seyrini izlemek, kaçınılmaz bir trajedinin ağır çekim filmini izlemek gibidir.

Son yıllarında Allie'yi ziyaret etmek, Jane ve benim için gerçekten çok güçtü. Jane annesini eskiden olduğu gibi anımsamak istiyordu, ben de ona gitmesi için hiç baskı yapmadım, onu öyle görmenin ne kadar acı verici olduğunu biliyordum ama en çok acı çeken şüphesiz ki Noah olmuştu.

Ancak bu başka bir hikaye.

Odadan çıkıp bahçeye indim. Hava, bir sonbahar sabahı için bile serindi. Yapraklar kırık güz güneşinde parlıyordu ve etrafta hafif bir duman kokusu vardı. Bunun Allie'nin en sevdiği mevsim olduğunu anımsadım ve Noah'ya yaklaşırken onun yalnızlığını kemiklerimde hissettim. Her zaman olduğu gibi kuğuyu besliyordu, yanına gelince paketimi yere bıraktım. Üç tane dilimlenmiş beyaz ekmek vardı içinde. Ne zaman ziyaretine gitsem hep aynı şeyleri almamı söylerdi.

"Merhaba, Noah," dedim. Ona, Jane'in benim babama hitap ettiği gibi *babacığım* diyebilirdim belki ama öylesi bana doğal gelmiyordu, Noah için de fark etmiyordu zaten.

Sesimi duyunca bana döndü.

"Merhaba Wilson," dedi. "Ne iyi ettin de geldin."

Elimi omzuna koydum, "İyi misin?"

"Daha iyi olabilirdim," dedi, sonra muzip bir gülümsemeyle ekledi, "Daha beter de olabilirdim tabii."

Her zaman böyle bir konuşmayla selamlardık birbirimizi. Bankta yanına oturmamı işaret etti. Göle baktım, düşen sonbahar yaprakları suda çeşit çeşit şekiller oluşturmuştu. Gölün parlak yüzeyine bulutsuz gökyüzü yansıyordu.

"Sana bir şey danışmaya geldim."

"Evet?" Noah, benimle konuşurken, bir yandan da bir parça ekmek kopartıp suya attı. Kuğu başını suya daldırdı, sonra da yutmak için boynunu doğrulttu.

"Jane hakkında," dedim.

"Jane mi?" dedi yavaşça, "Kızım nasıl?"

"İyi," dedim, biraz rahatsızca kıpırdanarak. "Bir süre sonra o da gelir herhalde." Doğru söylüyordum. Son yıllarda bazen Jane'le birlikte, bazen de ayrı ayrı ziyaret eder olmuştuk onu. Yalnız geldiği bir zamanda gıyabımda benden sözedip etmediğini merak ettim bir an.

"Çocuklar nasıl?"

"Onlar da gayet iyi, Anna artık makaleler yazmaya başladı, Joseph de nihayet yeni bir daire buldu, Queens'de ama metroya yakın sanıyorum. Leslie bu haftasonu arkadaşlarıyla dağda kamp yapacak. Dediğine göre dönem sınavlarından hep AA almış." Noah, gözlerini kuğudan ayırmadan başını salladı. "Çok şanslısın, Wilson," dedi, "Çocuklarının bu kadar mükemmel birer yetişkine dönüşmelerinden ötürü ne kadar şanslı olduğunun farkındasındır umarım."

"Tabii ki," dedim.

İkimiz de sustuk. Yakından bakınca, yüzündeki çizgiler derin çatlaklar gibi görünüyordu ve ellerindeki damarların attığını, incelmiş derisinin altında rahatça görebiliyordum. Arkamızdaki bahçe bomboştu, serinleyen hava insanları içeri hapsetmişti besbelli.

"Evlilik yıldönümümüzü unuttum," dedim

"Yaa?"

"Yirmi dokuz yıl."

"Hımm."

Arkamızda, kuru yaprakların rüzgarda uçuşmalarının seslerini duyuyordum.

"Beraberliğimiz konusunda endişeleniyorum," diyebildim sonunda.

Noah bana baktı. Önce niçin endişelendiğimi soracak sandım ama o sadece yüzüme dikkatle baktı, sanki anlamını okumaya çalışıyordu. Sonra önüne döndü ve kuğuya bir parça daha ekmek attı. Konuştuğunda sesi alçak ve yumuşaktı, Güney Amerika şiveli, yaşlı bir bariton gibi.

"Alice hastalandığı zaman ona okuduklarımı hatırlıyor musun?"

"Evet," dedim, o günlerin anısıyla duygulanarak. Noah karısına, Creekside'a taşınmadan önce tuttuğu hatıra defterinden parçalar okurdu. Defterde birbirlerine nasıl aşık olduklarının güncesi yazılıydı. Bazen, Noah o defterden parçalar okuduğunda, Alzheimer hastalığının sebep olduğu tüm yıkıma rağmen, Allie'nin bir süre bilinci yerine gelirdi. Tabii fazla uzun sürmezdi bu aralar ve hastalık ilerledikçe tamamen durdu. Ama o bilinçli anları, anlayabilmek umuduyla konunun uzmanlarını Chapel City'den Creekside bakım tesislerine getirecek kadar hayret uyandırıcıydı. Allie'ye okumanın bunu sağladığı kesindi ama nasıl sağladığını uzmanlar çözememişti.

"Ona neden okuduğumu biliyor musun?"

Ellerimi kucağıma koydum. "Bildiğimi sanıyorum," dedim, "Allie'ye iyi geliyordu. Bir de, ona sözün vardı."

"Evet," dedi, "Bu nedenler de vardı." Durdu, nefes alırken, akordeondan havanın geçişi gibi bir ses duyuluyordu. "Ama sadece bunlar değildi sebep, kendim için de okuyordum. Çoğu kişi anlamadı bunu."

Sanki uzaklara gitmişti ama söyleyeceklerinin bitmediğini biliyordum, ses çıkartmadan bekledim. Sessizlik içinde kuğu bir daire çizip, bize yaklaştı. Göğsündeki minik kara leke haricinde fildişi rengiydi. Noah yeniden konuşmaya başladığında o da sanki olduğu yerde kaldı.

"İyi günlerimizden en çok ne hatırlıyorum biliyor musun?"

İyi günler derken, Allie'nin onu görünce tanıyabildiği günleri kastediyordu. "Hayır," dedim.

"Aşık oluşumuzu," dedi. "Hatırladığım bu, Allie'nin iyi günlerinde her şeye yeniden başlıyor gibiydik."

Gülümsedi. "Kendim için de okuyordum derken bunu anlatmaya çalışıyordum. Ona her okuyuşumda sanki onunla yeniden flört ediyorduk çünkü bazen, hep değil ama bazen, o da bana yeniden aşık oluyordu sanki, ta yıllar önce olduğu gibi. Bunun ne kadar harika bir duygu olduğunu biliyor musun? Kaç kişiye böyle bir şey nasip olur? Birisinin kendisine yeniden aşık olması?"

Noah yanıt bekliyor gibi sormamıştı, ben de sesimi çıkartmadım.

Bir saat kadar daha sohbet ettik. Çocuklardan ve onun sağlığından konuştuk. Allie ya da Jane'den sözetmedik bir daha. Oradan ayrıldığımda tekrar düşündüm konuştuklarımızı. Doktorların dile getirdikleri endişeler bana yersiz geldi. Noah eskisi kadar zekiydi. Yalnızca onu ziyaret edeceğimi tahmin etmekle kalmamış, niçin onu görmeye gideceğimi de bilmişti. Tipik Güneyli tarzıyla,

ona açıkça sormama gerek kalmadan, problemimi çöze-
cek yanıtı da vermişti bana.

İşte o zaman, ne yapmam gerektiğini anlamıştım.

2

Karımla yeniden flört etmem gerekiyordu.

Basit görünüyor değil mi? Daha kolay ne olabilir? Bizim durumumuzun belli avantajları da vardı zaten. Bir kere aynı evde oturuyorduk ve yaklaşık otuz yıl sonra tümüyle yeniden başlıyor da olmayacaktık. Ailelerimizi anlatmayı, çocukluğumuza dair küçük, komik öyküleri, halen nelerle uğraştığımızı, ileride neler yapmayı planladığımızı atlayabilirdik. Amaçlarımızın birbiriyle uyumlu olup olmadığı konusunda endişe duymamıza da gerek yoktu. Bundan başka, ilişkinin ilk dönemlerinde sözünü etmekten kaçınacağımız şeyler de çoktan ortaya çıkmıştı. Örneğin karım horladığımı biliyordu, bunu ondan saklamamın hiçbir anlamı yoktu. Ben de, o grip olduğunda ona bakmıştım ve sabah kalktığında saçlarının nasıl göründüğü umrumda bile değildi.

Bu gündelik gerçekleri göz önüne aldığımda, Jane'i yeniden kazanmam nispeten kolay olacaktı. Yapmam

gereken şey, beraberliğimizin ilk yıllarını yeniden yaratmaktı, *Noah bunu Allie'ye hatıra defterini okuyarak*
yapmıştı. Ancak konuyu biraz düşününce yavaş yavaş
anladım ki, en başından beri karımın benim neyime
aşık olduğunu hiçbir zaman anlayamamışım. Kendimi
sorumluluk sahibi biri olarak görürüm, ancak o yıllarda
kadınların çekici buldukları bir özellik değildi bu.

Jane'i ilk kez 1971'de görmüştüm. Yirmi dört yaşındaydım ve Duke Üniversitesi Hukuk Fakültesi'nin ikinci
sınıfındaydım. Daha üniversitenin ilk yıllarından itibaren hep ciddi bir öğrenci olduğum bilinirdi. Hiçbir
oda arkadaşım bir yıldan fazla dayanamazdı bana çünkü
gecenin geç saatlerine kadar ışığı açık tutar, ders çalışırdım. Eski oda arkadaşlarımın çoğu üniversite yıllarını
arada derslerle bölünen uzun haftasonları olarak görürdü.
Benim içinse bunlar, geleceğe hazırlık yıllarıydı.

Ciddi bir insan olduğumu itiraf ediyorum da, bana
ilk kez 'utangaç' diyen kişi Jane olmuştur. Bir cumartesi
sabahı şehir merkezindeki bir kahvede tanıştık. Kasım
başıydı, hukuk dergisindeki sorumluluklarımdan dolayı
derslerimde fazlaca zorlanır olmuştum. Sınıfın gerisine
düşmemek endişesi içinde, tanınmayacağım ve dikkatim
dağılmadan çalışabileceğim bir yer bulma umuduyla bu
kahveye gelmiştim.

Siparişimi almak üzere masama yaklaşan Jane'di.
Şimdi bile o anı dün gibi hatırlıyorum. Koyu renk
saçlarını atkuyruğu yapmıştı, esmer teni, gözlerinin
çikolata rengini vurguluyordu. Gök mavisi bir elbisenin üstüne koyu mavi bir önlük takmıştı ve ben, bana
gülümsemesindeki rahatlığa bayılmıştım, sanki onun

baktığı masalardan birine oturmuş olmamdan gerçekten memnundu. Bana siparişimi sorduğunda, konuşmasındaki tipik Kuzey Carolina şivesini fark ettim. Bir süre sonra birlikte akşam yemeği yiyeceğimizi bilmiyordum henüz ama ertesi gün o kahveye gidip aynı masaya oturmak istediğimi gayet iyi anımsıyorum. Oturduğum zaman bana gülümsemişti, beni hatırladığı için memnun olduğumu inkar edemem. Yaklaşık bir ay boyunca her haftasonu aynı kahveye çalışmaya gitmeyi sürdürdüm. Ama bu arada, Jane'le ne konuştuk, ne de birbirimizin isimlerini sorduk. Yine de hemen fark ettim ki, o, boşalan kahve fincanımı doldurmak için masama yaklaşınca kafam dağılıyordu ve nedenini bir türlü açıklayamadığım, nefis bir tarçın kokusu alıyordum.

Doğrusunu isterseniz, gençliğimde karşı cinsten kişilerin yanında pek rahat sayılmazdım. Lisedeyken ne sporcuydum, ne de öğrenci birliğinde çalışıyordum. Bunlar en popüler guruplardı. Bense satranç oynamaktan hoşlanırdım ve hatta üyelerinin sayısı on bire kadar ulaşan bir satranç kulübü bile kurmuştum. Ancak maalesef bu üyelerden hiçbiri kız değildi. Deneyim eksikliğime rağmen, üniversite yıllarımda kadın arkadaşlarım oldu ve onlarla gezmeye çıktığımda hoşça vakit geçirirdim. Ancak maddi yönden hazır oluncaya kadar ciddi bir ilişkiye girmemeye karar vermiş olduğum için, bu kadın arkadaşları fazlaca tanıma fırsatım olmamıştı ve hepsi kolayca unutuldular.

Buna rağmen o kahveden her çıkışımda kendimi atkuyruklu garson kızı düşünürken yakalardım, hem de en beklenmedik zamanlarda. Ders saatlerinde bile aklımın ona kaydığı olurdu. Mavi kıyafetiyle amfide dolaşıp mönü dağıttığını hayal ettiğim zamanların sayısı pek de az sayılmazdı. Bu hayaller beni utandırırdı ama sık sık kafamda canlanmalarını da önleyemiyordum.

O nihayet inisiyatifi ele almasaydı, bütün bunların sonu neye varırdı hiç bilmiyorum. O sabah, vaktimin çoğunu kahvedeki diğer masalardan çıkan sigara dumanları arasında ders çalışarak geçirmiştim. Birden korkunç bir sağanak boşaldı. Yağmur, dağ rüzgarlarını ve insanın içine işleyen bir soğuğu birlikte getirmişti. Bunun olacağını önceden sezdiğim için yanıma şemsiye almıştım.

Masama yaklaştığında başımı kaldırıp ona baktım, kahve fincanımı yeniden dolduracağını sanmıştım. Ama onun önlüğünü çıkartmış olduğunu fark ettim. Atkuyruğunu tutan kurdeleyi açıp saçlarını omuzlarına döktü ve "Beni arabama kadar götürebilir misiniz lütfen," dedi. "Şemsiyeniz olduğunu gördüm ve ıslanmamayı yeğlerim."

Böyle bir isteği reddetmek imkansızdı. Hemen eşyalarımı toparlayıp ona kapıyı tuttum ve birlikte derin su birikintilerinden atlaya zıplaya, bardaktan boşanırcasına yağan yağmur altında yolun karşısına geçtik. Bu arada bağırarak adını söyledi bana, Meridith Yüksekokulu'nda edebiyat okuduğunu ve mezun olunca öğretmen olmayı ümit ettiğini anlattı. Ben ona pek cevap veremiyordum çünkü bütün gücümle onu yağmurdan korumaya çabalıyordum. Arabasına ulaştığımızda hemen içine gireceğini sanmıştım ama o bana dönüp, "Biraz utangaçsın, değil mi?" dedi.

Ne yanıt vereceğimi şaşırmıştım, o da yüz ifademden bunu anladı ki, hemencecik gülüverdi, "Önemli değil, Wilson, ben utangaçlardan hoşlanırım," dedi.

Adımı öğrenmek zahmetine katlanmış olması dikkatimi çekmeliydi o anda ama çekmedi. Yağmur altında karşımda durmuş, rimelleri akarken ona bakıyor ve yalnızca hayatımda hiç bu kadar güzel birisini görmediğimi düşünüyordum.

Karım hala çok güzel.

Tabii artık daha yumuşak bir güzelliği var, zamanla derinleşen bir güzellik. Cildi yumuşak ve bir zamanlar düzgün olan yerlerde kırışıklar var. Kalçaları daha yuvarlandı, karnı biraz daha dolgun oldu ama hala yatak odasında soyunurken gördüğümde onu, içim arzuyla doluyor.

Son birkaç yıldır pek sık sevişmiyoruz, ve seviştiğimizde de o eski coşku, eski heyecan olmuyor. Ama en çok özlediğim eski sevişmelerimiz değildi. Asıl içimin derinliklerinde özlediğim, Jane'in gözlerini çoktan terketmiş olan arzu, ya da beni istediğine, en az benim onu istediğim kadar istediğine dair bir belirti, bir dokunuş ya da beni hala sevdiğine dair bir işaretti.

Peki ama bunun olmasını nasıl sağlayabilirdim? Tamam, Jane'e gene kur yapmam gerektiğini biliyordum, ilk başta, birbirimizi bu kadar iyi tanımamızın işleri kolaylaştıracağını sanmıştım ama tam tersine bu işimi daha da zor hale sokmuştu. Akşam yemeği sohbetlerimiz, örneğin, alışılagelmişliğin batağına saplanmıştı. Noah ile konuşmamızdan sonra, birkaç hafta eve gitmeden ofiste değişik konular hazırlamaya zaman ayırır olmuştum ama onlar da zorlama oluyor ve kısa bir sürede fosluyordu. Biz de her zamanki gibi çocuklardan, benim müvekkillerimden ya da firmada çalışanlardan sözetmeye dönüyorduk.

Birlikte geçirdiğimiz yaşantımız, anladım ki, tutkuyu yeniden tutuşturmaya elverişli değildi. Yıllardan beri, programlarımızı değişik görevlerimize uyacak biçimde ayarlamıştık. Aile hayatımızın ilk yıllarında, firmaya ortak edilmeye layık olduğumu kanıtlamak endişesiyle, iş yerinde uzun saatler kalıyordum. Buna akşam saatleri ve haftasonları da dahildi. Hak ettiğim tatil süresini hiçbir zaman tam olarak kullanmamıştım. Belki de çalıştığım hukuk firması Ambry ve Saxon'u etkilemek azmini biraz abartmıştım ama sürekli çoğalan bir ailem olduğu için işleri şansa bırakmayı da göze alamazdım. Şimdi anlıyorum ki, iş hayatında başarı peşinde koşmam, suskun tabiatımla birleşince ailemi benden uzaklaştırmıştı ve artık iyice görüyorum ki kendi evimde, aileme hep yabancı kalmışım.

Ben işimle uğraşırken, Jane tüm vaktini çocuklara veriyordu. Çocukların faaliyetleri ve talepleri arttıkça öyle zamanlar oldu ki karım koridorlarda yanımdan hızla geçen belirsiz bir cisimdi sanki. İtiraf etmeliyim ki, birlikte yemek bile yemediğimiz, ya da çok nadiren yediğimiz yıllar oldu ve her ne kadar bu bana garip gelse de, durumu değiştirmek için hiçbir şey yapmadım.

Belki de böyle yaşamaya alıştık ve çocuklar hayatımızı yönetme durumundan çıktıklarındaysa, onlardan kalan boşluğu dolduracak gücümüz olmadı. İlişkimizden endişe duymama karşın, alışkanlıklarımızı birdenbire değiştirmeye kalkışmak, çay kaşığıyla kaya delmek kadar zor görünüyordu.

Ama bu demek değil ki, çaba harcamadım. Ocak ayında örneğin, bir yemek kitabı alıp cumartesi akşam yemeklerini hazırlama işini üstlendim; bazı zamanlarda da, alçakgönüllülüğü bir yana bırakırsam, yaptığım yemekler gayet orijinal ve lezzetli oldu. Normal golf oyunlarımın yanı sıra, biraz kilo vermek amacıyla haftada üç gün yürüyüş yapmaya başladım. Kitapçılarda kendi kendini geliştirme türünden psikoloji kitapları karıştırıp daha neler yapabileceğimi araştırdım. Bu konularda uzmanların yazdığı, evliliği daha iyi hale getirme, ya da şu meşhur dört temel unsurda odaklanma -sevgi, ilgi, övgü, cazibe- gibi şeylerden sözeden kitapları okuyup, çoğunu da akla yakın bulduğumu anımsıyorum. Bu doğrultuda çaba da harcıyordum. Akşamları çalışma odama çekileceğim yerde, Jane'le zaman geçirmeye başladım, sık sık ona iltifat ediyordum ve günlük olaylardan sözettiğinde onu dikkatle dinleyip her söylediğine önem verdiğimi belli etmek için uygun yerlerde kafamı da sallıyordum.

Bu gelişmelerin mucizevi bir hızla Jane'in bana aşık olmasını sağlayacağı gibi bir yanılgı içinde de değildim tabii ki. Duruma kısa vadeli bir olay gözüyle de bakmıyordum. Birbirimizden uzaklaşmamız yirmi dokuz yıl sürdüyse, birkaç haftalık çaba ancak uzun yakınlaşma sürecinin başlangıcı olabilirdi. İlişkimiz bir miktar düzelmiş olsa da, işler umduğumdan daha yavaş ilerliyordu. İlkbahar sonuna doğru, yaptığım bütün bu günlük değişikliklerin yeterli olmadığına, bunlara ek olarak, Jane'e hala hayatımdaki en önemli kişi olduğunu ve her zaman da öyle olacağını anlatmak için, daha köklü ve dramatik bir şeye gerek olduğuna karar verdim. Bir gece geç vakit aile albümüne bakarken, kafamda bir fikir doğmaya başladı.

Ertesi gün bir enerji ve iyi niyet küpü olarak uyandım. Planımın yöntemli bir şekilde ve gizlilik içinde yürütülmesi gerektiğini biliyordum, bu yüzden ilk iş bir posta kutusu kiraladım. Ancak planımda daha fazla ilerleyemedim çünkü tam o sıralar, Noah beyin kanaması geçirdi.

Bu geçirdiği ilk kriz değildi ama en ciddisiydi. Yaklaşık sekiz hafta hastanede yattı, o zaman zarfında karımın tüm ilgisi, yalnızca babasının bakımına adanmıştı. Her gününü tümüyle hastanede geçiriyor, akşamları da ilişkimizi yenilemek için harcadığım çabaları fark etmeyecek kadar yorgun oluyordu. Zamanla Noah iyileşti ve Creekside'a dönüp gölet başında kuğusunu beslemeye başlayabildi ama bu hastalık, istemesek de bir şeyi kabul etmemizi sağladı; Noah artık aramızda çok fazla kalmayacaktı. Babasının hastalığı sırasında Jane'in gözyaşlarını dindirmek, onu teselli etmek için saatlerce uğraşmıştım.

Yıl boyunca tüm yaptıklarım arasında, sanıyorum Jane'i en çok duygulandıran onu teselli etmek için geçirdiğim sessiz ve sabırlı saatlerdi. Belki de verdiğim sarsılmaz destekti istediği ya da son aylarda gösterdiğim çabaların sonucuydu. Her ne idiyse işte, Jane'de zaman zaman beliren yeni bir sıcaklık hissetmeye başladım. Bu anlar çok sık olmasa bile, çaresiz olduğum için bana büyük bir zevk veriyordu ve içimde ilişkimizin doğru yola girdiği umudunu uyandırıyordu.

Çok şükür ki, Noah iyileşmesini sürdürüyordu ve Ağustos başında, unutulan evlilik yıldönümü yılı sona ermek üzereydi. Yürüyüşlerime başladığımdan beri on kilo vermiştim ve dışardan istediğim bilgi ve belgeleri toplamak için her gün posta kutuma bakıyordum. Özel projem için gerekli hazırlıkları, Jane'den gizlemek için ofisimde yapıyordum. Ayrıca otuzuncu yıldönümümüzden bir hafta önce ve sonrasını boş bıraktım, şirketten aldığım en uzun tatildi bu. Niyetim tüm vaktimi Jane'e adamaktı. Bir yıl önceki hatamı göz önüne alarak bu yılı mümkün olduğunca unutulmaz yapmaya kararlıydım.

15 Ağustos Cuma akşamı, tatilimin ilk günü ve evlilik yıldönümümüzden tam bir hafta önce, Jane'in de benim de hayatta unutamayacağımız bir şey oldu.

Oturma odamızda sükûnet içinde günün yorgunluğunu çıkarıyorduk. Ben en sevdiğim koltuğa kurulmuş Theodore Roosewelt'in hayatını okuyordum, Jane'se bir kataloga göz gezdiriyordu. Birden Anna sokak kapısından rüzgar gibi girdi. Bu sıralar daha New Bern'de oturuyordu ama Keith, Duke Tıp Fakültesi'nde stajına başladığı için Raleigh'de bir ev tutmuştu ve birkaç hafta içinde oraya taşınacaktı.

Kızım, havanın sıcaklığına rağmen siyahlar giyinmişti. İki kulağı da çifte delikti ve dudak boyası bana normalden en az iki ton daha koyu göründü. Artık onun gotik zevklerine alışmıştım ama şimdi karşımızda otururken aslında annesine ne kadar çok benzediğini fark ettim. Yüzü al al olmuştu ve kendisini sakinleştirmek ister gibi ellerini kavuşturdu:

"Anne, baba, size bir şey söyleyeceğim," dedi.

Jane kataloğu bir kenara bıraktı, bunun ciddi bir konu olduğu belliydi. Anna en son böyle davrandığında bize Keith'le aynı eve taşınacağını haber vermişti.

Evet, biliyorum, kızım büyüdü ve ben de geri kafalı kaldım biraz işte.

"Ne var tatlım?" dedi Jane.

Anna bir Jane'e baktı, bir de bana, sonra tekrar Jane'e ve derin bir nefes aldı.

"Evleniyorum," dedi.

Zaten yıllardır, çocukların hayattaki tek amaçlarının anne babalarını şaşırtmanın verdiği keyfi tatmak olduğuna inanmışımdır. Anna'nın havadisi de, işte bunun örneklerinden biriydi.

Aslında çocuklarla ilgili her şey şaşırtıcı olmuştu. Her zaman evliliğin ilk yılının en zor olduğu iddia edilir ama Jane'le benim için bu hiç de böyle olmamıştı, meşhur ve meşum yedinci yılda da hiç derdimiz olmamıştı.

Hayır, bizim için, son birkaç yıl haricinde, en zor olan çocuklarımızın doğumlarını izleyen yıllar olmuştu. Özellikle henüz çocuk sahibi olmayan çiftlerde bir çocuğun ilk yılının, gülücük ve köpüklerle dolu, genç anne babaların mutlulukla gülümsediği bebek şampuanı reklamlarına benzediği yanılgısı vardır.

Bizim için o yıllar bunun tam tersiydi, karım hala o döneme 'nefretlik yıllar' der. Tabii şakayla karışıktır bu ama o dönemleri benim kadar onun da yeniden yaşamak istemediğinden eminim.

'Nefretlik' Jane için şuydu. Öyle anlar olurdu ki, Jane neredeyse her şeyden nefret ederdi. Görünüşünden de halinden de nefret ediyordu. Memeleri ağrımayan ve eski elbiselerine sığabilen kadınlardan da nefret ediyordu. Cildinin aldığı halden ve ergenlikten beri görmediği sivilcelerin birden ortaya çıkmasından nefret ediyordu. Ama öfkesini kamçılayan asıl şey uykusuzluktu ve dolayısıyla, hastaneden çıktıktan birkaç hafta sonra bütün gece mışıl mışıl uyuyan çocukların öykülerini duymak onu çileden çıkarırdı. Aslına bakarsanız üç saatlik aralardan fazla uyuyabilen herkesten nefret ediyordu. Bazen de bütün bu işlerdeki rolümden dolayı benden nefret ettiği zamanlar oluyordu. Ne de olsa, emzirme olanağım yoktu ve firmadaki uzun ve yoğun çalışma saatlerine dayanabilmem için arada bir misafir yatak odasına kaçmaktan başka çarem de yoktu. Jane'in de bunu mantıken anlayışla karşıladığından emindim ama belli etmiyordu.

Uyku sersemi mutfağa doğru yalpaladığını gördüğümde, "Günaydın," derdim, "Bebek iyi uyudu mu?"

Cevap vereceğine sabırsız ve sinirli biçimde içini çeker, kahve makinesine yönelirdi.

"Çok mu kalktı?" diye sorardım çekinerek.

"Sen olsan bir hafta bile dayanamazdın."

Tam da bu sırada bebek basardı çığlığı. Jane dişlerini gıcırdatarak kahve fincanını masaya vurur ve tanrının kendisinden niçin bu kadar nefret ettiğine şaşan bir yüz ifadesiyle kalkar giderdi.

Zamanla hiçbir şey söylememenin daha akıllıca olduğunu anlamıştım.

Bunlardan başka bir de çocuğun evlilik ilişkisinin temelinde yaptığı değişiklik de vardı tabii. Artık sadece karı koca değil, aynı zamanda ana baba da oluyorsunuz ve bir anda aklınıza estiği gibi davranmaların tümünün kesin sonu geliyor. Canınız yemeği dışarıda mı yemek istedi? Bakalım büyük annelerden biri müsait mi? Ya da başka bir bakıcı bulunacak mı? Yeni bir film ya da tiyatro mu başlamış? Sahi, onlar da neydi? Bir yıldır gitmedik hiçbirine. Haftasonu kaçamakları mı? Hayal etmek bile imkansız. Birbirimize aşık olmamızı sağlayan şeylerin, yani baş başa zaman geçirmek, konuşmak, birlikte yürümek, hiçbirini yapamıyorduk ve bütün bunlar ikimiz için de zordu.

Tabii çocuğumuz olduğu ilk yılın tamamen mutsuz olduğu anlamına gelmez bu anlattıklarım. Bana baba olmanın nasıl bir şey olduğunu soranlara bunun, dünyanın en zor işlerinden biri olduğunu söylerim ama bunun karşılığında babalık size kayıtsız şartsız sevgiyi öğretir. Bebeğin yaptığı her şey anne ve babasına hayatlarında gördükleri en olağan üstü sihirli şey gibi gelir. Çocuklarımın ilk gülücüklerini gördüğüm günü ömrümün sonuna kadar unutamam. İlk adımlarını attıklarında Jane'in, yanaklarından yaşlar akarak el çırpışını hep hatırlarım. Uyuyan bir bebeği kollarında tutmak, bir varlığı bu kadar çok ve derinden sevmenin nasıl mümkün olabildiğini düşünmek kadar huzur verici bir şey yoktur. İşte bu anlar hafızamda son derece canlı ayrıntılarıyla kalmışlardır. Ama güçlükler, şimdi onlardan gelişigüzel sözediyor olsam da, uzak ve sisli resimlerden farksızdılar artık, geçekten çok, birer hayalmiş gibi.

Hakikaten, hiçbir deneyim çocuk sahibi olmanın yerini tam olarak dolduramaz, yaşadığımız bütün zorluklara karşın, yarattığımız bu aileden dolayı kendimi hep tanrının şanslı kulu addetmişimdir.

Ama dediğim gibi, her zaman sürprizlere hazır olmayı öğrendim.

Anna'nın haberini duyunca Jane, kanepeden bir çığlıkla fırlayıp Anna'ya sarıldı. İkimiz de Keith'i çok seviyorduk. Ben de onu tebrik edip sarıldığımda, bana anlamlı bir şekilde gülümsedi.

"Tatlım benim," dedi Jane yeniden, "Ne harika bir haber bu, anlat bakalım, sana nasıl evlenme teklif etti? Ne zaman?.. Her şeyi en başından dinlemek istiyorum... Yüzüğünü göster bakayım..."

Karımın soru yağmurlarının ardından, Anna olumsuz bir tarzda başını sallayınca, Jane'in gülümsemesi söndü.

"Senin düşündüğün tipte bir düğün olmayacak, anneciğim. Zaten birlikte yaşıyoruz, ikimiz de bu işi fazla büyütmekten yana değiliz. Yeni bir miksere ya da salata tabağına ihtiyacımız olsa, hadi neyse."

Anna'nın sözleri beni hiç şaşırtmadı, daha önce de sözünü etmiştim, o her şeyi kendi bildiği gibi, kendi tarzında yapmıştır hep.

"Yaaa..." dedi Jane ama devam etmesine fırsat vermeden Anna uzanıp onun elini tuttu.

"Bir konu daha var, anneciğim. Önemli bu."

Anna bana, sonra tekrar Jane'e biraz endişeyle baktı.

"Mesele şu ki... Yani, hepimiz biliyoruz ki, dedem... Dedemin sağlığının pek iyi olmadığını biliyoruz, değil mi?"

İkimiz de 'evet' anlamında başımızı salladık. Bütün çocuklarım gibi, Anna da, Noah'ya çok yakındır.

"Son geçirdiği kriz filan... Keith de onu tanımış olmaktan çok mutlu, ben de onu her şeyden çok severim..."

Durakladı. Devam etmesi için Jane hafifçe elini sıktı.

"Diyeceğim o ki dedem de nikahımızı görsün istedik. Ne kadar vakti kaldığını bilmiyoruz. Bu yüzden, Keith'le olası tarihleri düşündük taşındık... Keith ihtisası için

Duke'e gidiyor ya yakında, ben de onunla gidiyorum ya, dedemin sağlığı da böyle işte... Acaba diyorduk, sizin için sakıncası yoksa..."

Sözünü bitirmedi, gözlerini Jane'e çevirdi tekrar.

"Evet," dedi Jane alçak bir sesle.

Anna derin bir nefes aldı ve "Gelecek cumartesi evlenmeyi düşünüyoruz," dedi.

Jane'in dudakları O biçimini aldı ama sesi çıkmadı. Anna konuşmayı sürdürdü, besbelli lafını bölmemize fırsat vermeden sözünü bitirmek istiyordu.

"Sizin evlilik yıldönümünüz olduğunu biliyorum, zaten hayır derseniz de hiç kırılmayız ama bizce bu sizin evliliğinize duyduğumuz saygının da bir göstergesi olacak, birbiriniz için yaptıklarınız, benim için yaptıklarınız. Bence en iyisi bu olur. Zaten çok basit bir şey istiyoruz, evlendirme dairesinde nikah kıyılır, aile içinde bir yemek, belki. Hediye filan istemiyoruz. Sizin için de uygun mu?"

Jane'in yüzünü gördüğüm an, yanıtının ne olacağını anladım.

3

Anna gibi, Jane de uzun bir nişanlılık dönemi geçirmemişti. Ben hukuk fakültesini bitirdikten sonra, Ambry ve Sakson hukuk bürosunda çalışmaya başlamıştım. Joshua Tundle da benim gibi orada çalışıyordu, onu daha ortak yapmamışlardı. Koridorun iki yanında karşılıklı ofislerimiz vardı. Joshua, New Bern'in güneyinde küçük bir köyde büyümüştü, Doğu Carolina Üniversitesi'nde okumuştu ve firmadaki ilk yılımda bana kasaba hayatını nasıl bulduğumu sormuştu. Pek de tahmin ettiğim gibi bulmadığımı itiraf etmiştim. Ben hep, anne ve babam gibi büyük bir kentte çalışacağımı varsaymıştım. Hukuk fakültesinde okurken bile ama sonunda Jane'in doğup büyüdüğü kasabada bir iş teklifini kabul ettim.

Buraya onun hatırına taşınmıştım, hayatım boyunca bu kararımdan hiç pişman olmadım. New Bern'de bir üniversite ya da araştırma merkezi bulunmayabilir ama burası, küçük olmasından kaynaklanan kimi eksikliklerini, çeşitli özellikleriyle örten bir kasaba. New Bern, Ralleigh'in doksan mil güneydoğusunda, alçak, düz bir ovada, dev çam ağaçlarıyla kaplı ormanların ve ağır akan geniş ırmakların arasında yer alıyor. Kasabanın kenarından geçen Neuse Nehri'nin rengi neredeyse her saat değişir. Gün doğarken gri olan sular, güneşli ikindilerde maviye, gün batımında da kahverengine dönüşür. Geceleri ise, kapkara bir sıvılaşmış kömür deryasıdır.

Benim ofisim, tarihi bölge olan şehir merkezindedir ve bazen öğlen tatilinde, yemeğimi bitirdikten sonra eski evler arasında dolaşırım. New Bern 1710'da, İsveç ve Batı Almanya göçmenleri tarafından kurulmuştur ve Kuzey Carolina'nın ikinci en eski kasabası olmuştur. Ben buraya ilk taşındığımda eski evlerin büyük bir çoğunluğu metruk durumdaydı ve terkedilmişlerdi. Son otuz yılda bu durum değişti. Yeni sahipleri bu evleri teker teker restore ederek eski görkemine kavuşturdular. Şimdi kaldırımlardan yürürken, en beklemediğiniz yer ve zamanlarda yenilenmenin, yeniden doğuşun olası olduğunu görüyorsunuz. Mimariye ilgi duyanlar, bu eski binaların pencerelerinde elle üfürülmüş camlar, kapılarda antika pirinç tokmak ve kapı kolları, içerdeki çam döşemeleri tamamlayan elle oyulmuş lambrileri görebilirler. Sokaklara bakan zarif ön bahçeler, insanların evlerinin önünde oturup akşam saatlerinde serin meltemin tadını çıkartarak çay içtikleri günleri hatırlatır. Yolları, meşe ve kızılcık ağaçları gölgeler ve binlerce akasya her bahar çiçeklerle donanır. Burası kesinlikle hayatımda gördüğüm en güzel yerlerden biri. Jane kasabanın eteklerinde yaklaşık iki yüzyıl önce inşa edilmiş eski bir çiftlik evinde büyümüş.

Noah bu koskoca malikanenin içindeki evini ikinci dünya savaşından sonra restore etmiş; üstlendiği işi o derece titizlikle yapmış ki, diğer tarihi yapılar gibi burası da, zamanla artan bir ihtişama sahip.

Bazen bu eski evi görmeye giderim. Kah işimi bitirdiğimde uğrarım, kah alışverişe giderken, bazen de sadece orasını ziyaret etmek için yola koyulurum. Bu benim sırlarımdan biridir, Jane'e bundan sözetmedim çünkü. Onun böyle bir şeye itiraz edeceğinden değil elbet ama bu ziyaretlerden haberdar olmamasının bana verdiği gizli bir zevk var. Buraya gelmek beni hem gizemli, hem de insancıl yapıyor. Biliyorum ki herkesin sırları vardır, karımın bile. Bu eve ve malikaneye bakarken onun sırlarının ne olabileceğini düşünüyorum. Bu ziyaretlerimden haberdar olan bir tek kişi var, o da Harvey Wellington, yani yan malikanede, küçük, ahşap bir evde oturan, aşağı yukarı benim yaşlarımda siyahi adam. Yüzyılın başından beri ailesinden bir ya da daha çok kişi bu evde oturmuş. Buradaki Baptist kilisesinde rahip olduğunu biliyorum. Bu adam yıllardır Jane'in ailesine ve özellikle de Jane'e yakın olmuştur ama Allie ve Noah, Creekside Bakım Tesisleri'ne taşındıktan sonra, ilişkimiz her yıl birbirimize gönderdiğimiz Noel kartlarıyla sınırlı kaldı. Uzaktan evinin ön bahçesinde otururken görüyorum onu ama mesafeden dolayı, benim gelip gitmelerim hakkında neler düşündüğünü anlayamıyorum.

Noah'nın evinin içine pek girmiyorum. Onlar Creekside'a taşındıktan sonra kapılar ve pencereler tahta kepenklerle sıkıca kapatıldı, eşyaların üstüne toza karşı örtüler kondu, Cadılar Bayramı'ndaki hayaletlere benzediler. İçeri girmektense, malikanede dolaşmayı yeğliyorum. Çakıllı araba yolundan geçiyor, sütunlu bahçenin çevresini dolanıyor, evin arka tarafına doğru yürüyüp içinden nehrin de geçtiği geniş alanlarda dolaşıyorum. Nehir burada şehir merkezinde olduğundan daha dar ve kimi zaman çok sakin akar, gökyüzünü yansıtan bir ayna gibi olur. Bazen nehir kıyısında durarak suda göğün yansımasına bakıp, tepemde esintinin, yaprakları hafif hafif kıpırdatışını dinlerim.

Zaman zaman da Noah'nın evlendikten sonra yaptığı çardağın altında dururken bulurum kendimi. Allie çiçekleri hep sevmiştir, Noah ona iç içe geçmiş kalpler şeklinde güller dikmişti. Üç katlı bir havuzu çevreleyen bu güller yatak odası penceresinden rahatça görülebiliyordu. Ayrıca Noah güllerin karanlıkta da görülmesini sağlayacak bir sıra projektör de yerleştirmişti. Bunların etkisi göz kamaştırıcıydı. El oyması çardak, bahçeye doğru giden yolun başındaydı ve bu çardak ressam olan Allie'nin birçok resminde yer almıştı. Allie'nin resimleri bütün o güzelliklerinin yanında bir tutam hüzün de veriyordu izleyiciye. Gül bahçesi bakımsız ve yabanıl, çardağın ahşabı çoktan çatlamaya başlamış ama ben onların yapımı için harcanan emek karşısında hala duygulanıyorum. Noah, ev restorasyonundaki çalışmasında olduğu gibi, bahçe ve çardak için de çok emek sarf ederek her şeyin eşsiz benzersiz olmasını sağlamıştı. Çoğu kez çardağın oymalarını okşar, ya da güllere öylece bakar kalırım, sanki onları ortaya koyan ve bende hiç mi hiç bulunmayan o harika yeteneği özümsemeye çalışırım. Buraya geliyorum çünkü burası benim için çok özel. Düşünsenize bir,

Jane'e aşık olduğumu ilk burada fark ettim. Hayatımın bu yüzden güzelleştiğini bilmeme rağmen gene de bunun nasıl olabildiğini hala çözmüş değilim.

1971'deki o korkunç yağmurda Jane'i arabasına götürdüğümde, kesinlikle ona aşık olmaya niyetim yoktu, onu doğru dürüst tanımıyordum bile ama şemsiyemin altında öylece durmuş arabasının ardından bakarken, birden onu tekrar görmek isteği geldi içime. O gece saatler sonra, ders çalıştığım sırada, bana söyledikleri kafamda dönüp duruyordu.

"Önemli değil Wilson," demişti. "Ben utangaçlardan hoşlanırım."

Artık dikkatimi derse veremiyordum, kitaplarımı toparlayıp çalışma masamdan kalktım. Bir ilişkiye girmeye ne vaktim ne de isteğim olduğunu söyledim kendi kendime. Odamda volta atmaya ve mali açıdan özgür olmak isteğimle birlikte gayet sıkışık olan programımı kafamdan geçirmeye başladım. O kafeteryaya bir daha gitmemeye karar verdim. Bu kolay bir karar değildi ama bana göre doğru bir karardı, üzerinde daha fazla düşünmeyecektim.

Ondan sonraki hafta, kütüphanede çalıştım ama Jane'i görmedim dersem yalan söylemiş olurum. Her gece ama her bir gece o kısacık konuşmamızı; saçlarının uçuşunu, sesindeki ahengi, yağmurun altında durduğumuz dakikalardaki sabırlı bakışlarını kafamdan geçirip duruyordum. Onu düşünmemeye çabaladıkça, gözümün önündeki hayali daha da güçleniyordu. Kararlılığımın ikinci haftaya kadar dayanamayacağını biliyordum ve bir sonraki cumartesi bir de baktım ki, anahtarlarımı arıyorum.

Oraya Jane'i yemeğe davet etmeye filan gitmiyordum, tam tersine, oraya bütün bu yaşadıklarımın geçici bir hevesten öteye gitmediğini kendime kanıtlamak için gidiyordum. Alelade bir kızdı sonuçta ve onu gördüğümde hiçbir özel yanı olmadığını anlayacaktım. Arabamı park edinceye kadar bütün bunlara neredeyse tamamen inandırmıştım kendimi. Her zamanki gibi kafeterya kalabalıktı ve çıkan bir grubun yolumu kesmesi yüzünden, genellikle oturduğum masaya doğru ilerlemekte güçlük çekiyordum. Masa yeni silinmişti, oturduktan sonra kitaplarımı koymadan masanın üstünü kağıt peçeteyle kuruladım.

Başım önüme eğik bir vaziyette, okuyacağım bölümü açmak üzereyken, onun yaklaştığını hissettim. Önümde duruncaya kadar onu fark etmemiş gibi yapmaya kararlıydım ama başımı kaldırdığımda bir de baktım ki, gelen Jane değildi. Onun yerine kırk yaşlarında bir kadın gelmişti. Sipariş defteri önlüğüne sıkıştırılmış, kalemi de kulak arkasına takılmıştı.

"Bu sabah kahve ister miydiniz?" diye sordu. İşini iyi bilen ve iyi yapanlarda görülen bir rahatlığı vardı. Yıllardır çalışıyor olmalıydı, daha önce onu neden fark etmediğime şaştım.

"Evet, lütfen."

"Şimdi dönerim," dedi, mönüyü masanın üstüne bırakarak. O arkasını döner dönmez, etrafıma baktım ve Jane'in mutfaktan aldığı tabakları kafeteryanın alt ucundaki masa grubuna taşıdığını gördüm. Bir süre onu izledim ve benim geldiğimi fark edip etmediğini merak ettim. Ama o işine odaklanmıştı ve benden yana bakmıyordu. Uzaktan bakıldığında halinde, tavrında hiç de olağanüstü sihirli bir şey yoktu ve ben son zamanlarda hayatımı karartan o garip hayranlıktan kurtulduğuma inanarak derin bir nefes aldım.

Kahvem geldi, ben de diğer siparişimi söyleyip dikkatimi tekrar ders kitabıma verdim. Yarım sayfa kadar okumuştum ki, sesi yanı başımdan geldi.

"Merhaba, Wilson."

Başımı kaldırdığımda bana gülümsedi. "Geçen haftasonu göremedim seni," diye sürdürdü konuşmasını rahat bir edayla, "Seni korkutup kaçırdım sandım."

Yutkundum, konuşabilmek söz konusu değildi, onun aklımda kaldığından daha da güzel olduğunu fark etmiştim. Ne kadar süreyle hiçbir şey söylemeden ona bakakaldığımı bilmiyorum ama yüzündeki tatlı ifadenin endişeye dönmesini sağlayacak kadar uzundu.

"Wilson... İyi misin?"

"Evet," dedim ama garip bir şekilde aklıma söyleyecek başka hiçbir şey gelmiyordu.

Bir süre sonra kafasını salladı azıcık şaşırmış gözlerle.

"Neyse," dedi, "Geldiğini görseydim kendi bölümüme oturturdum seni, devamlı müşterim sayılabilecek tek kişi sensin."

"Evet," dedim gene, o anda da biliyordum saçmaladığımı ama onun yanında ağzımdan çıkabilen tek sözcük buydu.

Devam etmemi bekledi bir an. Ben sessiz kalınca, düş kırıklığına benzer bir ifade geçti yüzünden. Başıyla kitabı işaret ederek, "Görüyorum ki meşgulsün," dedi sonunda. "Gelip bir merhaba demek istedim, bir de beni arabama kadar götürdüğün için yeniden teşekkür etmek... Afiyet olsun."

Tam arkasını dönüp gitmek üzereydi ki, üstümdeki sessizlik büyüsü kalkar gibi oldu.

"Jane..." diyebildim.

"Evet?"

Boğazımı temizledim. "Belki başka bir zaman da arabana kadar götürebilirim seni. Yağmur yağmıyor olsa bile."

Yanıtlamadan önce yüzüme dikkatle baktı bir an. "Yaa, ne iyi olur, Wilson."

"Belki bugün, iş çıkışı?"

"Olur," diyerek gülümsedi.

Tam arkasını dönmüştü ki, ben yeniden konuştum.

"Şey, Jane." Bu sefer yalnızca başını çevirdi, "Evet?"

Nihayet oraya gitmemin asıl nedenini anlamıştım, iki elimi de ders kitabımın üstüne bastırdım, kendi alemimden, güç almaya çalışıyordum sanki. "Bu haftasonu benimle akşam yemeği yer misin?"

Onu davet etmek için bu kadar beklemem, komiğine gitmiş gibiydi. "Evet, Wilson," dedi. "Çok memnun olurum." Aradan otuz yıl geçtiğine, şimdi kızımızla oturmuş yaklaşan düğününü konuştuğumuza inanmak ne kadar zor. Anna'nın acele ve basit bir düğün isteği tam bir sessizlikle karşılandı. İlk başta Jane yıldırım çarpmışa dönmüştü ama aklı başına gelince, kafasını sallamaya başladı, bir yandan da alçak sesle, "Hayır, hayır, hayır..." diyordu.

Geriye baktığımda, karımın tepkisi hiç de beklenmedik gelmiyor. Herhalde bütün annelerin hayatta en çok bekledikleri şey kızlarının düğününü görmektir. Koskoca bir düğün endüstrisi olduğuna göre, annelerin de her şeyin usulüne uygun yapılmasını istemeleri normaldir.

Anna'nın fikirleri, Jane'in başından beri kızları için istediği şeylerin taban tabana zıddıydı. Düğün Anna'nın düğünü olsa bile, Jane'in geçmişinden kurtulması ne kadar imkansızsa, inançlarından kurtulması da aynı şekilde imkansızdı.

Anna ve Keith'in bizim evlenme yıldönümümüzde evlenmelerine en ufak bir itirazı yoktu Jane'in. Babasının sağlık durumunu herkesten iyi o biliyordu, Anna ve Keith de gerçekten birkaç hafta içinde uzaklara taşınacaklardı.

Hayır, onun esas karşı çıktığı şey belediye nikahıydı. Ayrıca bütün organizasyonu yapmak için yalnızca sekiz gün olmasından da hiç hoşnut kalmamıştı. Bir de neşesini kaçıran, Anna'nın kutlamayı küçük tutmak istemesiydi.

Pazarlık iyice kızıştığında ben hiç ses çıkartmadan oturup dinlemeye koyuldum. Örneğin Jane eş, dost, ahbapları saymaya başladı, "Peki ya Sloanlar? Onları çağırmazsan fena kırılırlar. Ya John Peterson? Yıllarca sana piyano dersi verdi, onu ne kadar sevdiğini unuttun mu?"

"Büyütme şu işi, anne," dedi Anna bilmem kaçıncı kez. "Keith'le ben zaten birlikte oturuyoruz. Çoğu kimse bizi zaten evli biliyor."

"Fotoğrafçı bulmamız gerek, artık resim istemiyorum da demeyeceksin umarım."

"Canım bir sürü insan fotoğraf makinelerini getirir mutlaka," yanıtı hazırdı Anna'nın. "Ya da siz çekersiniz, yıllardır binlerce resim çektiniz."

Bunun üstüne Jane, ateşli bir nutuk çekmeye başladı. Anna'nın hayatındaki en önemli günlerden birinin o gün olduğunu anlatmaya çalışıyordu. Anna ise evliliğin önemini bildiğini ama evliliğin onca garnitür olmadan da mutlu bir olay olacağını vurgulamaya çalışıyordu. Bütün bu tartışmalar kızgınlıkla yürütülmüyordu ama açmaza saplandıkları da açıktı. Çoğu meselede, özellikle de kızlarla ilgili konularda, karımı desteklemişimdir hep. Ama bu sefer, benim de söyleyecek sözüm, önerecek katkım olduğunu düşündüm ve oturduğum kanepede dikleştim.

"Herkesi memnun edecek bir orta yol bulunabilir, belki," diyerek aralarına girdim.

İkisi birden bana döndüler.

"Bunun ille de önümüzdeki hafta olmasını istediğini biliyorum," dedim Anna'ya. "Ama tüm hazırlıklara biz de yardım edersek, ailenin dışında birkaç kişi daha çağırmamıza itiraz eder misin?"

"Böyle bir tören için zamanımız olduğunu sanmıyorum..." diye söze başladı kızım.

"Bizim yardımımızı kabul eder misin?"

Pazarlık bir saat kadar daha sürdü ama ben araya girdiğimden beri Anna'nın tavrı şaşırtıcı ölçüde uyumlu olmaya başlamışı. Haftasonu nikahlarını kıymayı kabul edecek bir papaz tanıdığını hatırladı örneğin. Jane de bu önemli konunun kendi isteği doğrultusunda geliştiğini görünce rahatladı, sevindi.

Bu arada, ben yalnızca kızımın düğününü düşünmüyor, aynı zamanda da, unutulmaz olacağını umduğum kendi otuzuncu evlenme yıldönümümüzü de planlıyordum. Hem de aynı gün kutlanacaklardı. İkisinden hangisinin daha üstün geleceğini biliyordum tabii.

Jane'le benim evimiz, Trend Irmağı'nın kıyısındadır. Arka bahçemizin ardında yaklaşık yarım mil boyunca uzanır. Bazı geceler terasta oturup mehtapta parlayan dalgacıkları seyrederim. Hava durumuna göre, öyle anlar olur ki, su, yaşayan bir varlık gibi görünür gözüme.

Bizim evde, Noah'nın evinde olduğu gibi çepeçevre veranda yoktur. Bizimki klima ve televizyonun insanları evin içine bağladığı devirde yapılmış. Bu evi ilk gezdiğimizde Jane arka pencerelerden bakıp verandası olmayacaksa hiç değilse küçük bir terası olmalı, demişti. Bu evi, rahatlıkla ve keyifle evimiz diyebileceğimiz bir yer haline sokmak için yaptığımız bir sürü küçük tadilattan ilki buydu.

O akşam Anna gittikten sonra, kanepeden kıpırdamadan, gözü camlı kapıya takılmış öylece kaldı Jane. Yüzündeki ifadeyi çözemiyordum, ne düşündüğünü sormaya bile fırsatım olmadan, yerinden fırladı ve dışarı çıktı. Bu gece bir şok yaşadığını bildiğim için, mutfağa gidip bir şişe şarap açtım. Jane pek içki içmezdi ama zaman zaman bir bardak şarap hoşuna giderdi. Bu akşam şarabın iyi gideceğini düşündüm. Elimde bardak, terasa çıktım. Dışarısı kurbağa ve cırcır böceği sesleriyle uğul uğuldu. Henüz ay doğmamıştı ve ırmağın karşı kıyısından çiftlik evlerinin sarı ışıkları suya yansıyordu. Hafif bir esinti başlamıştı ve geçen Noel'de Leslie'nin getirdiği rüzgar çanından küçük çınlamalar geliyordu.

Bunlardan başka tam bir sessizlik hüküm sürüyordu. Terasın sönük ışığında Jane'in profili bana eski Yunan heykellerini hatırlattı ve bir kez daha karımın yıllar önce, onu ilk gördüğüm günkü genç kızdan pek farklı olmadığını görerek hayret ettim. Onun çıkık elmacık kemiklerine ve dolgun dudaklarına baktıkça, kızlarımızın benden çok ona benzemiş olduklarına şükrettim. Ve işte biri evleniyordu, Jane'e doğru giderken, mutluluğunu yüzünden okumaya hazırdım ama yaklaşınca birden donakaldım, Jane ağlıyordu.

Terasın kenarında ne yapacağıma karar veremeden durakladım, yanına gelmekle hata mı etmiştim? Varlığımı hissetmiş olacak ki, ben dönüp gitmeye fırsat bulamadan başını omzunun üstünden bana çevirdi.

"Merhaba," dedi burnunu çekerek.

"İyi misin?"

"Evet," dedi, bir an durdu, sonra başını iki yana sallayarak "Hayır, yani, aslında nasıl olduğumu ben de bilmiyorum."

Yanına gelip şarap bardağını terasın parmaklığına koydum, karanlıkta şarap petrol gibi parlıyordu.

Bir yudum aldıktan sonra, "Teşekkür ederim," dedi. Derin bir nefes çekip, karanlık sulara baktı.

"Bu o kadar Anna'ya uyan bir davranış ki," dedi sonunda, "şaşırmamam gerekirdi ama gene de..." Sözünü bitirmedi, şarabı parmaklığın üstüne bıraktı.

"Hani Keith'i seviyordun?" dedim.

"Tabii seviyorum ama bir haftacık? Nereden geliyor aklına böyle şeyler bilmem. Madem böyle istiyordu, o zaman kimseye haber vermeden gizlice evlenseydi de olup bitseydi bu iş."

"Öyle yapmış olmasını tercih mi ederdin gerçekten?"

"Hayır, öfkemden çılgına dönerdim."

Gülümsedim, Jane gerçeği söylemeden edemezdi.

"Yapacak o kadar çok şey var ki," diye devam etti, "nasıl altından kalkacağımızı bilmiyorum. Düğün ille de Plaza Otel'in balo salonunda yapılsın demiyorum ama gene de, insan bir fotoğrafçı istemez mi, canım, ya da birkaç arkadaşını."

"Bu dediklerinin hepsini kabul etti ya."

Jane biraz düşündü, kelimeleri dikkatle seçerek, "İleride düğün gününü ne kadar sık aklına getirecek, ne çok hatırlayacak. Bunu anladığını zannetmiyorum. Hiç de önemli bir şey değilmiş gibi davranıyor."

"Nasıl bir düğün olursa olsun, her zaman hatırlayacaktır o günü," dedim yavaşça.

Jane bir an gözlerini kapattı. "Anlamıyorsun," dedi.

Bu konuda başka bir şey söylemedi ama ben ne demek istediğini anladım.

Durum açıktı, Jane yıllar önce yaptığı hatayı Anna'nın da yapmasını istemiyordu.

Karım evlenme biçimimizden ömür boyu pişmanlık duymuştur. Bundan ben sorumluyum çünkü düğünümüz, benim tercih ettiğim, hatta üstünde ısrar ettiğim tarzda oldu. Sorumluluğu tek başıma üstlenmeme karşın, ailemin de bunda büyük rol oynadığını söylemeliyim.

Ülkemdeki ailelerin çoğunluğunun tersine, bizimkiler ateistti. Büyürken, kiliseyi ve bazen kitaplarda okuduğum kilisede yapılan esrarlı ayinleri merak ettiğim olmuştu ama din, bizim aile içinde aramızda sözü edilen bir şey değildi. Akşam yemeklerinde filan hiç konu olmamıştı.

Mahalledeki diğer çocuklardan farklı olduğumu gördüğüm zamanlar yaşamıştım ama bunu üstünde durulacak bir şey olarak algılamadım.

Şimdiki düşüncelerim çok farklı. Şimdi artık Hıristiyan inancımı bana verilmiş büyük bir armağan olarak görüyorum. Bu konuyu fazla uzatmayacağım, yalnız şunu söylemek istiyorum ki, geriye dönüp baktığımda, sanıyorum hayatımda bir şeyin eksikliğini her zaman hissetmiştim. Jane'le geçirdiğim yıllar bana bunu kanıtladı. Ailesi gibi Jane de dini inançlarına derinden bağlıydı, zaten beni kiliseye ilk götüren de, sürekli gitmemi sağlayan da o olmuştur. Akşamları birlikte okuduğumuz İncil'i de bana o aldı ve din konusunda kafamda beliren ilk soruları yanıtlayan da gene o oldu.

Ama bütün bunlar evlendikten sonraydı.

Flört ettiğimiz yıllarda tek bir gerginlik konusu varsa, o da benim inançsızlığımdı ve emimim ki zaman zaman bağdaşabilirliğimiz konusunda şüpheye düştüğü olurdu. Daha sonra bana, ilerde İsa'yı gerçek kurtarıcım olarak benimseyeceğimden emin olmasa benimle evlenmeyi kabul etmeyeceğini söyledi. İşte bu yüzden Anna'nın lafları onun içindeki acı anıları yeniden canlandırdı. Benim inançsızlığım yüzünden, bizim evliliğimiz belediye binasında gerçekleşmişti. O günlerde kilisede evlenmenin benim açımdan riyakarlık olacağına kuvvetle inanıyordum.

Kilise nikahı yerine belediye nikahı istememin diğer bir nedeni de gururdu. Bütçeleri gayet müsait olduğu halde Jane'in ailesinin geleneksel bir kilise düğününün masrafını çekmelerini istemiyordum. Şimdi, kendim de baba olduktan sonra, bu görevi bir nimet olarak görüyorum ama o günlerde, tüm masrafları üstlenmeyi onur meselesi yapmıştım. O zamanki mantığıma göre parasını veremediğim şeyi almazdım, onsuz da olurdu.

O sıralarda büyük bir merasim yapmaya param yetmezdi. Firmaya daha yeni girmiştim ve iyi sayılabilecek bir maaşım vardı ama bir evin peşinatını yatırabilecek kadar para biriktirme sevdasındaydım. Her ne kadar evlendiğimizin dokuzuncu ayında ilk evimizi alabildikse de, artık bir ev için bunca fedakarlık yapmaya değmediğine inanıyorum. Tutumluluğun da bir bedeli olduğunu öğrendim, hem de bazen, ömür boyu ödenen bir bedel.

Bizim evlenme törenimiz on dakikadan az sürdü; tek bir dua bile okunmadı. Benim üstümde koyu gri bir takım elbise vardı. Jane sarı bir yazlık elbise giymiş, saçına da bir glayöl takmıştı. Annesiyle babası bizi az ilerden izliyorlardı ve tören bittiğinde, benim elimi sıkıp, onu öpüp yolcu ettiler bizi. Balayımızı Beaufort'da eski ve şirin bir otelde geçirdik. Jane, ilk kez seviştiğimiz o tenteli antika yatağa bayılmıştı ama orada bütün bir haftasonunu bile geçirememiştik çünkü pazartesi işte olmam gerekiyordu.

Bu Jane'in genç kızlığında hayal ettiği gibi bir düğün değildi. Bunu şimdi artık biliyorum. Bir zamanlar hayalini kurduğu düğünü, şimdi Anna'ya dayatmaya çalışıyordu. Mutluluktan ışıl ışıl bir gelini, kilisede babası iki sıra davetlinin arasından geçiriyor, aile, akrabalar ve arkadaşlar izlerken, nikahı bir din adamı kıyıyor. Sonra, her masada çiçeklerin ve pastaların olduğu, gelinle damadın sevenleri tarafından tebrik edildiği bir davet veriliyor. Hatta belki de bir orkestra. Gelin yeni kocasıyla ve onu yetiştirip bu günlere getiren babasıyla, mutluluktan gözleri dolan davetliler arasında dans ediyor.

Jane'in hayalini kurduğu işte böyle bir düğündü.

4

Cumartesi sabahı, yani Anna'nın bizi haberiyle şaşırttığı günün ertesinde, arabamı Creekside Geliştirilmiş Bakım Tesisleri'nin otoparkına bıraktığımda sıcaklık boğucu olmaya başlamıştı bile. Çoğu Güney kasabası gibi New Bern'de de ağustos, yaşamın hızını yavaşlatır. Sürücüler daha dikkatli araba kullanır, trafik ışıkları sanki eskisinden daha yavaş değişir, yayalar ancak bedenlerini adım adım ilerletecek kadar enerjileri kalmış gibi yürürler. Herkes sanki ağır çekim bir filmde oynar gibidir.

Jane ve Anna alışverişe çıkmışlardı bile. Dün gece terastan içeri girdikten sonra, Jane mutfak masasına oturup yapması gerekenlerin tümünün listesini çıkartmaya başladı. Tabii ki hepsini yapmaya fırsatı olmayacağını biliyordu ama gene de üç sayfa doldurdu; yapılacak işleri günlere ayırmıştı.

Plan yapmakta Jane'in üstüne yoktur. İster yavru kurtlar için para toplamak olsun, ister kilise için kermes organize etmek, karım gönüllüler listesinin başındadır, yardım için ilk onu ararlar. Zaman zaman bu işler onu bitap bıraksa da -ne de olsa üç çocuğu ve başka birçok etkinliği vardı- hiçbir zaman, hiçbir yardım çağrısını reddetmemiştir. Çoğu kez nasıl bitap düştüğünü bildiğim için hafta boyunca ona hiçbir açıdan yük olmamaya karar verirdim.

Creekside'ın arka bahçesi küme küme açelya ağaççıklarıyla doludur. Ana binadan geçtikten sonra onu odasında bulmayacağımdan emin olarak göle giden çakıllı patikanın yolunu tuttum. Uzaktan Noah'yı görünce başımı iki yana salladım, en sevdiği mavi hırkasını giymişti. Bu sıcakta ancak Noah üşüyebilirdi.

Kuğuyu yeni beslemişti, kuş hala karşısında dairesel çemberler çizerek yüzüyordu. Yaklaşırken kuğuyla konuştuğunu duydum ama sözleri çıkartamadım. Kuşun Noah'ya tamamen güvendiği belliydi. Noah bazen ayaklarının dibinde oturduğunu söylerdi ama ben buna rastlamadım daha.

"Merhaba, Noah," dedim.

Başını döndürmesi hayli çaba gerektiriyordu. "Merhaba Wilson," dedi elini kaldırarak. "Uğradığın için sağ ol."

"İyi misin?"

"Daha iyi olabilirdim," diye yanıtladı. "Daha kötü de olabilirdim."

Creekside'a sık gelmeme karşın, bazen burası moralimi bozuyor çünkü hayatın gerisinde bırakılmış insanlarla dolu gibi geliyor bana. Doktorlar ve hemşireler, sık sık misafiri geldiği için Noah'nın şanslı olduğunu söylediler bize, diğerlerinin çoğu ömürlerinin son yıllarındaki yalnızlıklarını unutmak için günlerini televizyon seyrederek geçiriyorlarmış. Noah hala buradakilere akşamları şiir okuyordu. Walt Whitman'ın şiirlerini çok sever. Şimdi de bankın üstüne yanı başında Whitman'ın *Çimen Yaprakları* kitabı duruyordu. Her gittiği yerde yanındadır. Her ne kadar Jane de, ben de geçmişte bu kitabı okuduysak da, Noah'nın bu şiirleri niçin o kadar anlam yüklü bulduğunu anlamadığımı itiraf etmek zorundayım.

Şimdi ona dikkatle baktığımda, Noah gibi bir adamın yaşlanmasını izlemenin ne kadar acıklı olduğunu yeniden ve derinden hissettim. Hayatım boyunca onu hiç yaşlı addetmemiştim ama şimdilerde, nefes alıp verişi bana akordeon içinden geçen havanın sesini anımsatıyor. Baharda geçirdiği kriz sonucu sol elini kullanamıyordu. Noah çöküyordu, bunun yaklaştığını epeydir görüyordum ben ama artık o da farkındaydı.

Kuğuyu izliyordu; ben de onun bakışlarını izledim ve göğsü kara lekeli kuşu tanıdım. Bu leke bana bir doğum lekesini ya da bembeyaz karın üstüne düşmüş bir kömür parçasının, doğanın mükemmelliğini bozma girişimi gibi görünüyordu. Yılın belli zamanlarında bu sularda bir düzineye yakın kuğu görmek mümkündür, fakat bu, yıl boyu burada kalan tek kuştur. Bu kuşu kışın hava iyice soğuduktan sonra, diğer kuğular çoktan daha güneye göç ettikten sonra bile burada yüzerken gördüğümü anımsıyorum. Noah bir gün bana bu kuşun niçin gitmediğini söylemişti. Onun bu açıklaması, doktorların Noah için hayal alemine daldığı oluyor teşhisini koyma nedenlerinden biriydi.

Yanına oturup, dün gece Anna ve Jane'le olanları anlattım. Sözlerimi bitirdiğimde, Noah yüzünde hafif alaylı bir gülümsemeyle baktı.

"Jane şaşırdı öyle mi?"

"Evet, tabii. Kim şaşırmazdı ki?"

"Ve her şeyin kendi istediği biçimde yapılmasını mı istiyor?"

"Evet," dedim ve mutfak masasında yaptığı plan ve listeyi anlattım. Sonra da Jane'in atladığı bazı şeyleri ve kendi fikirlerimi belirttim. Noah, bana onay verir gibi, sağlam eliyle dizimi okşadı.

"Peki ya Anna?" diye sordu. "O ne düşünüyor?"

"Anna iyi, Jane'in tepkisi onu pek şaşırtmadı sanıyorum."

"Ya Keith?"

"O da iyi. En azından Anna'nın dediğine göre."

Noah başını salladı. "Güzel bir çift oldular. İkisinin de yürekleri iyi. Bana, Allie ile beni anımsatıyorlar."

Gülümsedim. "Bunu Anna'ya söyleyeceğim. Çok hoşuna gideceğini biliyorum."

Bir süre sessiz kaldık. Sonra Noah suya işaret ederek, "Kuğuların ömür boyu tek eşle kaldıklarını bilir miydin?" diye sordu.

"Bunun masal olduğunu sanıyordum."

"Hayır, gerçek," dedi ısrarla. "Allie her zaman bunun hayatında duyduğu en romantik şey olduğunu söylerdi. Ona göre bu, aşkın dünyadaki en büyük güç olduğunu kanıtlıyordu. Biz evlenmeden önce o başka biriyle nişanlıydı. Bunu biliyordun değil mi?"

Evet anlamına başımı salladım.

"Bildiğini tahmin ediyordum. Her neyse, bir gün nişanlısına söylemeden beni görmeye gelmişti, ben de onu kanoyla gezmeye çıkardım ve binlerce kuğunun bir arada olduğu bir yere götürdüm. Suyun üstüne kar yağmış gibiydi. Bunu sana hiç anlatmış mıydım?"

Gene başımı salladım. Oraya hiç gitmemiş olmama rağmen o ortamın imgesi benim kafamda da, Jane'in kafasında da capcanlıydı. Jane bu öyküden heyecanla sözederdi sık sık.

"O günden sonra gittiler ve bir daha hiç gelmediler," dedi alçak sesle. "Her zaman birkaç tane vardı suda ama hiçbir zaman o günkü gibi olamadı." Noah, hatıralarına dalıp gitti ve sustu bir süre. "Ama Allie gene de oraya gitmekten çok hoşlanırdı. Kalanları beslerdi ve çift olanları bana gösterirdi. 'Şurada bir çift var, bak şuradakiler de çift. Hep beraber olmaları ne harika değil mi?'" Noah'nın yüzü sırıtırken biraz daha kırıştı, "Galiba bana sadık olmamı tembihleme yoluydu bu."

"O konuda endişelenmesine gerek yoktu ki onun."

"Yok muydu?" diye sordu.

"Bence Allie'yle sen birbiriniz için yaratılmıştınız."

Noah, uzak bir mutluluğu anımsar gibi gülümsedi. "Evet," dedi sonunda.

"Öyleydik ama çaba harcamamız da gerekti bunun için. Bizim de zor zamanlarımız oldu."

Belki Allie'nin Alzeimer hastalığını kastediyordu, ya da çocuklarından birinin ölümünü. Başka olaylar da olmuştu ama bunlardan sözetmek ona hala zor geliyordu.

"Her şeyi o kadar kolaymış gibi gösteriyordunuz ki," diye itiraz ettim. Noah başını iki yana salladı. "Hiç de kolay değildi, kolay olmayan zamanlar oldu. Ona yazdığım onca mektup, sadece onu ne kadar sevdiğimi açıklamak için değil, aynı zamanda evlenirken ettiğimiz yeminleri de anımsatmak içindi."

Bana Jane'e mektup yazmamı önerdiği zamanı mı anımsatmak istiyor acaba, diye düşündüm ama üstünde durmadım. Onun yerine Noah'ya epeydir sormak istediğim bir konuyu açtım.

"Çocuklar yuvadan uçtuktan sonra, Allie'yle sen zor günler geçirdiniz mi?" Noah yanıtlamadan bir süre düşündü. "Zor kelimesi doğru kaçmayacak. Ama hayatımızda kesinlikle değişiklik oldu."

"Nasıl yani?"

"Bir kere etraf çok sessizleşti. Gerçek bir sessizlik. Allie stüdyosunda çalışıyordu hep, ben de tek başıma evde dolaşırdım çoğu kez. Sanıyorum ilk o zaman kendi kendime konuşmaya başladım, kendimle arkadaşlık etmek için."

"Çocukların evden ayrılmasını Allie nasıl kaldırdı?"

"Benim gibi... En azından ilk başta. Çok uzun süredir çocuklar tüm hayatımızdı, değişikliklere alışmak daima biraz zaman alır. Ama Allie çocukların yokluğuna uyum sağladıktan sonra, tekrar benimle baş başa kalmaktan zevk almaya başladı.

"Bu ne kadar zaman aldı?"

"Bilmem, belki birkaç hafta."

Omuzlarım düştü. *Birkaç hafta mı*, diye düşündüm.

Noah ifademi yakalamış olmalı ki, bir an durduktan sonra, boğazını temizledi. "Şimdi o günlere geri dönüyorum da, aslında o kadar sürmemişti, birkaç gün sonra normale dönmüştü desem daha doğru olacak sanırım."

Birkaç gün mü? Artık hiçbir şey düşünemiyordum.

"Elini çenesine dayadı. "Aslına bakarsan, hafızam beni yanıltmıyorsa, birkaç gün bile sürmedi, doğrusunu söylemek gerekirse, David'in de eşyalarını arabaya yükledikten sonra hemen oracıkta çarliston yaptık."

Konuşurken yüz ifadesi ciddiydi ama gözlerinde muzip bir ışık vardı.

"Çarliston mu?" diye sordum şaşkınlıkla.

"Bir dans türüdür."

"Biliyorum."

"Bir zamanlar çok modaydı."

"Çok eskiden."

"Ne? Artık çarliston yapmıyorlar mı yoksa?"

"Ah, Noah, o kayıp sanatlardan biri artık."

Hafif bir dirsek attı, "Başında inandın ama itiraf et."

"Evet, biraz."

Göz kırptı. "İşlettim seni."

Bir süre keyifle gülümsedi. Sonra sorumu yanıtlamadığını hatırlayıp, bankta azıcık kıpırdadı ve derin bir nefes aldı.

"İkimiz için de zor oldu, Wilson. Evden ayrılma yaşına geldiklerinde yalnızca çocuklarımız değillerdi artık, arkadaşlarımız da olmuşlardı. İkimiz de çok mahzun olduk ve bir süre birbirimize nasıl davranacağımızı, baş başa nasıl yaşayacağımızı kestiremedik.

"Bunu bana hiç söylemedin."

"Şimdiye kadar hiç sormadın ki." Bir an durdu, "Ben de çocukları özledim ama Allie için daha zor oldu. Evet ressamdı ama her şeyden önce ve her şeyden çok anneydi, çocuklar gittikten sonra, sanki kimliğini kaybetmişti;

tam olarak kim olduğunu bilemiyordu. En azından bir süre için."

Onun bu hallerini gözümün önüne getirmeye çalıştım ama beceremedim. Benim tanıdığım Allie bu durumda olamazdı. Onu böyle düşünemiyordum bile.

"Niçin oluyor bunlar?" diye sordum.

Noah cevap verecek yerde, bana döndü ve bir süre sessiz kaldı. "Sana Gus'tan sözettim mi?" diye sordu sonunda.

"Hani ben evi onarırken ziyaret eden Gus'tan?"

Başımı salladım. Biliyordum ki Gus, Noah'nın siyahi komşusu, eski evi ziyarete gittikçe gördüğüm Harvey'nin akrabasıydı.

"İşte o Gus, fıkralara bayılırdı, ne kadar olmadık, ne kadar matrak olursa o kadar çok severdi. Bazı geceler verandada oturur, birbirimizi güldürmek için kendimiz fıkra uydurmaya çalışırdık. Yıllar içinde bazı güzel fıkralar da çıkartmıştık doğrusu. Ama benim en sevdiğim, Gus'ın anlattığı en olmadık, en matrak fıkra hangisiydi bilir misin? Şimdi bunu dinlemeden önce bilmen gerekir ki, Gus bir hatunla yarım yüzyıl evli kalmış ve tam sekiz tane çocukları olmuş. Karısıyla Gus'ın başından geçmeyen kalmamış. Her neyse, bir seferinde koca bir gece birbirimize fıkralar anlatıp durmuştuk, "Al sana, bir tane daha" dedi. Derin bir nefes aldı ve son derece ciddi bir yüzle gözlerime bakarak şöyle söyledi: "Noah, ben kadınları anlıyorum!"

Noah bunu ilk kez duyuyormuş gibi bastı kahkahayı. "İşin esprisi şu ki," diye sürdürdü sözünü, "yeryüzündeki hiçbir erkek bu sözü dürüstlükle ve ciddi olarak söyleyemez. Bu mümkün değildir, o halde boşa çaba harcamanın alemi yok. Ama bu, onları anlamasak da sevemeyiz anlamına gelmez. Özellikle de onlara bizim için ne kadar önemli olduklarını anlatmak için çaba harcamaktan bir gün bile geri kalmak anlamına da gelmez."

Kuğunun suda silkinip kanatlarını yerleştirişini izledim, bir yandan Noah'nın dediklerini düşünüyordum. Geçtiğimiz yıl boyunca Noah benimle Jane hakkında hep böyle konuştu. Hiçbir zaman doğrudan öğüt vermedi, şunu yap, bunu yap demedi. Bununla birlikte her zaman için desteğe ihtiyacım olduğunun bilincindeydi.

"Sanıyorum Jane sana daha çok benzememi isterdi."

Sözlerim Noah'yı güldürdü, "Sen gayet iyi götürüyorsun, Wilson," dedi. "Gayet iyisin."

Eve vardığımda, koca ayaklı saatin tik-takından ve klima cihazının mırıltısından başka çıt yoktu, içeriye sessizlik hakimdi. Anahtarlarımı oturma odasındaki masanın üstüne bırakıp şöminenin iki yanındaki kitap raflarına göz atmaya başladım. Raflar yıllar boyunca çektiğimiz fotoğraflarla doluydu. İki yaz öncesinden kalma beşimizin resmi, hepimiz de kot pantolonluyuz, bir başkası Fort Mocon yakınlarında bir plajda çekilmiş, burada çocuklar daha ergenlik çağındalar, hemen yanındakinde daha da küçükler. Sonra Jane'in çektiği fotoğraflar var: Anna okul bitirme balosunda giydiği elbiseyle, Leslie amigo kıyafetiyle, John'un köpeğimiz Sandy ile fotoğrafı. Sandy maalesef birkaç yaz önce öldü. Çocukların bebekliklerine kadar uzanan bir sürü fotoğraf. Resimler kronolojik düzenle konulmamış, bunlar bir ailenin yıllar içinde nasıl büyüyüp geliştiğinin, değiştiğinin kanıtları işte.

Rafların tam ortasında, şöminenin üstünde Jane'le benim evlendiğimiz gün çekilen siyah beyaz fotoğraf asılı. Allie fotoğrafı kutu kamerayla belediye binasının merdivenlerinde çekmişti. O fotoğrafta bile Allie'nin sanatsal gücü ortada, Jane zaten her zaman güzeldi ama objektif bu resimde bana da iyi davranmış. Jane'in yanında her zaman görünmek istediğim gibi çıkmışım burada.

Ama ne gariptir ki bu fotoğraf dışında Jane'le benim ikimiz yalnız olarak çekilmiş başka fotoğrafımız yok raflarda. Albümlerde çocukların çektiği bir sürü var tabii ama hiçbiri çerçevelenip raflara kadar yükselememişler. Jane yıllar içinde arada bir gene resim çektirmemizi önermiştir ama iş, güç hayatın akışı içinde öyle bir fırsat yakalayamadık hiç. Şimdi bazen merak ediyorum niçin zaman yaratmadığımızı buna, ya da bunun geleceğimiz için ne anlam taşıdığını, ya da herhangi bir anlamı olup olmadığını... Merak ediyorum işte.

Noah'yla konuşmam, çocuklar evden ayrıldıktan sonraki hayatımız konusunda beni derin düşüncelere daldırdı. Başından beri daha iyi bir koca olabilir miydim? Şüphesiz ki evet. Ama şimdi geriye baktığımda anlıyorum ki, asıl Leslie de üniversiteye gitmek için evden ayrıldığında Jane'i gerçekten ihmal etmiştim. Eğer 'ihmal' sözcüğü tam bir duyarsızlığı tanımlayabilirse tabii. Şimdi anımsıyorum da, Jane o günlerde çok sessizdi, bozuktu hatta, hiçbir şey görmeden camlı kapıya dalar giderdi saatlerce, ya da ne yaptığını bilmeden çocukların eski eşyalarının bulunduğu kutuları karıştırır dururdu. Ama o yıl da benim için firmada özellikle yoğun bir yıldı. Baba Ambry kalp krizi geçirmişti ve birden iş hacmini acayip bir biçimde azaltması gerekmişti. Müşterilerinden çoğunu bana devretmişti. Hem Ambry'nin hastalığının firmada yaptığı idari değişiklik, hem de artan iş yüküm beni aşırı derecede işimi düşünmeye zorlamakla kalmıyor, aynı zamanda bitkin düşürüyordu.

Jane evi baştan aşağı yeniden dekore etmeye ve boya badanaya kalkışınca, bu eylemi, yeni bir projeyle kendini oyalamaya başladı diye hayra yormuştum. Çalışmanın çocukların eksikliğini hissetmemek için ideal olduğunu düşünmüştüm. Böylece deri koltuklar kumaş kaplı olanların yerini aldı, kiraz ağacından sehpalar, kıvrımlı pirinç ayaklı lambalar evde boy gösterdi. Oturma odasında yeni duvar kağıdı var şimdi, yeni yemek masasınınsa, çocuklarımızın hepsini ve gelecekteki eşlerini oturtacak sayıda iskemlesi var. Jane'in harika bir iş yaptığı kesinse de, itiraf etmeliyim ki, kredi kartı bilgileri geldikçe küçük şoklar yaşıyordum. Bu konuda ses çıkartmamanın doğru olduğunu çoktan öğrenmiştim.

Ancak bütün o ev tantanası bittikten sonra ikimiz de evliliğimizde yeni bir rahatsızlık fark etmeye başladık. Bu rahatsızlık boşalan yuvanın rahatsızlığı değil, bizim evliliğimizin geldiği durumla ilgiliydi. Ama ikimiz de bu konuyu konuşmaktan kaçındık. Sanki ikimiz de halimizi yüksek sesle dile getirirsek, durumumuzun süreklilik kazanacağından korkuyorduk.

Şunu da belirteyim ki, bir aile danışmanına, aynı nedenle, hiçbir zaman gitmedik. Bana geri kafalı deyin isterseniz ama ben problemlerimi bir başkasına anlatma fikrine hiç alışamadım. Jane de benim gibidir. Hem zaten danışmanın ne diyeceğini ben gayet iyi biliyorum.

Hayır, çocukların evden ayrılması değil problemi yaratan, birden Jane'in elinde fazla zaman olması da değil. Bunların hepsi yalnızca zaten var olan problemin ortaya çıkması için hızlandırıcı etmenler olmuş.

Peki bizi bu noktaya getiren neydi?

Bunu söylemek bana acı geliyor sanıyorum gerçek problem masum bir ihmalden başka şey değil, tam anlamıyla dürüst olmak gerekirse, daha çok da benim tarafımdan yapılmış bir ihmal. Bunun dışında da, çoğu kez kariyerimi ailemin gereksinmelerinden üstün tutmuş olmam. Evliliğimizin dengeli durumunu, her zaman, tanrı vergisiymiş gibi kıymetini bilmeden var saydım. Bana göre problemsiz bir ilişkimiz vardı ve tanrı biliyor ya, Noah gibi erkeklerin karılarına yaptıkları incelikleri düşünebilen tipte bir erkek olamadım hiç. Bu konuda düşündüğümde de, ki ne yalan söyleyeyim pek sık düşünmezdim, Jane'in benim ne tür bir adam olduğumu, hep böyle kalacağımı bildiğini ve beni olduğum gibi kabul ettiğini söyleyerek kendimi rahatlatırdım.

Ancak sonunda anladım ki aşk, yatmadan önce ağız içine söyleniveren iki kelimeden çok daha fazlasını bekliyor. Aşk davranışlarla sürdürülüyor, her gün birbirimize olan bağlılığımızın göstergesi olan davranış biçimimizle gelişiyor.

Şimdi, resimlere bakarken tek düşündüğüm şey, otuz yıllık masum ihmalimin aşkımı yalan gibi göstermiş olması. Ve bunun faturası bana şimdi kesiliyor. Evliliğimiz kağıt üstünde kalmış. Yarım yıla yakın bir süredir sevişmedik, arada paylaştığımız küçük öpücüklerin ikimiz için de fazla bir anlamı yoktu. Kaybettiğimiz onca şey için içim kan ağlıyordu, içten içe ölüyordum. Bütün bunların olmasına izin verdiğim için de kendime ölesiye kızıyordum; nefret edecek kadar.

5

Yakıcı sıcağa rağmen, günün geri kalan kısmını bahçedeki otları yolarak geçirdim, ondan sonra da duş yapıp, marketin yolunu tuttum.

Günlerden cumartesiydi ya, benim yemek yapma sıramdı. Bu akşam, fiyonk makarna ve sebze içeren yeni bir tarifi denemeye karar verdim. Bunun ikimiz için yeterli olacağını bilmeme rağmen, son dakikada bir de iştah açıcılar ve Sezar salatası da hazırlamaya karar verdim.

Saat beş olmadan mutfağa girmiştim bile; beş buçukta, iştah açıcılar bitmek üzereydi. Sosis ve krem peynir doldurulmuş mantar yapmıştım, şimdi bunlar, fırından aldığım ekmeğin yanında ısınıyordu. Tam sofrayı kurmayı bitirmiş, şarabı açıyordum ki, Jane'in sokak kapısından girdiğini duydum.

"Merhaba?" diye seslendi.

"Yemek odasındayım," dedim.

Kapıda görününce, ne kadar parlak göründüğünü hayretle fark ettim. Benim azalan saçlarımda gri teller belirmeye başlamışken, onunkiler hala evlendiğimiz günkü kadar koyu ve gürdü. Saçlarını kulaklarının arkasına sıkıştırmıştı ve boynuna da evliliğimizin ilk yıllarının birinde aldığım küçük tek taş pırlantayı takmıştı. Onca yıllık beraberliğimiz süresince ne kadar meşgul olursam olayım, hiçbir zaman karımın güzelliğine olan duyarlılığımı kaybetmedim.

"Aman bu ne güzel koku!" dedi, "Akşam yemeğinde ne var?"

"Sebzeli, zencefilli dana sote," dedim ona bir kadeh şarap koyarken. Ona doğru elimde bardakla gidip şarabı kendisine takdim ettim. Yüzüne dikkatle baktığımda, gördüm ki dün geceki endişeler yerini epey zamandır görmediğim mutlu bir heyecana bırakmış. Anna ile işlerin yolunda gittiğini hemen anladım. Onlar için endişelendiğimin farkında değildim ama şimdi, derin bir ferahlama nefesi aldım.

"Bugün neler olduğuna hayatta inanamayacaksın," dedi neşeyle. "Sana söylediğimde bile inanmayacaksın."

Şarabından bir yudum aldıktan sonra, kendisini dengelemek için koluma tutunup, önce bir pabucunu çıkarttı, sonra ötekini. Elini çektikten sonra bile dokunuşunun sıcaklığı kaldı kolumda.

"Ne oldu?" dedim, "Anlatsana."

Keyifli bir heyecanla mutfağı işaret etti. "Gel bir yandan mutfağa gidelim, ben anlatırken, bir yandan da yiyelim, açlıktan ölüyorum. Öyle çok işimiz vardı ki, öğlen yemeği yiyemedik. Yemek vaktinin geldiğini fark ettiğimizde restoranların çoğu kapanmıştı bile. Zaten Anna dönmeden gideceğimiz birkaç yer daha kalmıştı. Akşam yemeği hazırladığın için teşekkürler, senin yemek günün olduğunu tamamen unutmuştum ve dışardan bir şeyler ısmarlamak için mazeretler düşünüyordum." Mutfağa doğru giderken aralıksız konuşuyordu. Onu takip ederken, bir yandan da kalçalarının gösterişsiz hareketini hayranlıkla izliyordum.

"Her neyse, sanıyorum Anna biraz havaya girdi artık. Dün akşam göründüğünden çok daha heyecanlıydı bugün."

Jane omzunun üstünden gözleri parıldayarak bana baktı. "Bir anlatsam... Gerçekten inanılmaz, inanmayacaksın."

Mutfak tezgahının üstü ana yemeğin malzemeleriyle doluydu: Dilimlenmiş dana, değişik sebzeler, kesme tahtası ve bıçak. Elime bir fırın eldiveni geçirip iştah açıcıları fırın tepsisiyle ocağın üstüne bıraktım. Jane bana hayretle baktı, "Her şey hazır ha?"

"Şansına," dedim omuz silkerek.

Jane bir mantar alıp ısırdı.

"En baştan başlayacağım, bu sabah Anna'yı aldım ve... Yahu bunlar harika olmuş." Durup mantarı inceledi, devam etmeden önce bir parça daha ısırıp keyifle yedi. "Her neyse, önce, fotoğrafçıları gözden geçirdik, benden daha iyi fotoğraf çekecek birini bulmamız gerekiyordu. Şehir merkezinde birkaç fotoğraf stüdyosu olduğunu biliyorum ama bunca kısa zamanda onlardan birini ayarlamak imkansızdır. Dün akşam aklıma Claire'in oğlu gelmişti. Cateleret Halk Akademisi'nde fotoğrafçılık kursuna gidiyordu, mezun olunca da profesyonel fotoğraf çekecek zaten. Bu sabah Claire'e telefon edip uğrama ihtimalimiz olduğunu söylemiştim. Ama Anna çocuğun hiçbir çalışmasını görmediği için gitmeye pek gönüllü değildi. Benim ikinci fikrim, Anna'nın çalıştığı gazeteden birisini ayarlamasıydı ama Anna, patronların bu tür özel işlerden hoşlanmadığını söyledi. Neyse, lafı uzatmayayım, Anna şehirdeki fotoğrafçıları, belki işimiz rast gider de boş birini buluruz diye şöyle bir dolaşalım dedi. Ne olduğunu hayatta tahmin edemezsin."

"Anlat öyleyse."

Jane tabağındaki son mantarı da ağzına attı, merakımın artmasını istiyordu. Tepsiden bir mantara daha uzanırken baktım parmaklarının ucu parlıyordu.

"Bunlar gerçekten çok lezzetli," dedi. "Yeni bir tarif mi?"

"Evet."

"Yapması zor mu?"

"Yok canım," dedim omuz silkerek.

Derin bir nefes aldı. "Her neyse, tahmin ettiğim gibi, uğradığımız ilk iki yer tamamen doluydu. Sonra Cayton'un stüdyosuna gittik. Jim Cayton'un çektiği düğün fotoğraflarını hiç gördün mü?"

"Piyasadaki en iyi fotoğrafçı olduğunu duymuştum."

"Müthiş bir adam," dedi. "İşleri göz kamaştırıcı. Anna bile etkilendi. Dana Crowe'un düğün resimlerini çekmişti, hatırlıyor musun? Normal olarak altı ay öncesinden randevu almak gerekir, hatta o kadar zamanda bile onu ayarlamak zordur. Yani en ufak bir şansımız yoktu, tamam mı? Fakat karısına sorduğumda, stüdyoyu karısı idare ediyor da, geçenlerde bir iptal olduğunu söyledi."

Jane mantardan bir lokma daha ısırdı. Yavaş yavaş çiğnedi.

"Tesadüfe bakar mısın, iptal gelecek cumartesi içinmiş," diye bitirdi sözünü neşeyle.

Kaşlarımı hayretle kaldırdım. "Harika bir rastlantı," dedim.

En can alıcı havadis geçtikten sonra artık daha çabuk konuşmaya başladı, eksik kalan yerleri de tamamlayarak.

"Anna'nın ne kadar mutlu olduğunu anlatamam. Düşünsene, Jim Cayton. Düğünü bir yıl önceden bile planlasak gene isteyeceğimiz kişi o olurdu. Hazırladığı albümlere bakarak saatler geçirdik orada, sadece fikir sahibi olmak için. Anna bana bazı resimler gösterip beğenip beğenmediğimi soruyordu, sonra ben ona hangilerini beğendiğini soruyordum. Bayan Cayton deli olduğumuza karar vermiştir herhalde. Bir albümü bitirir bitirmez başka bir tane istiyorduk. Bütün sorularımızı nezaketle yanıtladı oradan ayrılırken, ikimiz de şansımıza bir türlü inanamadığımız için kendimize çimdikler atıyorduk."

"Tahmin edebiliyorum."

"Oradan da," diye sürdürdü sözü keyifle, "doğru pastanelere gittik. Pasta konusunda pek bir endişem yoktu, ne de olsa aylar önce ısmarlayacak değildik ya, değil mi? Her neyse pastayı yaptıracak küçük bir yer bulduk ama o kadar çok çeşit arasından seçmemiz gerektiğini aklıma getirmemiştim. Düğün pastalarına ayrılmış koskoca bir katalog vardı. Büyük pastalar, küçük pastalar ve her türlü ara boylar. Bir de tabii, ne türden bir pasta istediğine karar vermek zorundasın, ne tür krema, ne biçim, üstüne koymak istediğin fazladan süsler, bütün bu meseleler..."

"Çok ilginç tabii."

Göğe doğru gözlerini devirdi. "Bu daha yarısı bile değil," dedi ve neşeli bir kahkaha attı.

Yıldızların tek sıra halinde dizilmesi öyle sık rastlanan bir şey değildir ama bu akşam, dizilmiş gibi duruyorlardı. Jane mutluluktan uçuyordu, gece daha yeni başlıyordu, ve karımla ikimiz, romantik bir akşam yemeğinin keyfini çıkartmak üzereydik. Dünyada her şey yolunda gidiyordu sanki ve ben, otuz yıllık karımın yanında dururken, bir anda anladım ki, bugünü önceden planlamış bile olsam bu denli güzel kılmaya gücüm yetmezdi.

Ben yemek hazırlıklarını bitirirken, Jane de gününün hikayesini anlatmayı sürdürüyordu. Pasta ve fotoğraf konusunu en ufak ayrıntıya kadar anlatmayı sürdürdü -pasta, *iki katlı, vanilyalı, beyaz krema kaplı*- ve fotoğraflar, -*Cayton en ufak hataları bile bilgisayarda halledebiliyormuş*-. Mutfağın yumuşak ışığında, göz kenarlarındaki kırışıklıkları silik bir şekilde görebiliyordum, birlikte geçirdiğimiz bir ömrün tüysü izleri.

"Her şeyin yolunda gitmesine sevindim," dedim. "Ve daha ilk gününüz olduğunu düşünürsen, bayağı da iş başarmışsınız."

Erimiş tereyağı kokusu mutfağın içine yayıldı ve dana eti sote olmaya başladı.

"Biliyorum ve bundan gayet memnunum ancak daha hala merasimin nerede yapılacağını bilmiyoruz, ona karar verinceye kadar da hazırlıkların geri kalan kısmını nasıl tamamlayacağımı bilmiyorum. Anna'ya isterse burada yapabileceğimizi söyledim ama buna pek yanaşmadı."

"Nasıl bir şey istiyor?"

"Ona da tam karar vermiş değil zaten, bir çeşit açık hava, bahçe düğünü diyor, çok resmi olmayan bir şey."

"Böyle bir yer bulmak zor olmasa gerek."

"Sana öyle geliyor. Aklıma gelen tek yer Tryon Palas ama bu kadar kısa zamanda orasını kiralayabileceğimizi hiç sanmam, hem orada düğün yapılmasına izin verip vermediklerini de bilmiyorum."

"Yaaa..." Tavaya tuz, karabiber ve sarımsak tozu ilave ettim.

"Orton Çiftliği de güzeldir, geçen yıl oraya Bratton-lar'ın düğününe gitmiştik, hatırladın mı?"

Hatırladım; Wilmington'la Southport arasındaydı, New Bern'e iki saatlik bir mesafede. "Biraz uzak değil mi?" dedim. "Davetlilerin çoğunun buralardan olduğunu düşünürsen."

"Haklısın, öyle aklıma geldi işte, zaten dolu olma ihtimali de var."

"Şehir merkezindeki motellerden birine ne dersin?"

Olmaz anlamında başını iki yana salladı. "Onların çoğu küçücüktür. Kaçının bahçesi var, onu bile bilmiyorum. Ama bir araştırırım. O da olmazsa, başka bir şey düşünürüz, umarım yani."

Jane düşünceye dalıp kaşlarını çattı. Mutfak tez-gahına dayanıp ayağını arkasındaki dolaba uzatıverdi. İşte bana *Beni arabama kadar götürür müsün?* diyen kız aynen karşımda duruyor. Arabasına kadar birlikte ikinci kez yürüdüğümüzde, ilk seferinde yaptığı gibi arabasına binip gideceğini sanmıştım. Ama o arabasının şoför tarafının kapısına aynen bu pozda dayanmıştı ve biz ilk sohbetimizi orada yapmıştık. O gün de bana New Bern'deki çocukluk günlerine dair ayrıntılı bir şeyler anlatırken yüzünün canlılığına hayran olduğumu hatırlıyorum. Ömür boyu değer vereceğim diğer özelliklerini de; zekası, tutkusu, çekiciliği, hayata gamsız bakışı, bunları o gün ilk kez fark etmiştim. Yıllar sonra aynı özellikleri çocuklarımızı büyütürken de gösterdi ve biliyorum ki çocuklarımızın şimdi oldukları gibi iyi kalpli ve sorumluluklarını bilen yetişkinler olmalarının en önemli nedenlerinden biri de, karımın bu özellikleridir.

Jane'in düğün hayalleriyle yüklü daldan dala sohbetini kestim.

"Bugün Noah'yı görmeye gittim."

Sözlerim Jane'i anında gerçek hayata döndürdü. "Nasıl babam?"

"İyi, biraz yorgun görünüyordu ama keyfi yerindeydi."

"Gene gölün başında mıydı?"

"Evet," dedim ve hemen arkasından gelecek soruyu da bildiğim için ilave ettim. "Kuğu da oradaydı."

Dudaklarını büzdü. Keyifli havasını bozmamak için çabucak devam ettim. "Düğün haberini verdim."

"Sevindi mi?"

"Hem de çok, düğünü dört gözle beklediğini söyledi."

Jane kollarını kavuşturdu, "Yarın Anna'yı götüreceğim ona, geçen hafta gitmeye fırsatı olmamış. Düğün hakkındaki her şeyi kendisi anlatmak istiyor, biliyorum." Sonra bana sevecen bir bakışla, "Babamı ziyaret ettiğin için teşekkürler, onu ne kadar memnun ettiğini biliyorum."

"Benim de onunla beraber olmaktan hoşlandığımı biliyorsun."

"Biliyorum ama gene de teşekkürler."

Et hazırdı, son malzemeleri de katma zamanı gelmişti; şarap, limon suyu, arpacık soğanı, doğranmış taze soğan ve zencefil, bir de, geçen yıl verdiğim on kiloya ödül olarak, fazladan bir kaşık tereyağı.

"Joseph ve Leslie'yle konuştun mu?"

Jane bir süre yemeği karıştırmamı izledi, sonra çekmeceden bir kaşık alıp sosun tadına baktı. Kaşlarını kaldırarak, "Nefis olmuş," dedi.

"Şaşırmış gibisin."

"Yok, aslında şaşırmadım, çok iyi bir aşçı oldun artık. Hele başladığın zamanla kıyaslarsak."

"Ne? Yemeklerime hep bayılmaz mıydın yoksa?"

"Yanmış püre ve çıtır sosu beğenmek için daha rafine bir damak zevki gerekir, tabii."

Haklı olduğunu bildiğim için gülümsemekle yetindim. İlk denemelerim gerçekten de pek iç açıcı olmamıştı.

Kaşığı tezgahın üstüne bırakmadan önce bir parça daha sos aldı.

"Wilson, düğüne dönersek..." diye başladı ve durdu.

Ona döndüm. "Evet?"

"Joseph'e son dakikada uçak bileti almak pahalı olacak biliyorsun değil mi?"

"Evet," dedim.

"Fotoğrafçı da hiç ucuz değil, iptal olanın yerine tutmuş olsak bile."

Başımı salladım, "Tahmin ediyorum."

"Pasta da epey yüklü, pasta fiyatı olarak yani."

"Tabii canım, onca kişiye yetmesi gerek değil mi?"

Jane bana garip bir şekilde baktı, yanıtlarımın onu şaşırttığı açıktı. "Yani... Haberin olsun istedim, sonra kızma diye."

"Nasıl kızabilirim ki?"

"Canım biliyorsun... Bazen, masraflar fazla arttığında canın sıkılıyor."

"Öyle mi?"

Tek kaşını kaldırıp bana baktı. "Haydi canım, rol yapma şimdi. Ben evi yenilerken ne hallere girdin, hatırlamıyor musun? Sonra kalorifer pompası bozulup durduğunda... Pabuçlarını bile kendin boyuyorsun..."

Teslim olurmuş gibi ellerimi kaldırdım. "Tamam, tamam anlaşıldı. Ama bu bambaşka bir şey." Baktım, beni pür dikkat dinliyordu. "Varımızı yoğumuzu harcasak bile buna değer."

Şarabı boğazında kaldı, neredeyse boğuluyordu, ağzı açık bakakaldı. Sonra bana yanaşıp işaret parmağıyla kolumu dürttü.

"Bu da ne demekti şimdi?" diye sordum.

"Bir kontrol edeyim dedim, geçekten kocam mısın, yoksa yerine bir uzaylı mı geçti."

"Uzaylı mı?"

"Tabii ya, *Uzaylıların İşgali*. O fimi hatırlamıyor musun?

"Hatırlıyorum elbette ama bu gerçek benim."

"Tanrıya şükürler olsun," dedi ve çok uzun zamandır yapmadığı bir şey yaptı, bana göz kırptı, "Gene de uyarmamış olmayayım."

Yüreğimin balon gibi şiştiğini hissettim. Ne kadar zaman olmuştu böyle mutfakta durup şakalaşıp gülüşmeyeli? Aylar mı? Hatta yıllar mı? Bunun geçici bir şey olma ihtimalini bilsem de, içimdeki o gizli umut ışığı körüklendi.

Jane'le olan ilk buluşmamız da tam planladığım gibi yürümemişti.

Kentin en gözde ve en pahalı lokantası olarak bilinen Harpers'da rezervasyon yaptırmıştım. Akşam yemeğini karşılayacak kadar param vardı ama diğer masraflarımı karşılayabilmek için ayın sonuna dek kemerimi iyice sıkmam gerekecekti. Yemek sonrası için de özel bir şey planlamıştım.

Meredith Üniversitesi'ndeki öğrenci yurdunun kapısından aldım onu, lokantaya arabayla gitmemiz birkaç dakika sürdü. Sohbetimiz tipik ilk randevu sohbetiydi, yani yüzeysel. Okullarımızdan sözettik ve havanın serinliğinden. İkimizin de ceketlerimizi almış olduğumuzu gördüm ve memnun oldum. Kazağının güzel olduğunu söylediğimi, Jane'in de onu bir gün önce aldığını belirttiğini anımsıyorum. Acaba kazağı randevumuz şerefine mi aldı, diye merak etmiştim ama bunu ona sormayacak kadar yol yordam biliyordum. Noel alışverişi yapan kalabalık yüzünden arabamı park etmek için restorana yakın bir yer bulmak güçtü, biz de birkaç sokak öteye park etmek zorunda kalmıştık. Ama erkendi ve restorandaki rezervasyon saatine daha epey vaktimiz vardı. Yolda yürürken ikimizin de burnu kızarmıştı ve ağzımızdan beyaz dumanlar çıkıyordu. Dükkanların vitrinleri yanıp sönen ışıklarla süslenmişti, önünden geçtiğimiz bir pizzacıdan Noel şarkıları yükseliyordu.

Tam restorana yaklaşıyorduk ki köpeği gördük. Karanlık bir çıkmaz sokakta büzülmüş kalmıştı. Orta boy bir köpekti ama çok sıskaydı ve pislik içindeydi. Tir tir titriyordu ve kürkünden epey bir zamandır sokaklarda olduğu anlaşılıyordu. Belki tehlikelidir diye Jane'le köpeğin arasına girdim ama Jane arkamdan dolaşıp köpeğin yanına çömeldi.

"Korkma sakın," dedi fısıltıyla, "Sana zarar vermeyiz."

Köpek karanlığın içine doğru geriledi.

"Tasması var, mutlaka yolunu kaybetmiştir," dedi Jane, gözünü köpekten ayırmadan, köpek de onu, yorgun bir ilgiyle incelemeye başlamıştı.

Saatime baktım, rezervasyon vaktine birkaç dakika kalmıştı. Hala köpeğin tehlikeli olup olmadığından emin değildim ama ben de Jane'in yanına çömelip, onun gibi rahatlatıcı bir ton kullanarak köpekle konuşmaya başladım. Bu bir süre böyle devam etti ama köpek yerinden kıpırdamadı. Jane ona doğru küçük bir adım attı ama köpek, inleyerek geri kaçtı.

"Korkuyor," dedi Jane endişeyle. "Ne yapalım? Onu burada bırakmak istemiyorum. Bu gece sıfırın altına düşecekmiş derece. Hem, yolunu kaybetmişse, evine dönmek istiyordur zavallı."

Bir sürü şey vardı söyleyebileceğim, aslında. Elimizden geleni yaptık diyebilirdim, ya da, hayvanları korumaya telefon edelim, ya da, yemekten sonra tekrar bakalım, hala buradaysa, tekrar bir şeyler yapmaya çalışırız... Ama Jane'in yüzüne bakmam bunlardan birini bile söylememe mani oldu. Yüzünde endişeyle azim karışımı bir ifade vardı. Jane'in, kendisi kadar şanslı olmayanlara karşı gösterdiği şefkat ve ilgiye ilk o akşam şahit olmuştum. Onun isteği doğrultusunda davranmaktan başka seçeneğim olmadığını anladım.

"Bir de ben yanaşmaya çalışayım," dedim.

Açıkçası köpeğe nasıl yaklaşıldığı konusunda en ufak bir fikrim yoktu. Büyürken hiç köpeğim olmamıştı çünkü annemin alerjisi vardı. Ama filmlerde gördüğüm gibi elimi uzattım ve alçak sesle konuşmayı sürdürdüm.

Köpeğin sesime alışmasına zaman tanıdım. Sonra da yavaşça ona doğru gittiğimde köpek kıpırdamadı. Tekrar korkutmamak için bana biraz daha alışmasını bekledim ve küçük bir adım daha yanaştım. Böylece, bir iki asır gibi gelen bir zaman zarfında köpeğe iyice yaklaştım. Elimi tekrar uzattığımda köpek burnunu uzattı, korkacak bir şey olmadığına ikna olunca da parmaklarımı yaladı. Bir müddet sonra, başını okşamayı başarmıştım. Başımı çevirip Jane'e baktım omzumun üstünden. "Seni sevdi," dedi hayretle.

"Evet, sevdi galiba," dedim omuz silkerek.

Tasmasındaki telefon numarasını okumayı başardım sonunda, Jane de yandaki kitapçıdaki genel telefondan numarayı aramaya gitti. O yokken köpeğin yanından ayrılmadım. Ben onu okşadıkça rahatlıyor, sanki daha çok okşamamı istiyor, elimin dokunuşundan huzur buluyordu. Jane döndükten sonra, köpeğin sahibinin gelip onu almasını yirmi dakika kadar bekledik. Otuz yaşlarında bir adamdı gelen, arabasından neredeyse daha durmadan atlayıp çıktı. Onu görünce köpek derhal kuyruğunu sallayarak yanına koştu. Heyecanlı yalamalarına okşamalarla yanıt verdikten sonra adam bize döndü.

"Telefon ettiğiniz için size çok, çok teşekkür ederim," dedi. "Bir haftadır kayıptı, oğlum her gece ağlamaktan yorgun düşüp uyuyabiliyordu. Onu ne kadar sevindirdiğinizi bilemezsiniz. Köpeğini bulmak Noel dileklerinin en başındaydı."

Bize bir de ödül teklif etti ama ne Jane kabul etmek istedi, ne de ben.

Adam tekrar, tekrar teşekkürler ederek, arabasına binip gitti. Arkasından bakarken, ikimiz de değerli bir şey yapmış olduğumuzu hissediyorduk. Araba iyice uzaklaştıktan sonra Jane koluma girdi.

"Rezervasyonumuzu tutmuşlar mıdır desin?" diye sordu.

Saatime baktım. "Yarım saat gecikmişiz."

"Masamızı tutmuşlardır mutlaka."

"Valla bilmem, yer ayırtmak bayağı zordu, zaten benim yerime telefon etmesi için profesörlerimden birine rica etmiştim.

"Olsun, belki şansımız yaver gider," dedi.

Şansımız yaver gitmedi. Biz restorana vardığımızda masamız başkasına verilmişti bile. Başka bir masa ancak dokuz kırk-beşte boşalabilecekti. Jane bana baktı.

"Hiç değilse bir çocuğu mutlu ettik," dedi.

"Biliyorum," dedim, derin bir nefes alarak, "Gene karşıma çıksa, gene yaparım."

Yüzüme dikkatle baktı bir an, kolumu hafifçe sıktı. "Ben de durduğumuza memnunum, burada yemek fırsatını kaçırmış olsak da."

Sokak ışıkları arkadan vuruyor ve yüzüne meleğimsi bir ifade veriyordu.

"Gitmek istediğin başka bir yer var mı?" diye sordum.

Başını hafifçe yana eğdi, "Müzik sever misin?" dedi.

On dakika sonra, daha önce önünden geçtiğimiz pizzacıda oturuyorduk. Ben bu akşam için mum ışığı ve şarap planlamıştım ama sonuçta bira ve pizzaya tav olduk.

Ama Jane hiç de düş kırıklığına uğramış gibi durmuyordu. Rahatlıkla ve neşe içinde, Yunan Mitolojisi ve İngiliz Edebiyatı derslerinden, Meredith Üniversitesi'ndeki arkadaşlarından ve aklına gelen daha birçok şeyden sözediyordu.

Bense, daha çok dinliyor, başımı sallıyor ve ona daha birkaç saat konuşmaya devam etmesini kolaylaştıracak sorular sormakla yetiniyordum. Doğrusunu isterseniz hayatımda hiç kimsenin yanında bu kadar hoşça vakit geçirmemiştim.

Mutfakta Jane'in bana garip bir şekilde baktığını gördüm.

Hatıraları aklımdan kovalayıp, yemeğin son rötuşlarını da yaparak sofraya koydum.

Masada yerlerimizi aldıktan sonra başımızı eğip tanrının bize bahşettiği her şey için şükür duamızı ettik.

"Bir şeyin yok ya? Demin biraz düşünceli görünüyordun," dedi Jane tabağına salata alırken. Ben de bardaklarımıza şarap koyarken, "Aslına bakarsan, ilk randevumuzu anımsıyorum," dedim.

"Gerçekten mi?" dedi. Çatalı havada kalmıştı. "Neden peki?"

"Bilmem," dedim, bardağını ona doğru ittim. "Senin hiç aklına gelmiyor mu?"

"Gelmez olur mu? Tabii geliyor. Noel tatili için evlerimize gitmeden hemen önceydi. Harper's Restoran'da yemeye gidecektik ama yolda kaybolmuş bir köpek bulmuştuk, rezervasyonumuzu kaçırmıştık. Biz de onun yerine küçük bir pizzacıya gitmiştik. Sonra da..."

Ondan sonra olanların sırasını anımsamak için durdu, kaşlarını çattı.

"Sonra arabaya binip Havermil Caddesi'ndeki Noel süslerini görmeye gittik. Tamam mı? Havanın dondurucu soğuğuna rağmen ille de arabadan inip yürüyelim, diye ısrar etmiştin.

Dükkanlardan biri Noel Baba'nın köyünü kurmuştu, sen de beni oraya götürünce, Noel Baba kılığındaki adam, senin bana aldığın hediyeyi vermişti. İlk randevumuzda bunca zahmete kalkışman beni çok şaşırtmıştı.

"Ne hediye aldığımı anımsıyor musun?"

"Nasıl unuturum," dedi sırıtarak. "Şemsiye."

"Yanlış hatırlamıyorsam, o zaman pek hoşuna gitmemişti."

"Şemsiyem olduktan sonra delikanlılarla tanışma mazeretim kalmayacaktı ki," dedi kollarını havaya kaldırarak. "Yağmurda arabana kadar eşlik ettirmek en moda şeydi o zamanlar. Unutma ki Meredith bir kız üniversitesiydi ve gördüğümüz tek erkek hocalar ve hademelerdi."

"Ben de zaten onun için almıştım ya şemsiyeyi," dedim. "Taktiklerini gayet iyi biliyordum."

"Haydi canım," dedi Jane küçümseyen bir gülümsemeyle, "Hayatında ilk çıktığın kız bendim."

"Hiç de değil, daha önce de kızlarla randevularım olmuştu."

"Olsun," dedi, gözlerinde muzip bir ışık vardı, "İlk öptüğün kız bendim ya."

Doğru söylüyordu, ona bunu itiraf ettiğime çoktan pişman olmuştum çünkü ne unutuyor ne de unutturuyordu, hele böyle zamanlarda mutlaka ortaya atıyordu. Hemen kendimi savunma yoluna gittim: "Geleceğimi hazırlamakla meşguldüm, öyle şeylere vakit ayıramıyordum."

"Utangaçtın."

"Çalışkandım, utangaç değil, farklı şeyler bunlar."

"İlk yemeğimizi hatırlamıyor musun? Derslerinle ilgili birkaç laf hariç neredeyse ağzını hiç açmamıştın."

"Başka şeylerden de sözettim," dedim. "Kazağını beğendiğimi de söyledim ya. Unuttun mu?"

"O sayılmaz." Gene göz kırptı. "Şansın varmış ki o kadar sabırlıymışım."

"Evet," dedim. "Şansım vardı."

Bunu, onun ağzından duymak istediğim tonda söylemiştim. Jane de duydu sesimdeki o tonu. Kısaca gülümsedi.

"O geceden en çok neyi anımsıyorum biliyor musun?"

"Kazağımı mı?"

Karımın esprili ve hazır cevap olduğunu söylememe gerek var mı? Güldüm ama geçmişe dalmıştım bir kere, çıkamıyordum. "O köpek için her şeyi bırakıp yardıma koşmanı sevmiştim en çok ve onun güvende olduğundan emin olmadan yanından ayrılmaman, yüreğinin ne kadar iyi ve sevgi dolu olduğunu göstermişti bana."

Bu sözlerimden yüzünün kızardığına yemin edebilirdim ama hemen şarap bardağını kaldırdı, ben de emin olamadım. O bir şey söylemeden, ben konuyu değiştirdim.

"Anna'da yeni gelin tedirginlikleri baş göstermeye başladı mı?"

"Yok canım, en ufak bir endişe belirtisi bile yok. Her şeyin yolunda gideceğine inanıyor galiba, bugün fotoğraf ve pasta konusunda olduğu gibi. Bu sabah ona yapılacak işlerin listesini gösterdiğimde, tek söylediği, 'O halde hemen işe koyulmamız gerek, değil mi?' oldu."

Başımı salladım, Anna'yı bunları söylerken gözümün önüne getirebiliyordum.

"Tanıdığı papaza ne oldu?"

"Dün akşam aramış, Papaz onları memnuniyetle evlendireceğini söylemiş."

"İşte bu iyi, yapacak bir iş eksilmiş oldu."

Jane bir süre sessiz kaldı. Aklının yapılması gereken işlere takıldığı belliydi.

"Sanıyorum senin yardımına ihtiyacım olacak," dedi nihayet.

"Ne gibi yardıma ihtiyacın var?"

"Bir kere smokin meselesi var. Senin için, Keith ve Joseph için, bir de babam var tabii..."

"Hallederim."

Biraz rahatsızca yerinde kıpırdandı. "Anna, çağırmak istediği kişilerin listesini çıkartacak, davetiye gönderecek vaktimiz yok. Ben bütün gün Anna ile dışarıda olacağım, sen de tatilde olduğuna göre..."

Tamam anlamında ellerimi kaldırdım. "Ben bu işi de seve, seve üstlenirim," dedim, "yarın başlarım."

"Adres defterinin nerede olduğunu biliyor musun?"

Bu tür sorulara çoktan alıştım. Jane uzun yıllardan beri evimizdeki birtakım eşyaları bulamayacağıma dair köklü ve değişmez bir izlenim edinmiştir. Ayrıca, arada bir kaybettiğim eşyalarımı bulmak görevini de kendisine verdiğimi sanmaktaydı. Karımın bu sabit fikirleri, hemen belirteyim ki, benim kabahatim değildi. Evimizdeki her eşyanın yerini bilmediğim doğrudur ama bu, benim yeteneksizliğimden çok yerleştirme stratejisi sorunudur. Örneğin karım, el fenerinin mutfak çekmecelerinden birinde durmasını mantıklı bulur, oysa bence onun yeri, çamaşır makinesinin ve kurutucunun durduğu kiler olmalıdır. Bu yüzden el fenerinin yeri sürekli değişir ve ben dışarıda çalıştığım için neyin nerede olduğunu çok yakından takip etmem imkansızlaşır. Mesela anahtarlarımı tezgahın üstüne bırakmışsam, güdülerim bana, onları aradığımda gene orada bulacağımı söyler. Ama Jane anahtarlarımı otomatik olarak kapının yanındaki askıda arayacağıma inanır. Adres defterinin yeri, telefonun durduğu komodinin çekmecesi olduğu kesin, son kullandığımda oraya koymuştum çünkü, tam ben bunu söyleyecektim ki, Jane konuştu.

"Yemek kitaplarının durduğu rafta."

"Tabii, biliyorum," dedim.

Bu rahat hava yemeğimizi bitirip sofrayı toplamaya başlayıncaya kadar sürdü.

Sonra, yavaş yavaş, önce neredeyse fark edilmez bir biçimde, aramızdaki şakalaşma daha sakin, uzunca sessizliklerle bölünmüş bir konuşmaya dönüştü. Ve biz mutfağı temizlemeye koyulduğumuzda, yeniden alışageldiğimiz diyalog hakim oldu, yani ses çıkartan biz değil tabak çanak, çatal bıçaktı.

Bunun niçin böyle olduğunu açıklayamam, tek izah belki de, birbirimize söyleyebileceğimiz bir şey kalmadığıdır. Jane, tekrar Noah'yı sordu, ben daha önce söylediklerimi tekrarladım. Birkaç dakika sonra yeniden bana fotoğrafçı hakkında daha önce anlattıklarını tekrarladı. İkimiz de Joseph ya da Leslie'yle konuşmadığımız için o konuda çıkartabileceğimiz havadis yoktu. Ofis dedikodusu desen, o da yoktu. Daha önce yakaladığımız hava uçup gitmek üzereydi ve ben, kaçınılmazı önlemek istiyordum. Bir şeyler bulmak için delice kafamı zorluyordum, sonunda boğazımı temizledim:

"Wilmington'daki köpekbalığı saldırısını duydun mu?"

"Geçen haftakini mi söylüyorsun? Kıza saldıranı?"

"Evet," dedim, "onu söylüyorum."

"Daha önce anlatmıştın."

"Öyle mi?"

"Geçen hafta, haberi bana sen okumuştun."

Şarap bardaklarını elde yıkadım. Süzgeci sudan geçirdim. Jane'in çekmecelere bir şeyler kaldırdığını işitiyordum.

"Ne korkunç bir tatil başlangıcı, kızın ailesi daha arabadan bavullarını bile indirmemiş."

Sonra tabakları temizleyip çöp öğütücüyü çalıştırdım. Sesi duvarlara yansıyordu sanki, bizim aramızdaki sessizliği daha da vurgulayarak. O durunca tabakları bulaşık makinesine yerleştirdim.

"Bugün bahçede otları yoldum."

"Bunu daha birkaç gün önce yaptın sanıyordum."

"Yapmıştım."

Kullandığım diğer gereçleri de sudan geçirip makineye yerleştirdim. Suyu açıp, kapattım, makinenin raflarını çekip ittim.

"Umarım güneşte fazla kalmamışsındır," dedi.

Böyle söylemesinin nedeni, babamın arabasını yıkarken kalp krizi geçirip altmış bir yaşında ölmesiydi. Benim ailemde kalp hastalığı vardı ve bunun Jane'i endişelendirdiğini biliyordum. Son zamanlarda aramızda aşktan ziyade arkadaşlık olsa da, Jane'in beni her zaman seveceğini biliyordum. Sevmek onun tabiatında vardı, her zaman da olacaktı.

Kardeşleri de böyledir, ben bunu Noah ile Allie'nin eseri olarak görüyorum. Kucaklaşmalar ve kahkahalar onların evine damgasını vurmuştu ve kimsenin içinde kötü niyet olmadığı bilindiğinden, birbirlerine muziplik yapmaya da bayılırlardı. Böyle bir ailede yetişseydim nasıl biri olurdum acaba, diye çok düşünmüşümdür.

"Yarın gene çok sıcak olacakmış," diyerek düşüncelerimi böldü Jane.

"Evet, haberlerde duydum, kırk derece olacakmış," dedim, "Nem oranı da yüksek."

"Kırk derece mi?"

"Öyle söylediler."

"Çok sıcak olacak demek ki."

Ben tezgahı silerken Jane de artanları buzdolabına yerleştirdi. Daha önceki yakınlaşmamızdan sonra, bu anlamsız konuşmalar kulak tırmalayıcıydı. Jane'in yüz ifadesinden, onun da bu sıradanlığa dönüşten düş kırıklığı yaşadığını çıkartıyordum. Elbisesini şöyle bir yokladı, sanki ceplerinde sözcükler arıyordu. Sonunda derin bir iç geçirdi ve kendini gülümsemeye zorladı.

"Gidip bir Leslie'yi arayım, bari," dedi. Bir dakika sonra mutfakta yalnızdım. Gene başka birisi olmayı arzulayan, gene her şeye yeniden başlamanın mümkün olup olmadığını soran ben.

İlk randevumuzu takip eden iki haftada beş defa daha görüşmüştük, sonra Jane, Noel tatili için New Bern'e döndü. İki kez birlikte ders çalıştık, bir kez sinemaya gittik ve iki öğleden sonra da, Duke Üniversitesi'nin kampüsünde yürüyüş yaptık.

Bu yürüyüşlerden biri öyle güzeldi ki, o, zihnimde her zaman taze kalacaktır. Karanlık bir gündü, bütün sabah yağmur yağmıştı. Gökyüzünü gri bulutlar o kadar fena kaplamıştı ki, akşam oldu sanırdınız. Günlerden pazardı, kayıp köpeği kurtardığımız geceden iki gün sonraydı. Jane'le ikimiz kampüsün binaları arasında dolaşıyorduk,

"Annenle baban nasıl insanlardır?" diye sordu.

Yanıtlamadan önce bir iki adım daha yürüdük. "İyi insanlardır," dedim nihayet.

Arkasını getirmemi bekledi, ben devam etmeyince omzuyla omzumu dürttü.

"Bütün söyleyeceğin bu kadar mı?"

Jane'in bunu, lafı biraz açılabilmemi sağlamak için yaptığını biliyordum ve hiçbir zaman rahatça içimi açamadığım da bir gerçekti ama gene biliyordum ki, Jane başarıncaya kadar üstelemeyi, yumuşak ve kararlı bir biçimde sürdürecekti. Zeki bir kızdı, sadece akademik açıdan değil, insanları anlamak açısından da, özellikle de beni.

"Başka ne söyleyebilirim bilmem ki," dedim. "Tipik anne ve baba, işte. Devlet dairesinde çalışıyorlar ve yirmi yıldır Dupont Circle'da büyük bir evde oturuyorlar. Burası Washington D.C'dedir, ben orada büyüdüm. Galiba birkaç yıl önce, şehir merkezinin dışında, banliyöde bir ev almayı düşündüler ama ikisi de her gün onca yolu gidip gelmeyi göze alamadı, biz de kaldık olduğumuz yerde."

"Arka bahçeniz var mıydı?"

"Hayır ama güzel bir avlu vardı. Bazen taşlarının arasından otlar çıkardı."

Güldü. "Annenle baban nerede tanışmışlar?"

"Washington'da, ikisi de orada büyümüşler ve Ulaştırma Bakanlığı'nda çalışırken tanışmışlar. Galiba bir süre aynı ofiste çalışmışlar, bütün bildiğim bu. Bundan başka bir şey söylediklerini duymadım hiç."

"Hobileri var mı?"

Sorunun yanıtını düşünürken, annemle babamı gözümün önüne getirmeye çalıştım. "Annem *Washington Post* gazetesine mektup yazmaktan hoşlanır, galiba dünyayı değiştirmek istiyor. Sürekli ezilenlerden yana çıkıyor ve tabii bu dünyayı daha güzel bir yer yapmak için fikir üretiyor durmadan. Haftada en az bir mektup yazıyordur, eminim. Hepsi yayınlanmıyor tabii ama yayınlananları kesip bir albüme yapıştırır. Babam da... Babam sessiz bir adamdır. Şişelerin içinde gemi maketi yapmayı sever. Yıllardır yapar, belki yüzlerce yapmıştır. Evdeki raflarda koyacak yer kalmadığı için, okullara hibe ediyor, kütüphanelerinde filan sergiliyorlar, çocuklar onlara bayılıyor."

"Sen de yapar mısın?"

"Hayır, bu babamın kaçış uğraşı. Zaten bana öğretmeye hiç yanaşmadı, benim kendi hobimi bulmamın daha iyi olacağını düşünüyordu. Ama onu izlememe izin verirdi, hiçbir şeye dokunmadığım takdirde."

"Ne yazık."

"Benim şikayetim yoktu," dedim karşılık olarak. "Hep böyle davranırdı ama ilginçti. Çalışırken pek konuşmazdı, yine de onunla vakit geçirmek hoş olurdu."

"Seninle top oynar mıydı? Ya da birlikte bisiklete filan biner miydiniz?"

"Hayır, babam pek açık hava insanı değildir. Sadece gemiler, işte. Bana sabırlı olmayı öğretti."

Jane, başını önüne eğdi, yürürken kendi ayaklarını izlemeye koyuldu, biliyordum ki kendi yetiştirilme tarzıyla benimkini kıyaslıyordu.

"Tek çocuksun değil mi?"

O zamana kadar kimseye nedenini anlatmamıştım ama ona söylemek istedim. Ta o zamandan hakkımdaki her şeyi bilmesini istiyordum. "Annem başka çocuk sahibi olamıyordu. Ben doğduğumda bir tür kanama mı olmuş, ne. Ondan sonra çocuk yapması riskli olmuş."

Kaşlarını çattı, "Ne kötü."

"Evet, annem de çok üzülüyordu."

Bu noktada kampüsün küçük kilisesinin önüne varmıştık. İkimiz de durup mimariyi hayran hayran seyrettik.

"İlk kez bana kendin hakkında bu kadar şeyi bir seferde anlattın," dedi.

"Galiba, başka kimseye anlatmadığım kadar sana anlattım."

Gözümün ucuyla bir tutam saçı kulağının arkasına ittiğini gördüm. "Zannedersem, şimdi artık seni daha iyi anlıyorum," dedi.

Bir an duraladım. "Bu iyi mi?"

Cevap verecek yerde Jane bana döndü ve birden yanıtının ne olduğunu anladım.

Aslında sonra olanların tam olarak nasıl cereyan ettiğini hatırlamam gerekir herhalde ama doğrusunu isterseniz bunu izleyen dakikalar kafam karışıktı. Bir an eline uzandım, hemen ardından onu kendime yavaşça doğru çektiğimi hissettim, hafifçe şaşırmış görünüyordu ama yüzümün ona doğru yaklaştığını görünce, gözlerini kapatarak yapmak üzere olduğum şeye izin verdiğini belirtti. Bana yaklaştı ve dudakları benimkilere değdiğinde, bu anı ebediyen hatırlayacağımı biliyordum.

Şimdi Jane'in Leslie'yle konuşmasını dinlerken, sesinin o gün benimle kampüste yürüyen kızın sesine ne çok benzediğini düşündüm. Sesi canlıydı, sözcükler dudaklarından rahatça akıyordu, kahkahasını duydum, sanki Leslie yanı başındaydı.

Yarım oda ötede kanepeye oturmuş, kulak misafiri oluyordum. Jane'le ikimiz, saatlerce yürür ve konuşurduk ama şimdi yerimi başkaları aldı. Çocuklarla konuşurken Jane'in laf bulma sıkıntısı olmuyor, babasıyla konuşmak da en ufak bir sıkıntı yaratmıyor onda. Arkadaş çevresi de hayli geniş, sık sık da buluşuyorlar. Bütün o insanlar bizim sıradan bir gecemize şahit olsalar ne düşünürler acaba.

Problemleri olan tek çift biz miydik? Yoksa böyle şeyler bütün uzun süren evliliklerde zamanın getirdiği kaçınılmaz bir olgu muydu? Mantık bunun olabileceğini söylüyor, gene de Jane'in neşesinin telefonu kapar kapamaz yok olacağını bilmek bana acı veriyordu. Rahatça şakalaşmak yerine, basmakalıp laflar edeceğiz ve sohbetimizde en ufak bir tılsım olmayacak. Havaların gidişi hakkında bir tek cümleye bile dayanamayacağımı biliyordum.

Peki ama ne yapmalı? Beni hasta eden soru buydu. Bir saat zarfında evliliğimizin iki dönemini de gözden geçirmiştim, hangisini tercih ettiğimi, hangisini hak ettiğimizi biliyordum.

Arka planda, Jane'le Leslie'nin konuşmasının bitmek üzere olduğunu anladım. Telefon konuşmalarını sona erdirmelerinin bir biçimi vardır. Jane'inki başkadır, benimki başka. Birazdan, kızına onu sevdiğini söyleyecek sonra, o da aynı şeyi söylerken susacak, bunların ardından vedalaşmalar gelecek. Bu olacakları bildiğim için, birden fırsatı yakalamaya karar verdim ve kanepeden kalkıp ona baktım.

Karşısına çıkıp elini elime alacağım, dedim kendi kendime, aynı Duke Üniversitesi'nin küçük kilisesinin önünde yaptığım gibi. Ne oluyor diye şaşıracak, aynı o gün şaşırdığı gibi ama ben, onu kendime doğru çekeceğim. Yüzüne dokunacağım ve yavaş yavaş gözlerimi kapatacağım, dudaklarım dudaklarına değdiği an, onu hiç öpmediğim gibi öpeceğimi anlayacak. Hem yepyeni bir öpücük olacak, hem de aşina; sevecen fakat arzulu; ve bu öpücük, onda da aynı duyguların uyanmasına neden olacak. Bu öpücük, dedim kendi kendime, hayatımızda yeni bir başlangıç olacak, aynı o ilk öpücüğün yıllar önce ilişkimizi başlattığı gibi.

Her şeyi gayet net hayal edebiliyordum ve bir dakika sonra son sözlerini söylediğini ve telefonun kapandığını duydum. Vakit tamamdı, tüm cesaretimi toplayıp ona doğru ilerlemeye başladım.

Jane'in arkası bana dönüktü, eli telefonun üstünde kalmıştı. Öylece oturmuş, salonun penceresinden kararan gökyüzünün gri bulutlarına bakıyordu. Hayatımda karşılaştığım en mükemmel insandı o ve öpücüğün ardından bunu ona söyleyecektim.

İlerledim, ona iyice yaklaştım, parfümünün kokusunu alıyordum. Kalp atışlarım hızlandı. Tam ona ulaşmak, dokunmak üzereydim ki, yeniden telefonu kaldırdı. Hareketleri seriydi, bir iki tuşa bastı. Numarası otomatik aramadaydı, kimi aradığını biliyordum.

Bir dakika sonra Joseph telefona cevap verdi, ben kararlılığımı kaybettim, ellerim boş ancak kanepeye doğru dönebildim.

Sonra, kucağımda Roosevelt'in yaşam öyküsü açık olarak ayaklı lambanın altında oturdum bir saat kadar.

Davetlileri arama görevini bana verdiği halde, Joseph'le konuşması bittiğinde, kendisine en yakın olan birkaç kişiyi aradı. Hevesini anlayışla karşılıyordum ama bütün bu telefon konuşmaları saat dokuzu geçene kadar bizi ayrı dünyalarda bıraktı. Bu akşam öğrendim ki, gerçekleşmeyen umutlar, küçücük umutlar da olsa, insanın içini fena buruyor.

Nihayet telefonlarını bitirdiğinde, Jane'le göz göze gelmeye çalıştım ama o kanepeye gelip yanıma oturacağına, sokak kapısının yanındaki komodinin üstünden bir paket aldı. Geldiğinde elinde olduğunu fark etmemiştim.

Birkaç tane gelin ve düğün dergisini benden yana sallayarak, "Bunları gelirken Anna için aldım," dedi. "Ama ona vermeden kendim bir göz atacağım."

Artık gecenin kalan saatlerinden hayır gelmezdi, zorla gülümsedim, "İyi fikir," dedim.

Ve tam bir sessizliğe gömüldük. Ben kanepede, Jane sallanan koltukta. İkide bir gözüm Jane'e kayıyordu. Gözleri bir gelinlikten diğerine gidip geliyordu, bazı sayfaların kenarını kıvırıyordu. Jane'in gözleri de benimkiler gibi, artık eskisi kadar iyi görmüyor. Baktım, daha iyi görebilmek için boynunu da garip bir biçime sokmuş. Zaman zaman kendi kendine bir şeyler fısıldıyordu, hayranlık sesleri çıkarıyordu. Belli ki gördüğü fotoğrafların içine Anna'yı yerleştiriyordu.

Karımın anlamlı yüzünü seyrederken birçok kere bu yüzün her noktasını öptüğümü özlemle anımsadım. Senden başka hiç kimseyi sevmedim demek geldi içimden ama sağduyum araya girdi. Bu sözleri başka bir zamana, ilgisinin yalnızca bende olduğu ve belki de bana aynı şekilde cevap verebileceği bir zamana saklamamı söyledi.

Gece ilerliyordu, ben okuyormuş gibi yaparak onu seyrediyordum. Bütün bir gece seyredebilirim onu diye düşündüm ama yorgunluk bastırdı, Jane'in yatmasına daha en az bir saat vardı. Kıvırdığı sayfalara tekrar bakmadan edemezdi. Sırada iki dergi daha vardı.

"Jane?" dedim.

"Hımmm?" diye yanıtladı aklı başka yerde.

"Bir fikrim var."

"Ne konuda?" başını dergiden kaldırmamıştı bile, sayfaya bakmayı sürdürüyordu.

"Düğünün nerede yapılacağı konusunda."

Nihayet jeton düştü ve kafasını kaldırdı.

"Belki mükemmel değil ama eminim müsaittir," dedim. "Hem açık hava, bol otopark yeri var. Ve çok da çiçek var, binlerce çiçek var."

"Neresi bu?"

Bir an durdum.

"Noah'nın evi," dedim, "Çardağın altında, güllerin yanında."

Jane'in ağzı açıldı ve kapandı; görüşünü netleştirmek ister gibi hızla gözlerini kırpıştırdı. Sonra yavaş yavaş ama çok yavaş gülümsemeye başladı.

6

Sabah olunca önce smokin işini ayarladım, sonra Anna'nın listesindeki arkadaşları ve komşuları aramaya koyuldum. Aldığım yanıtlar beklediğim türdendi.

"Tabii ki geliriz," dedi bir tanıdık. Bir başkası, "Dünyada kaçırmayız," dedi. Konuşmalar dostçaydı ama lafı fazla uzatmıyordum, dolayısıyla, öğlen olmadan işimi bitirmiştim bile.

Jane ile Anna buketleri ayarlamak için çiçekçi aramaya gitmişlerdi. Daha sonra Noah'nın evine uğrayacaklardı. Buluşacaktık ama daha saatlerce vaktim vardı. Creekside'a gitmeye karar verdim, yolda üç tane, dilimli beyaz ekmek aldım.

Arabamı Creekside'a doğru sürerken aklım Noah'nın evine ve oraya ilk gidişime kaydı.

Jane beni ilk kez evine davet ettiğinde, biz flört etmeye başlayalı altı ayı geçiyordu. Jane, Meredith Üniversitesi'nden haziranda mezun olmuştu. Merasimden sonra,

Jane benim arabama bindi ve biz Allie ile Noah'nın ara-
basını takip ederek New Bern'deki evlerinin yolunu tut-
tuk. Jane kardeşlerin en büyüğüydü -dört kardeşin top-
lam yaş farkı yediydi- ve eve vardığımızda, hepsi de hala
beni inceliyorlardı. Merasim sırasında Jane'in ailesinin
yanında dururken, Allie bir ara koluma bile girmişti ama
ben gene de onların üstünde bıraktığım izlenim konu-
sunda pek o kadar güvenli hissetmiyordum kendimi.

Benim tedirginliğimi hissetmiş olacak ki Jane, biz eve
varır varmaz çevreyi dolaşmamızı önerdi. Baştan çıkartıcı
kır havası sinirlerimi yatıştırdı; gökyüzünün berrak mavi-
sine turuncu ışıklar vurmuştu, havada ne ilkbahar serin-
liği ne de yazın sıcağı ve rutubeti vardı. Noah yıllardır
binlerce çiçek soğanı ekmişti buralara, bahçe çiti boyunca
zambaklar inanılmaz bollukta ve envai renkte açmışlardı.
Ağaçlar yeşilin bin bir çeşidini gözler önüne seriyordu ve
hava kuş cıvıltılarıyla şenlenmişti. Ama beni asıl büyüle-
yen gül bahçesiydi, ta uzaktan bile tüm dikkatimi üstüne
çekmişti. İç içe geçmiş beş kalp şeklindeydiler, ortadaki-
lerin boyları en yüksekti giderek boyları alçalıyordu ve en
dıştakiler en kısa boylu olanlardı. Güller, kırmızı, pembe,
turuncu, beyaz ve sarı renklerde coşmuşlardı. Tomurcuk
ve çiçeklerde özenli bir tabiilik vardı, insan eli ve tabiatın
berabere kalması gibi. Çevredeki bunca vahşi güzelliğin
içinde neredeyse yadırganıyordu.

Gezintimizin bir yerinde gül bahçesinin yanındaki
çardağa geldik. Tabii ki o güne kadar Jane'den çok hoş-
landığım açıktı ama gene de birlikte bir geleceğimiz olup
olmayacağından emin değildim. Daha önce de söyledi-
ğim gibi, ciddi bir ilişkiye girmeden önce, iyi geliri olan

bir iş bulmamın gerektiğine inanıyordum. Benim hukuk fakültesini bitirmeme daha bir yıl vardı ve ona beni beklemesini söylemenin haksızlık olacağını düşünüyordum. Tabii o zamanlarda sonuçta New Bern'de çalışacağım aklımın kenarından bile geçmiyordu. Hatta, gelecek yıl için Atlanta ve Washington D.C.'de birkaç hukuk firmasıyla randevularım bile tamamdı. Ve biliyordum ki, Jane büyüdüğü yerde yaşamayı planlıyordu.

Ancak Jane planlarımı uygulamamı ve kararlarıma sadık kalmamı güçleştiriyordu. Benimle beraberken hayatından memnun görünüyordu. Söylediklerimi ilgiyle dinliyordu, benimle tatlı tatlı şakalaşıyordu ve beraberken hep elimi tutuyordu. İlk elimi tutuğunda içimi o kadar hoş bir duygu kaplamıştı ki, o zaman şöyle bir karara varmıştım, biliyorum akılsızca gelecek, bir çift el ele tutuştuğunda ya tam bir uyum olur ya da hiç uyum olmaz. Galiba parmakların birbirine geçişiyle ve başparmağın nereye gelmesi gerektiğiyle ilgili bir şey. Bunu Jane'e anlatmaya çalıştığımda, gülmüştü ve bunu tahlil etmenin neden bu kadar önemli olduğunu sormuştu bana.

Mezuniyet gününde gene elimi tuttu ve bana Noah ile Allie'nin öyküsünü anlattı. Ergenlik çağında tanışmışlar ve birbirlerine aşık olmuşlar ama Allie ailesiyle birlikte başka yere taşınmış ve on dört yıl görüşmemişler. Ayrı oldukları bu zaman zarfında Noah New Jersey'de çalışmış, savaşa gitmiş ve nihayet New Bern'e dönmüş. Bu arada Allie de başka biriyle nişanlanmış. Ancak, evlenmek üzereyken, Noah'yı görmeye gitmiş ve bütün ömrünce yalnızca Noah'yı sevdiğini anlamış. Nişanlısından ayrılıp New Bern'de kalmış.

O zamana kadar birçok şey konuşmuş olmamıza kar-şın, Jane bana bunu anlatmamıştı. O zaman bu öykü şim-di olduğu kadar duygulandırmamıştı beni. Genç olma-mın ve erkek olmamın bunda rolü büyüktü tabii. Ama Jane için bu öykünün büyük önem taşıdığını gördüm, anne ve babasını bu kadar çok sevmesi beni duygulan-dırdı. Öyküyü anlatmaya başladıktan az sonra koyu renk gözleri doldu ve biraz sonra yanaklarına doğru taşmaya başladı. Önce silmeye kalkıştı, sonra da, onu ağlarken gör-memin çok önemi olmadığına karar vermiş olmalı ki, vaz-geçti. Bu rahatlığı beni derinden etkiledi çünkü daha önce pek az kişiyle paylaştığı bir şeyi bana anlattığını anlamış-tım. Benimse, herhangi bir konuda ağlamam çok zordur, o gün öyküsünü bitirdiğinde bu özelliğimi öğrenmiş oldu.

"Bu kadar duygusal davrandığım için bağışla beni," dedi yavaşça. "Ama bu öyküyü uzun zamandır sana anlatmak istiyordum. En uygun anda ve yerde olsun diye beklemiştim."

Sonra da elimi, sanki ebediyen tutmak istermiş gibi sevgiyle sıktı.

Göğsümde hiç alışkın olmadığım bir sıkışma hisset-tim ve bakışımı öte yana çevirdim. Çevremdeki manzara derinden etkileyici ve canlıydı, her bir taç yaprağı ve çimen tanesi yerinden fırlayacakmış gibi hayat dolu ve tazeydi. Jane'in arkasında ailesinin verandada toplanmış olduğunu gördüm. Güneş ışınları çimenlerin üstüne değişik şekillerde yansımıştı.

"Bunu benimle paylaştığın için teşekkür ederim," dedim yavaşça, dönüp yüzüne baktım ve aşık olmanın ne demek olduğunu nihayet anladım.

Creekside'a gittim ve Noah'yı suyun kenarında oturur buldum.

"Merhaba Noah," dedim.

"Merhaba, Wilson," dedi gözümü sudan ayırmadan. "Uğradığın için sağ ol."

Ekmek torbasını yere bıraktım. "İyi misin?"

"Daha iyi olabilirdim ama daha kötü de olabilirdim."

Bankta yanına oturdum. Sudaki kuğunun benden korkusu yoktu, önümüzdeki sığ sularda oyalanıyordu.

"Düğünü evde yapma fikrini Jane'e söyledin mi?" diye sordu.

Başımı salladım, dün geldiğimde bu fikrimi ona açmıştım.

"Bunu nasıl benden önce akıl edemediğine şaştı, sanıyorum."

"Aklında bir sürü şey var tabii."

"Doğru tabii. Bu sabah Anna ile kahvaltıdan hemen sonra çıktılar.

"Hevesten uçuyor değil mi?"

"Hem de nasıl. Jane, Anna'yı neredeyse sürüklüyordu bu sabah."

"Kate'in düğününde Allie de böyleydi."

Noah, Jane'in küçük kız kardeşinden sözediyordu. Anna'nın bu haftasonu yapılacak düğünü gibi, Kate'in düğünü de Noah'nın evinde yapılmıştı. Jane baş nedime olmuştu.

"Herhalde gelinliklere bakıp duruyordur."

Şaşkınlıkla baktım yüzüne.

"Allie'nin en hoşuna giden kısmı sanıyorum bu gelinlik faslıydı," diye sürdürdü sözünü. "Allie ile Kate en mükemmel gelinliği bulmak için Raleigh'de iki gün geçirmişlerdi. Kate yüzden fazla gelinlik prova etmişti. Eve döndüklerinde Allie bana her birini tarif ederdi. Şurasında dantel var, kolları şöyle, belinde tafta var, sımsıkı bel... Böyle saatlerce anlatırdı ama heyecanlandığı vakit öyle güzel olurdu ki, söylediklerinden tek kelime anlamadan hayran hayran dinlerdim."

Ellerimi kavuşturdum. "Jane'le Anna'nın bu kadar zamanları yok."

"Doğru söylüyorsun. Ama ne giyerse giysin, biliyorsun ki, Anna çok güzel olacak."

Başımı salladım.

Bugünlerde Noah'nın evinin bakımına çocuklar da katılıyor.

Ortak mülkümüz; Noah ve Allie Creekside'a taşınmadan bütün formaliteleri tamamlamışlardı. Evi onlar da çocuklar da çok sevdikleri için onu satamazlardı. Çocuklardan yalnızca birine de veremezlerdi, ne de olsa hepsinin sayısız hatırası vardı orada.

Daha önce de söylediğim gibi o eve sık sık giderdim, şimdi de Creekside'dan çıkıp buraya gelmiştim ve malikaneyi dolaşırken bir yandan da yapılması gereken şeyleri kafama yazıyordum. Bir bahçıvan çimleri kesip bahçe duvarını filan iyi durumda tutuyordu zaten ama gene de malikanenin davetli kabul edecek duruma gelmesi için bir hayli işe gereksinim vardı ve benim bunu tek başıma yapmama imkan yoktu. Bir zamanlar beyaz olan ev, binlerce yağmur fırtınasının bıraktığı gri tozla kaplıydı. Ama bu sıkı bir tazyikli, buharlı yıkamanın halledemeyeceği bir şey değildi. Ancak, bahçıvanın periyodik bakımına karşın, malikane pek parlak durumda değildi. Bahçe duvarının sütunlarından otlar fışkırmıştı, çitlerin muntazam hale getirilmesi gerekiyordu. Baharda açan zambakların sadece kuru dalları kalmıştı. Gülhatmiler, ortancalar ve sardunyalar ortalığı renge boğuyordu ama onların da düzeltilmesi gerekiyordu.

Bütün bunlar nispeten çabuk halledilebilirdi ama gül bahçesi beni korkutuyordu. Evin boş kaldığı yıllarda yabanıllaşmışlardı. Eş merkezli kalplerin her biri aşağı yukarı aynı boydaydı. Fidanlar birbirine karışmıştı. Sayısız sap her yerde büyümüştü, yapraklar çiçekleri, yani renkleri kapatıyordu. Gülleri aydınlatan spotların çalışıp çalışmadığı hakkında en ufak bir bilgim yoktu. Bana göre bunları kurtarmanın tek yolu hepsini usulüne göre budayıp, bir yıl geçtikten sonra, gelecek yıl yeniden açmalarını beklemekti.

Bahçe mimarımın mucize yaratması için dua ediyordum. Bu projeyi başaracak bir kişi varsa, o da bu adamdı. Mükemmeli yapma tutkusu olan sessiz bir adamdı Nathan Little, Kuzey Carolina'daki en ünlü bahçeleri o yapmıştı. Örneğin, Biltmore Malikanesi'ni, Tryon Palas'ı, Duke Botanik Bahçesi'ni. Hayatımda, bitkiler hakkında Nathan kadar bilgisi olan bir kişiye daha rastlamamıştım.

Bizim küçük fakat göz kamaştırıcı olan kendi bahçemize karşı tutkum yıllar içinde arkadaş olmamıza yol açmıştı. Nathan sık sık iş çıkışı yolunu bizim bahçeden geçirmeye çalışırdı. Toprağın asidi, açelyalar için gölgenin önemi, gübreler arasındaki farklar ve hatta hercaimenekşelerinin sulanma gereksinmeleri konusunda uzun sohbetlerimiz olurdu. Bunlar benim ofisimde yaptığım işlerden tamamıyla farklıydı, belki de bu yüzden bana bunca mutluluk veriyordu.

Malikaneyi gözden geçirirken, tam olarak nasıl görünmesini istediğimi kafamda canlandırmaya çalışıyordum. Sabahki telefonlarımın arasına Nathan'ı da koymuştum ve günlerden pazar olmasına rağmen, uğramayı kabul etmişti. Üç ekibi vardı, bunlardan çoğu sadece İspanyolca konuşurdu ve bir ekibin bir günde çıkarttığı iş gerçekten şaşırtıcıydı. Gene de bu büyük bir projeydi ve zamanında bitirebilmeleri için dua etmekten başka yapacağım bir şey yoktu.

Yapılacak şeyleri kafamda not ederken papaz Harvey Wellington'ı uzaktan gördüm. Evinin önündeki verandada, kollarını kavuşturmuş, bir sütuna dayanmış duruyordu. Onu gördüğümde kıpırdamadı. Birbirimizi izliyor gibiydik, bir an sonra, gülümsediğini gördüm. Bunu, gidip onu görmem için bir davet olarak kabul ettim. Ama bir an başka yere bakıp döndüğümde evine girmiş olduğunu gördüm. Daha önce onunla konuşmuş, elini sıkmış olmama karşın, evinin kapısından içeri tek bir kez dahi adım atmamış olduğumu fark ettim.

Nathan öğlen yemeğinden sonra uğradı ve birlikte bir saat geçirdik. Ben konuşurken sürekli kafasını salladı ve sorularını asgaride tuttu. Bitirdiğimde eliyle gözlerine siper yaptı.

"Bir tek gül bahçesi başımıza dert açacak," dedi nihayet. "Gerektiği gibi görünmesini sağlamak çok iş isteyecek."

"Ama mümkün, değil mi?"

Gül bahçesine uzun uzun baktıktan sonra nihayet başını salladı.

"Çarşamba ve perşembe bütün ekipler gelecek," dedi, "otuz kişi."

"Yalnızca iki gün mü? Bütün bahçe mi?" diye sordum hayretle. Ben nasıl kendi işimi iyi biliyorsam, o da işinin ehliydi ama gene de sözleri beni şaşırtmıştı.

Gülümsedi ve elini omzuma koydu, "Merak etme, dostum," dedi. "Muhteşem olacak."

Öğlen sıcağı topraktan alevli dalgalar gibi yükseliyordu. Rutubet havayı yoğunlaştırmış, ufku bulanıklaştırmıştı. Alnımda biriken terleri hissedince cebimden mendilimi çıkarttım. Yüzümü sildikten sonra verandada oturup Jane ve Anna'yı beklemeye koyuldum. Evin her yanı tahta kepenklerle kapatılmıştı ama güvenlik endişesiyle değil, tahtalar daha ziyade, rasgele zarar verecekleri önlemek için ve gelip geçenin odalara bakmamaları içindi. Creekside'a gitmeden Noah bunları kendisi tasarlamış, işçiliğinin çoğunu da oğulları yapmıştı. Kepenkler eve içeriden menteşelerle bağlıydı, dolayısıyla içeriden kolayca açılabiliyorlardı. Bahçıvan yılda iki kez evi havalandırıyordu. Elektrik kestirilmişti ama evin arka tarafında bir jeneratör vardı ve bahçıvan arada bir bunun da düzgün çalışıp çalışmadığını, fişlerin, düğmelerin sağlamlığını kontrol ederdi. Bahçe sulama sisteminden dolayı su hiç kestirilmemişti, bahçıvan arada bir banyo ve mutfak musluklarını açıp borularda biriken toz ve kiri akıttığını da söylemişti bana.

Bir gün buraya birisi taşınacaktır, eminim. Ben ve Jane değil, Jane'in öteki kardeşleri de değil ama birileri mutlaka taşınacak, bu kaçınılmaz. Bunun Noah göçüp gittikten kısa bir süre sonra olması da kaçınılmaz.

Birkaç dakika sonra Anna ve Jane geldiler, araba bahçeye girerken arkasında toz bulutları kaldırıyordu. Onlarla ağacının gölgesinde buluştum. İkisi de çevreye bakıyorlardı, Jane'in yüzünde gittikçe artan bir endişe ifadesi belirmişti. Anna çiklet çiğniyordu, bana kısaca gülümsedi.

"Selam, babacığım."

"Selam, tatlım. Bugün işler nasıl gitti?"

"Ben eğlendim, annem panikledi ama sonuçta her şeyi hallettik. Gelin buketini de, korsajları da, düğme deliği çiçeklerini de ısmarladık."

Jane onu duymuyordu bile, hala deli gibi çevreye bakıyordu. Ne düşündüğünü gayet iyi biliyordum, 'Burası hayatta zamanında hazır olmaz,' diyordu içinden. Buraya benim kadar sık gelmediği için, sanıyorum kafasında burasının eski hali daha canlı duruyordu, şimdiki durum ona göre çok farklı tabii.

Kolumu omzuna doladım, "Merak etme. Burası muhteşem olacak," diye ona güven vermeye çalıştım, Nathan'ın sözlerini tekrarlayarak.

Daha sonra, Jane'le ben malikanede dolaşmaya başladık. Anna, Keith'le cep telefonunda konuşmak için bizden uzaklaşmıştı. Bir yandan yürürken, bir yandan da Nathan'la konuştuklarımızı anlatıyordum. Ama Jane'in aklının başka yerde olduğu belliydi.

Söylemesi için ısrar ettiğimde, "Canımı sıkan Anna," dedi içini çekerek, "Bir bakıyorsun, benimle beraber plan yapıyor, planlara katılıyor, bir dakika sonra tamamen ilgisiz. Ayrıca, hiçbir kararı kendi başına veremiyor. Çiçekleri seçerken bile, buketler için ne renkleri istediğini bilmiyordu, ne tür çiçekler istediğini söyleyemiyordu, ben bir şeyi beğendiğim an o da onu seçiyordu. Aklımı kaçıracağım. Tamam, bütün bunların hepsi benim fikrim ama düğün onun düğünü."

"Anna her zaman böyleydi," dedim. "Hatırlamıyor musun? Küçükken de, okul kıyafetleri için alışverişe çıktığınızda da dönüşte bana aynı şeyleri söylerdin."

"Biliyorum," dedi ama ses tonu bana, onu daha başka şeylerin de endişelendirdiğini hissettiriyordu.

"Ne var, söylesene," diye üsteledim.

"Keşke biraz daha zamanımız olsaydı diyorum. Tamam epey şey başardık ama biraz daha vaktimiz olsaydı, bir tür davet de ayarlayabilirdim. Düğün merasimi harika olacak da, ya sonrası? Bir daha böyle bir deneyimi olmayacak."

Ah karıcığım benim, ne iflah olmaz bir romantiktir o.

"Madem öyle, davet de verelim."

"Nasıl yani?"

"Burada bir davet verebiliriz, evi açmamız yeterli."

Aklımı kaçırmışım gibi baktı suratıma. "Ne olacak evi açacağız da? İkram servisi nereden bulacağız? Masalarımız yok, müzik yok, bunları ayarlamak zaman alacak şeyler. Bir parmağını şıklattığında ihtiyacın olan her kişi koşarak emrine amade olamaz ki."

"Fotoğrafçı için de buna benzer bir şeyler söylemiştin."

"Davetler çok farklıdır," dedi ukala bir tavırla.

"O zaman biz de farklı bir davet veririz," diye ısrar ettim, "Belki davetlilere getirtiriz yiyecekleri."

Gözlerini kırpıştırdı, "Kendi yemeğini kendin getir?" Jane, öfkesini saklamaya çalışmadı. "Davetimizi böyle bir yemek mi yapmak istiyorsun?"

Birden küçüldüğümü hissettim, "Canım, bir fikirdi işte," dedim yarım ağızla.

Omzunu silkti, gözü uzaklara dalmıştı. "Neyse boş ver," dedi. "O kadar önemli değil. Asıl önemli olan düğün merasimi."

"Bir iki yeri aramama izin ver, belki bir şeyler ayarlarım."

"Vakit yok, vakit," diye yineledi.

"Bu tür işleri yapan kişileri tanırım."

Yalan da değildi bu, kasabadaki üç emlak avukatından biri, olarak, hatta mesleğimin ilk yıllarında tek avukat olarak, buralardaki bütün iş sahiplerini tanıyordum.

Bir an durdu, "Evet, biliyorum," dedi ama sesinde özür dileme vardı, sanki. Kendimi bile şaşırtarak eline uzandım.

"Birtakım yerlere telefon ederim," dedim. "Bana güven."

Belki konuşma şeklimdeki ciddiyetten, belki de gözlerimdeki samimiyetten, neden bilmiyorum ama biz öyle yan yana dururken, beni dikkatle süzüyormuş gibi geldi bana, sonra yavaşça, çok çok yavaşça, bana olan güvenini göstermek istercesine, elimi avucunda sıktı.

"Teşekkür ederim," dedi. Elim elinde, garip bir deja-vu duygusu yaşadım, sanki birlikte yaşadığımız onca yıl uçup gitmişti. Kısacık bir an, çardağın önünde Jane'i gördüm, annesiyle babasının öyküsünü yeni anlatmıştı ve biz, önünde parlak bir gelecek olan iki gençtik. Her şey uzun yıllar önce olduğu gibi yepyeniydi. Bir dakika sonra da Jane'i, Anna ile giderken izlediğimde, birdenbire, bu düğünün yıllardan beri benzerini yaşamadığımız bir nimet olduğunu fark ettim.

7

O akşam Jane kapıdan içeri girdiğinde akşam yemeği neredeyse hazırdı.

Fırını en kısık dereceye ayarladım, bu akşam Fransız usulü şaraplı tavuk vardı, ellerimi kurulayarak mutfaktan çıktım.

"Selam, hoş geldin," dedim.

"Selam. Davetlileri araman nasıl gitti?" diye sordu çantasını servis masasının üstüne koyarak. "Daha önce sormayı unuttum."

"Şimdilik gayet iyi, listedeki herkes geleceğini söyledi, yani yanıt verebilenler."

"Herkes mi? Hayret doğrusu, bu mevsimde herkes tatilde olurdu."

Küçük bir kahkaha attı. Ben de keyfinin yerine geldiğine sevindim. "Tabii, ya!" dedi elini sallayarak, "bütün gün tembellik edip, yorgunluk atıyoruz, değil mi?"

"Benim bir şikayetim yok."

Mutfaktan gelen kokuyu duyunca yüzünde şaşkın bir ifade belirdi. "Gene mi yemek yaptın?"

"Bu akşam yemek yapma havanda olmayacağını düşünmüştüm."

Gülümsedi, "Ne kadar tatlı!" Göz göze geldik ve her zamankinden fazla kaldık öyle. "Yemekten önce duş yapsam olur mu? Bütün gün arabaya gire çıka, ter içinde kaldım."

"Keyfine bak," dedim elimi sallayarak.

Birkaç dakika sonra borulardan akan suyun sesi geldi mutfağa. Sebzeleri sote edip bir gün önceki ekmeği ısıttım. Jane mutfağa geldiğinde sofrayı kuruyordum. Onun gibi ben de Noah'nın evinden döndüğümde duş alıp yeni keten pantolonumu giymiştim, eskisi çok bol geliyordu.

Jane mutfağa döndüğünde kapıda durakladı ve "Bu benim sana aldığım pantolon mu?" diye sordu.

"Evet, nasıl duruyor?"

Şöyle baştan aşağı bir süzdükten sonra, "Tam oturmuş," dedi. "Buradan bakınca gerçekten çok kilo verdiğin belli oluyor."

"Aman ne iyi," dedim, "geçtiğimiz yıl çektiğim onca eziyetin boşa çıkmasını istemezdim doğrusu."

"Eziyet filan çekmedin ki, biraz yürüdün, evet ama eziyet çekmedin."

"Sen de bir gün güneş doğmadan kalk bakalım, hem de yağmur yağarken."

"Ah zavallı çocuk!" diye dalga geçti benimle. "Senin yerinde olmak istemezdim."

"Neler çektiğimden haberin bile yok."

Kıkırdadı. Yukarı çıktığında o da rahat bir pantolon geçirmişti üstüne ama pedikürlü ayakları, altından görünüyordu. Saçları ıslaktı ve bluzunda birkaç su damlası vardı. Bilerek çaba harcamasa bile, hayatımda gördüğüm en cazibeli kadındı Jane.

"Dinle bak," dedi. "Anna ve Keith düğün planlarımızdan dolayı yedi bulut üstünde uçuyorlar. Hatta Keith, Anna'dan bile daha heyecanlı gibi geldi bana."

"Anna da heyecanlı ama aynı zamanda tedirgin de, bütün bunlar nasıl yetişecek diye."

"Yok canım, Anna hiçbir zaman, hiçbir şey için tedirgin olmaz, o konuda sana çekmiş."

"Ben hiç tedirgin olmaz mıyım?"

"Olmazsın."

"Tabii ki olurum," diye itiraz ettim.

"Bir örnek ver."

Şöyle bir düşündüm. "Pekala," dedim. "Son yıl finaller için hukuk fakültesine döndüğümde tedirgindim."

Kafasını olumsuzluk belirten bir biçimde sallamadan önce bir an düşündü.

"Sen hukuk fakültesinde hiç tedirgin olmadın. Sen en parlak yıldızıydın oranın. Okulun dergisinde de çalışıyordun."

"Okuldaki derslerden dolayı tedirgin değildim, seni kaybetmekten korkuyordum. New Bern'de öğretmenlik yapmaya başlamıştın, hatırlamıyor musun? Yakışıklı bir erkeğin çıkagelip senin başını döndüreceğinden, seni alıp götüreceğinden korkuyordum."

Garip bir biçimde bana baktı bir süre, dediklerimi anlamaya çalışıyormuş gibi. Sonra sözlerimi yanıtlayacak yerde, ellerini beline koydu ve başını hafif yana eğdi.

"Farkında mısın, sen de fena halde havaya girdin."

"Nasıl yani?"

"Düğünden sözediyorum. İki gün üst üste yemek hazırlamalar, hazırlıklar için bana yardım etmeler, böyle nostaljik takılmalar, bütün bu heyecan sana da bulaştı."

Fırının saati çınladı.

"Galiba," dedim, "haklısın."

Jane'e, finallerim için Duke Üniversitesi'ne dönerken onu kaybetmek konusunda tedirgin olduğumu söylerken samimiydim ve itiraf etmeliyim ki, o günlerde bu kısa ayrılık konusunu hiç iyi yaşamıyordum. Son yılım için okula döndüğümde Jane'le dokuz aydır sürdürdüğümüz ilişkiyi eskisi gibi sürdürmemizin olanaksız olacağını biliyordum ve Jane'in bu değişikliğe nasıl bir tepki göstereceğini merak ediyordum. Yaz ilerledikçe bu konuya birkaç kez değindik ama Jane hiç endişeli görünmüyordu. Nasıl olsa idare edebileceğimiz konusunda neredeyse fazla güvenliydi. Tabii bunu iyi bir belirti olarak da alabilirdim ama ben, zaman zaman bunu Jane'in beni, benim onu sevdiğim kadar sevmediğinin bir işareti olarak da görebiliyordum.

Tamam, iyi niteliklerim olduğunu biliyorum ama bu iyi nitelikleri olağanüstü bulmuyorum. Aynı şekilde kötü niteliklerimin de çok fena olmadığını biliyorum. Doğrusu kendimi birçok açıdan vasat buluyorum. Ta otuz yıl önce bile ne müthiş bir şöhretim, ne de çok silik bir kariyerim olacağını biliyordum.

Diğer yandan Jane ne isterse öyle olabilirdi. Çoktandır biliyorum ki Jane serveti de yoksulluğu da aynı rahatlıkla kaldırabilir, kozmopolit bir yerde de kırsal bir bölgede de aynı huzur içinde yaşayabilir. Uyum sağlama yeteneği beni her zaman şaşırtmıştır. Jane'in tüm niteliklerine, zekasına, tutkusuna, şefkatine ve çekiciliğine bir arada bakıldığında, canı kiminle isterse onunla evlenebileceği aşikar görünürdü.

Peki, o halde niçin beni seçmişti?

Bu soru, ilişkimizin ilk günlerinde, ikide bir aklıma gelip, hayatımı karartıyordu. İşin kötüsü tatmin edici bir yanıt bulamamamdı. Jane'in bir sabah uyanıp, bende öyle ahım şahım bir yan olmadığını fark ederek, benden daha karizmatik bir delikanlıya kaçacağından endişe ediyordum. Kendime olan bu güvensizlik, ona olan hislerimi de açıklamama engel oluyordu. Bazen, tam söyleme fırsatı doğuyor ama ben cesaretimi toplayıncaya kadar kaçıp gidiyordu.

Ancak onunla olan ilişkimi kimseden saklamıyordum. Tam tersine, yazın hukuk firmasında çalıştığım dönemde, Jane'le olan ilişkimiz, diğer stajyer avukatlarla, öğlen yemeklerinde en çok konuştuğumuz konulardan biri haline gelmişti. İdeal bir ilişki olarak anlatıyordum beraberliğimizi. Tabii ki, hiçbir özel durumu açıklamıyordum. Ama iş arkadaşlarımın beni, sadece profesyonel açıdan değil, kişisel açıdan da çok yol almış olmamdan dolayı kıskandıklarını görüyordum. Bunlardan biri, Harold Larson, o da benim gibi Duke'de Hukuk dergisinde çalışıyordu, ne zaman Jane'in adı geçse dikkat kesilirdi. Bunun nedeni onun da bir kız arkadaşı olmasıydı. O da Gail ile bir yıldır flört ediyordu ve ilişkisinden rahatlıkla bahsediyordu. Jane gibi Gail de artık bizim bulunduğumuz yerde değildi. Ailesine yakın olmak için, Fredericksburg, Virginia'ya taşınmıştı. Harold birçok kere mezun olur olmaz Gail ile evleneceğini söylemişti.

Yaz sonuna doğru, hep birlikte oturuyorduk bir akşamüstü, birisi firmanın mezuniyetimizin şerefine verdiği kokteyl partiye kız arkadaşlarımızı getirip getirmeyeceğimizi sordu. Soru Harold'un canını sıkmışa benziyordu, kaşlarını çattı.

"Gail'le ben geçen hafta ayrıldık," dedi. Bu konuyu konuşmak besbelli onu çok üzüyordu ama açıklama gereğini de duyuyor gibiydi ve devam etti, "Aramızda her şeyin gayet iyi gittiğini sanıyordum ama son zamanlarda onu görmeye pek vaktim olmamıştı. Herhalde uzaklığı kaldıramadı. Ben mezun oluncaya kadar beklemek istemedi. Başka birini bulmuş."

Sanıyorum, Jane'le geçirdiğimiz yazın son öğleden sonrasındaki konuşmamıza yön veren bu arkadaşın başına gelenlerdi. Günlerden pazardı, Jane'i kokteyle götürdüğüm günden iki gün sonraydı. Noah'nın evinin verandasında sallanan koltukta oturuyorduk. O akşam ben, Durham'a hareket edecektim. Irmağa bakarak bu işi Jane'le yürütüp yürütemeyeceğimizi, Jane'in de Gail gibi yeni birini bulma ihtimali olup olmadığını düşündüğümü hatırlıyorum.

"Hey yabancı," dedi nihayet, "Ne bu suskunluk böyle bugün?"

"Okula geri dönüyor olduğumu düşünüyorum."

"Seviniyor musun, üzülüyor musun?"

"Galiba ikisi de."

"Şöyle düşün, sadece dokuz ay var, sonra mezun olacaksın."

Başımı salladım ve sesimi çıkartmadım.

Beni dikkatle süzdü, "Aklındaki tek konunun bu olduğuna emin misin? Bütün gün suratını astın durdun."

Yerimde rahatsızca kıpırdadım. "Harold Lawson'u anımsıyor musun? diye sordum. "Seninle kokteylde tanıştırmıştım."

Biraz düşündü, çıkartmaya çalıştı. "Seninle Hukuk dergisinde çalışan, uzun boylu, kahverengi saçlı olan mı?"

Başımı salladım.

"Ne olmuş ona?"

"Yalnız olduğu dikkatini çekti mi?

"Yo, neden?"

"Kız arkadaşı onu terketti."

"Ya," dedi. Konunun kendisiyle ne ilgisi olduğunu ve benim şu anda neden ondan sözettiğimi çıkarsamaya çalıştığı belliydi.

"Gelecek yıl zor olacak," diye söze başladım. "Biliyorum ki ben zamanımın tümünü kütüphanede geçireceğim, orada yaşayacağım neredeyse."

Dizimi dostça okşadı. "Merak etme, her şey yolunda gidecek, geçen yıllarda başarılıydın, bu yıl da öyle olacaksın.

"Umarım," dedim. "Yalnız şu var ki, bütün o işlerin arasında, bu yaz yaptığım gibi her haftasonu gelip seni görme olanağım olmayacak.

"Onu tahmin etmiştim. Ama gene de arada bir görüşeceğiz. Hiç mi hiç vaktin olmayacak değil ya. Hem unutma ki, ben de her zaman arabama atlayıp gelebilirim."

Uzaklarda bir sığırcık sürüsünün bir anda ağaçlardan havalanışlarını izledim. "Gelmeden önce telefon etsen iyi olur, yani müsait olup olmadığımı kontrol etmek için."

Başını bir yana eğip, demek istediklerimi çözmeye çalıştı.

"N'oluyoruz Wilson?"

"Ne demek n'oluyoruz?"

"Bu dediklerin. Sanki beni görmemek için mazeretlerini hazırlamışsın bile."

"Mazeret filan hazırlamadım, sadece bu yıl programımın ne kadar sıkışık olduğunu bilmeni istedim." Jane arkasına yaslandı dudakları düz bir çizgi gibi duruyordu. "Yani?" diye sordu.

"Yani, ne?

"Tam olarak ne demek istiyorsun, Wilson? Beni artık görmek istemediğini mi?"

"Ne demek?" diye şiddetle itiraz ettim. "Olur mu hiç? Ama gerçek şu ki, sen burada olacaksın, ben de orada. Uzaktan yürütülen ilişkilere ne oluyor görüyorsun."

Kollarını kavuşturdu. "Eee?"

"Yani, en iyi niyetleri bile bozabilir. Doğrusu ikimizin de kalbinin kırılmasını istemiyorum."

"Kalp kırılması mı?"

"Harold ile Gail'e olan bu," diye açıklamaya çalıştım.

Bir an tereddüt etti. "Ve sen, bize de aynı şey olacak sanıyorsun," dedi kelimeleri dikkatle seçerek.

"İtiraf etmek gerekiyor ki, istatistik olarak bu konuda başarı yüzdesi hayli düşüktür."

"İstatistik olarak mı?" Gözlerini kırpıştırdı. "Aramızda olanları rakamlara mı vuruyorsun?"

"Sadece dürüst olmaya çalışıyorum."

"Ne konuda? İstatistik bulgular konusunda mı? Bütün bunların bizimle ne ilgisi var? Peki Harold'ın bizim ilişkimizle ne alakası var?"

"Jane, ben..."

Başını öte yana çevirdi, bana bakmaya tahammülü yoktu. "Artık beni görmek istemiyorsan, açıkça söyle. Sıkı ders programını mazeret olarak kullanma, sadece doğruyu söyle. Ben yetişkin biriyim, kaldırabilirim."

"Sana gerçeği söylüyorum," dedim hemen, telaşla. "Tabii ki seni görmek istiyorum. Kendimi iyi ifade edemedim." Yutkundum. "Yani... Jane... Sen benim için o kadar bulunmaz birisin ki, yani sana o kadar çok değer veriyorum ki..."

Hiç cevap vermedi. O sessizlik içinde, tek bir gözyaşının yanağından süzüldüğünü hayretle izledim. Kollarını kavuşturmadan önce aceleyle siliverdi onu. Bakışları ırmağın kıyısındaki ağaçlara odaklanmıştı.

"Niçin ille de böyle şeyler yapıyorsun?"

"Nasıl şeyler?"

"Bu yaptığın şeyler işte... İlişkimizi açıklarken, bizden sözederken istatistikler, rakamlar. Dünya bundan ibaret değil, insanlar da ilişkiler de yalnız bu değil. Biz de Harold ve Gail değiliz."

"Biliyorum..."

İlk kez bana döndü. Neden olduğum öfke ve acıyı gördüm yüzünde. "Peki o halde niçin söyledin o lafları?" dedi hesap sorarcasına, "Kolay olmayacağını ben de biliyorum, olmazsa olmasın. Benim annemle babam birbirlerini on dört yıl hiç görmemişler ama gene de evlenmişler. Sen şimdi dokuz ayın hesabını yapıyorsun. Hem de yalnızca birkaç saatlik mesafedeyken, hem de birbirimize telefon edebilir, yazabilirken." Başını iki yana salladı.

"Özür dilerim," dedim.

"Aslında seni kaybetmekten korkuyordum. Seni kızdırmak değildi niyetim, inan..."

"Neden?.. Bulunmaz biri olduğum için mi? Bana çok değer verdiğin için mi?"

Başımı salladım, "Tabii sana çok değer veriyorum ve gerçekten bulunmaz birisin."

Derin bir nefes aldı, "Tanıştığımıza ben de sevindim."

Bende nihayet jeton düştü. Ben sözlerimi methiye olarak söylemiştim ama o, bambaşka yorumlamıştı ve onu incitmiş olmak ihtimali bile, bir anda boğazımı kupkuru yaptı.

"Özür dilerim," dedim tekrar.

"Jane kelimeler yanlış çıkıyor sanki ağzımdan, kendimi iyi ifade edemiyorum, sen... Tabii ki bulunmaz birisin... Yalnız ben.... Yani... Aslında..."

Dilim düğüm olmuştu sanki ve bütün kekemelerim Jane'in sıkıntıyla iç geçirmesini sağladı. Zamanımın daraldığının farkındaydım, boğazımı temizledim ve kalbimi ona açmaya çalıştım.

"Asıl söylemeye çalıştığım şey, sanırım seni seviyorum," dedim fısıltıyla Ses çıkartmadı ama dudakları hafifçe yukarıya doğru kıvrılmaya başlayınca, beni duymuş olduğunu anladım. "Ya, öyle mi?"

Yutkundum. "Evet," dedim, sonra da tam anlamıyla açıklığa kavuşturmak için tekrarladım. "Seni seviyorum, yani."

Konuşmamızın başından beri ilk kez, güldü. Bunca zorlanmam komiğine gitmişti. Sonra kaşlarını kaldırarak, "Ah...Wilson," dedi kelimeleri güneylilere has bir biçimde uzatarak ve her kelimeyi abartarak, "Bu bana söylediğin en tatlı söz."

Beni iyice şaşırtmak için de, yerinden kalkıp kucağıma oturdu. Sonra da boynuma sarılıp beni yavaşça öptü. Ondan başka tüm netliğini yitirmişti, ben de zayıflamakta olan ışıkla birlikte çözülüp dağıldığımı hissederken, kendi sözlerimin bana geri döndüğünü işittim

"Ben de," dedi, "ben de seni seviyorum, yani."

Tam bu öyküyü hatırlıyordum ki, Jane'in sesi beni uyandırdı.

"Niçin gülümsüyorsun?" diye sordu.

Masanın karşı ucundan beni süzüyordu. Bu akşam daha az özenliydi soframız, tabaklarımızı mutfakta doldurmuştuk, mumları bile yakmamıştım.

"Beni Duke Üniversitesi'nde görmeye geldiğin geceyi hatırladığın oluyor mu hiç?" diye sordum. "Ve nihayet o meşhur Haper's Restoran'a gidebildiğimiz akşamı?"

"Sen New Bern'de işe girdikten sonra değil miydi o, hani kutlamak istediğini söylemiştin?"

Başımı salladım, "Siyah askısız bir elbise giymiştin."

"Elbisemi bile hatırlıyorsun demek."

"Dün gibi sanki," dedim, "Birbirimizi yaklaşık bir aydır görmüyorduk. Arabadan inişini penceremden izlemiştim."

Jane memnun görünüyordu. Ben devam ettim, "Seni gördüğümde ne düşündüğümü bile anımsıyorum."

"Ciddi misin?"

"Seninle flört etmeye başladıktan sonra geçirdiğim yılın, hayatımın en mutlu yılı olduğunu düşünüyordum."

Gözlerini tabağına indirdi sonra neredeyse utangaç bir bakışla tekrar bana çevirdi. Hatıranın verdiği cesaretle dört nala devam ettim.

"Noel'de sana ne hediye aldığımı anımsıyor musun?"

Cevap vermeden önce bir an durdu. "Küpe," dedi elini fark etmeden kulağına götürerek. "Bana bir çift pırlanta küpe almıştın, çok pahalı olduğunu biliyordum ve bu kadar müsrif davranmana çok şaşırmıştım."

"Çok pahalı olduğunu nereden biliyordun?"

"Sen söylemiştin."

"Ben mi?" Bunu hatırlamıyordum.

"Bir iki kez," dedi alaycı bir gülümsemeyle. Bir süre konuşmadan yemeğimizi yedik. Bir yandan yerken, bir yandan da Jane'in çene kemiğinin kıvrımını ve akşam güneşinin yüzünde oynayışını izliyordum.

"Otuz yıl geçmiş gibi gelmiyor değil mi?" dedim.

Yüzünden artık alıştığım o mahzun ifade şöyle bir geçti.

"Hayır," dedi, "Anna'nın evlenecek yaşa geldiğine inanmak zor geliyor. Zaman nereye uçuyor bilmiyorum."

"Neyi değiştirirdin?" diye sordum. "Elinde olsaydı yani?"

"Hayatımda mı yani?" Başını öte yana çevirdi. "Bilmem. Herhalde daha çok zevk almaya bakardım hayatımdan, yaşadıklarımdan."

"Ben de aynı şekilde düşünüyorum."

"Gerçekten mi?" Samimi olarak şaşırmış görünüyordu.

Başımı salladım, "Tabii, ya."

Jane şaşkınlığını üstünden attı. "Ama sen... N'olur beni yanlış anlama Wilson ama sen genellikle geçmişi düşünmezsin. Yani her bakımdan o kadar pratiksindir ki, hiç pişmanlıkların yoktur..." Lafını bitirmedi.

"Senin var o halde?"

Bir an ellerini inceledi, "Yok aslında."

O anda eline uzanmak istedim, tam uzanacaktım ki, Jane lafı değiştirdi. Neşeli bir tonla, "Bugün senden ayrıldıktan sonra Noah'yı görmeye gittik."

"Ya?"

"Senin daha önce uğradığını söyledi."

"Evet, uğradım. Evi kullanmamızda bir sakınca olmadığına emin olmak için."

"Evet bunu bana da söyledi." Tabağındaki sebzelerle biraz oynadı. "Anna'yla ikisi öyle şeker duruyorlardı ki. Anna dedesinin elini bir tuttu, düğün havadislerini filan verirken hiç bırakmadı. Keşke sen de görebilseydin. Annemle ikisinin oturuşlarını hatırlattı bana." Bir an dalıp gitti, çok uzaklardaydı sanki. "Keşke annem de burada olsaydı," dedi. "Düğünlere bayılırdı."

"Aile özelliği olmalı."

Hüzünle gülümsedi, "Galiba haklısın. Bütün bunların ne kadar eğlenceli olduğunu anlayamazsın, bu kadar kısa vadede bile. Leslie'nin evleneceği günü dört gözle bekliyorum, tam olarak hazırlanacak çok zamanımız olmasını da."

"Leslie'nin ciddi bir erkek arkadaşı bile yok, nerede ki evlenme teklif edecek biri."

"Ayrıntılar, ayrıntılar," dedi başını şöyle bir savurarak. "Bunlar plan yapmamıza engel değil ki."

Aksini söylemek benim ne haddime? "Valla, o gün geldiğinde, her kim kızıma evlenme teklif edecekse, önce benden izin almasında yarar var."

"Keith izin aldı mı?"

"Hayır ama bu düğün aceleye geldi, izin istemesini beklemiyordum. Gene de babadan izin almak karakter geliştiren bir deneyimdir, bence her genç erkek için gerekli."

"Senin babamdan izin aldığın gibi mi?"

"O gün ben gerçekten epeyce karakter geliştirmiştim doğrusu."

"Ya?" deyip, merakla yüzüme baktı.

"Sanıyorum belki biraz daha akıllıca yapabilirdim, aslında."

"Babam bundan bana hiç bahsetmedi."

"Herhalde bana acıdığı içindir. En uygun zamanı seçtiğim söylenemez."

"Sen neden bana hiç anlatmadın?"

"Çünkü asla öğrenmeni istemiyordum."

"Ama artık anlatmaya mecbursun."

Şarap bardağıma uzandım. Bunu sorun haline getirmek istemiyordum. "Tamam, anlatırım," dedim. "Hikaye şu: İşten çıkar çıkmaz size gelmiştim ama daha sonra ortaklarla bir toplantı vardı, dolayısıyla fazla vaktim yoktu. Noah'yı atölyesinde buldum. Bu, hep birlikte deniz kıyısına gidip kaldığımız haftasonundan bir gün önceydi. Her neyse, Noah, sizin verandaya yuva yapan kardinal kuşları için bir kuş-evi yapıyordu ve tam da damını monte etmekle meşguldü. Haftasonundan önce işini mutlaka bitirmek istiyordu. Ben de lafı bizim ikimize getirmeye çalışıyordum. Ama bir türlü fırsat çıkmıyordu. Sonunda pat diye çıktı ağzımdan işte; benden bir çivi daha istedi, "Buyurun," dedim. Sonra "Ha, bu arada, aklıma gelmişken, Jane'le evlenmemde bir sakınca var mı sizce?" deyiverdim.

Jane kıkırdadı. "Şairlik senin ruhunda var," dedi. "Aslında şaşırmamak gerek, bana nasıl evlenme teklif ettiğin hesaba katılırsa."

"Unutulmaz denilebilir mi?"

"Malcolm ve Linda o hikayeden hala bıkmadılar." Sözünü ettiği kişiler kadim dostlarımızdı. "Özellikle de Linda, ne zaman birkaç kişi bir araya gelsek, anlatmam için adeta yalvarır."

"Sen de onu hiç kırmazsın tabii."

Masum bir edayla kollarını havaya kaldırdı. "Arkadaşlarım anlattığım öykülerden zevk alıyorlarsa, ben nasıl onları mahrum ederim?"

Yemek boyunca bu rahat şakalaşma sürdükçe, onunla ilgili her ayrıntıyı içime çekiyordum. Tavuğu ağzına götürmeden önce küçük parçalara bölüşü, saçlarının güneşin son ışınlarını yakalayışı, sürdüğü parfümdeki yasemin kokusu. Aramızdaki bu, gittikçe uzayan, yeni rahatlamanın bir açıklaması yoktu, ben de anlamaya çalışmıyordum zaten. Jane'in de fark edip etmediğini merak ediyordum. Eğer fark ediyorsa bile, hiç belli etmiyordu ama sonuçta ben de etmiyordum. Ve ikimiz de tabaklarda kalan yemekler iyice soğuyuncaya kadar masa başında oturduk. Benim evlenme teklifi hikayem gerçekten unutulmazdı ve dinleyenleri kahkahalara boğmaktan hiçbir zaman geri kalmadı.

Bizim sosyal çevrede geçmişlerimizi paylaşmak hayli yaygındır. Arkadaş çevremize girdiğimizde karım ve ben birey olmaktan çıkarız, bir çift, bir ekip oluruz. Bu etkileşimden genellikle hoşnutumdur. Birimizin başladığı bir öyküye ortasından girip, ötekinin düşünce silsilesini hiç bozmadan ve tereddüt bile etmeden öyküyü sürdürebiliriz. Örneğin, Jane şöyle anlatırken, Leslie'nin amigo kızların başıyken, bir futbol maçı sırasında koşuculardan birinin kayıp ona doğru devrildiği sırada.... Jane duraklarsa sözü benim almam gerektiğini anlayıp oradakilere, ilk yerinden fırlayıp, Leslie'nin yanına koşanın Jane olduğunu, benim korkudan yerimden kıpırdayamadığımı ama az sonra kendime gelip de olanı biteni anlayınca tüm kalabalığı yararak, tam da kayan bir koşucu gibi çevremdekileri devirip düşürerek yanlarına koştuğumu anlatmam gerekir. Sonra, ben bir nefes almak için durursam, benim bıraktığım yerden Jane rahatlıkla devam eder. İkimizin de bunu bu kadar rahat yapmamıza, hiçbir kopukluk olmadan bir öyküyü bu şekilde anlatabilmemize şaşarım bazen. Bu sözlü alışveriş bizim için öyle tabii bir hal ki, zaman zaman birbirlerini bizim kadar iyi tanımayan çiftlerin ne yaptığını merak ederim. Şunu da belirteyim ki Leslie'ye o gün hiçbir şey olmamıştı. Biz yanına vardığımızda her şey yolundaydı.

Ancak ben hiçbir zaman evlenme teklif edişimin hikayesine katılmam. Ben sesimi çıkarmadan dinlerim çünkü bilirim ki Jane o olayı benden çok daha komik buluyor. Aslında ben hiç de komik olmasını istememiştim, hatta onu ömür boyu romantik bir olay olarak hatırlayacağını ummuştum.

Ayrı olduğumuz yılı, aşkımızdan hiçbir şey yitirmeden atlatmıştık. Bahar sonuna doğru nişanlanmaktan sözediyorduk. Bilmediğimiz tek şey, bunu ne zaman resmen açıklayacağımızdı. Jane'in özel ve romantik bir şey istediğini biliyordum, annesiyle babasının aşklarının öyküsü çıtayı hayli yükseltmişti. Allie ile Noah birlikte oldukları zaman her şey mükemmel yürüyordu sanki. Yağmur mu yağdı? Çoğu kişi buna berbat hava der, surat asar, değil mi? Onlar şömineyi yakıp karşısında uzanır, birbirlerine daha fazla aşık olma fırsatı yaratırlardı. Allie'nin canı şiir mi istedi? Noah ezberden birkaç şiir döktürüverirdi. Örneğim Noah olduğuna göre, onun izinden gitmeliydim ve bu yüzden, ona temmuzda, ailesinin tatil yaptığı Ocracoke'daki plajda evlenme teklif etmeye karar verdim.

Son derece güzel bir plan yaptığımı düşünüyordum. Yüzüğü aldıktan sonra, bir yıl önce bulduğum güzel bir istiridye kabuğunun içine saklayacaktım, sonra Jane, biz kumsalda deniz kestanesi kabuğu ararken benim koyduğum kabuğu bulacaktı. Jane yüzüğü bulduğunda ben hemen diz çöküp, benimle evlenmeği kabul ederse beni dünyanın en mutlu erkeği yapacağını söyleyecektim.

Maalesef işler tam olarak planladığım gibi yürümedi. O haftasonu büyük bir fırtına koptu, yağmur bardaktan boşanırcasına yağıyor, rüzgar ağaçları yerlere yatırıyordu. Cumartesi bütün gün, fırtınanın dinmesini bekledim ama görünüşe göre, doğanın planları başkaydı. Havanın biraz yumuşaması pazar öğleni buldu.

Bense tahmin ettiğimden daha tedirgindim ve durmadan kendimi söyleyeceğim sözleri içimden prova ederken buluyordum. Bu tür ezber provaları, hukuk fakültesinde çok yararlı olmuştu. Ama bu sefer ezberimin Jane'le normal konuşmama engel olacağını düşünmemiştim. Plajda konuşmadan ne kadar yürüdüğümüzü bilmiyorum ama Jane konuştuğunda, arada geçen sessizlik beni yerimden zıplatacak kadar uzundu.

"Deniz yükseliyor, değil mi?"

Fırtına dindikten sonra bile gelgitin bu derece etkili olacağını tahmin etmemiştim, istiridye kabuğunun oldukça emin bir yerde olduğunu bildiğim halde fazla riske girmek istemedim ve adımlarımı sıklaştırdım. Bir şeyler döndüğünü de anlasın istemiyordum.

"Ne bu acelen?"

"Acele mi ediyorum?"

Yanıtım Jane'i fazla tatmin etmemişti. Neyse uzaktan deniz kabuğunu görüp yavaşladım. Benim kabuğun yanında deniz yükseldiğinde bıraktığı izi görüp daha zamanım olduğunu anlamıştım. Gene de çok fazla zaman yoktu ama bir parça rahatlamıştım işte.

Jane'e bir şey söylemek için döndüm ki, yanımda yoktu. Ben fark etmeden geride bir yerde durmuştu. Yere çömelmiş kumlara bakıyordu, ne yaptığını gayet iyi biliyordum. Jane ne zaman kumsala çıksa, küçücük deniz kestanelerinin o güzel kabuklarından arardı. En güzelleri en küçük ve şeffaf denecek kadar ince olanlarıydı, Jane onları saklardı.

"Çabuk gel," diye seslendi, "burada bir sürü var."

İçinde yüzük olan istiridye kabuğu on beş metre kadar ilerideydi. Jane de benden on beş metre kadar gerideydi. Sonunda zaten yürümeye çıktığımızdan beri Jane'le doğ-

ru dürüst konuşmadığımı düşünerek, Jane'den yana git-
meye karar verdim. Yanına vardığımda, bana parmağının
ucunda tuttuğu minicik bir tanesini gösteriyordu.

"Şuna bakar mısın?"

Bu şimdiye kadar bulduklarımızın en ufağıydı. Jane
onu bana verdikten sonra eğilip başka var mı diye ara-
maya koyuldu.

Ben de onunla birlikte aramaya başladım, niyetim bir
süre sonra onu oradan yavaşça uzaklaştırıp benim deniz
kabuğuna götürmekti. Ama ben ilerlemeye çalıştıkça, o
yerinde kalıyordu. Benim iki üç saniyede bir kabuğumun
güvende olduğunu kontrol etmem gerekiyordu.

Jane sonunda, "Nereye bakıyorsun?" diye sordu.

"Hiiiç," dedim ama gene de bakmaktan kendimi ala-
mıyordum. Jane gene bakarken beni yakalayınca merakla
kaşlarını kaldırdı.

Deniz yükselmeyi sürdürdükçe, artık fazla zamanımı-
zın kalmadığını anladım. Jane'in yerinden kıpırdamaya
hiç niyeti yoktu, aynı noktada takılıp kalmıştı. İlk buldu-
ğundan da küçük iki kestane kabuğu bulmuştu. Sonun-
da, aklıma yapacak başka bir şey gelmediği için uzaktaki
deniz kabuğunu yeni fark etmiş gibi yaptım.

"Bak şuradaki büyükçe bir istiridye kabuğu mu ne?"
Başını kaldırıp baktı.

"Git al istersen, güzel bir şeye benziyor." Ne diyeceği-
mi bilemedim, planıma göre onun bulması gerekiyordu
ama bir yandan da deniz yükselip duruyordu, dalgalar
tehlikeli bir şekilde kabuğun yanına kadar uzanmaya
başlamıştı.

"Bayağı güzele benziyor," dedim.

"Gidip alsana."

"Olmaz."

"Niçin?"

"Sen alsana."

"Ben mi?" Anlamak istercesine kaşlarını çattı.

"İstiyorsan eğer sen al."

Bir an düşündü, sonra omuz silkti. "Boş ver evde onlardan bir yığın var."

"Emin misin?"

"Tabii."

İşler hiç de iyi gitmiyordu. Şimdi ne yapsam diye düşünürken çok kabarık bir dalganın kıyıya gelmekte olduğunu gördüm. Panik halinde ve Jane'e tek kelime etmeden yerimden fırladım ve kabuğumu kurtarmak için bir hamle yaptım.

Hayatımda hiç çeviklik konusunda iddialı olmamışımdır ama o gün bir atlet hızıyla hareket ettim. Tüm gücümle koşup usta bir beysbol oyuncusu gibi, tam dalga kabuğumu götürecekken yakaladım. Maalesef o son hamle dengemi bozdu ve ben kendimi boylu boyunca kumlarda buldum. Üstelik o son gayretle gırtlağımdan garip bir ses de yükselmişti. Ayağa kalkıp, elimden geldiği kadar tabii ve sakin bir şekilde, sırılsıklam olmuş giysilerimden kumları temizlemeye çalıştım. Uzaktan Jane'in, gözlerini fal taşı gibi açmış beni izlediğini gördüm.

Deniz kabuğu elimde geri döndüm ve ona uzattım.

"Al," dedim nefes nefese.

Hala bana garip bir ifadeyle bakıyordu. "Teşekkür ederim," dedi.

Kabuğu şöyle bir çevirmesini ya da hiç değilse biraz oynatıp içindeki tıkırtıyı duymasını bekliyordum ama yapmadı. Öylece birbirimize bakakaldık.

"Bu kabuğu gerçekten almak istiyordun değil mi?" dedi sonunda.

"Evet."

"Güzelmiş."

"Evet."

"Tekrar teşekkürler."

"Bir şey değil."

Hala kabuğu oynatmamıştı. Artık sıkılmaya başlamıştım, "Sallasana," dedim.

Pek anlamamış gibi duruyordu.

"Sallayayım mı?"

"Evet."

"İyi misin Wilson?"

"Tabii," dedim, kabuğu açması için kafamı kabuğa doğru sallayarak.

"Peki," dedi yavaşça kabuğu salladığı anda yüzük kumların üstüne düştü, aynı hızla ben de diz çöktüm ve bütün söyleyeceklerimi bir anda unutarak, doğrudan evlenme teklifine geçtim ve Jane'in yüzüne bile bakmayı akıl edemeden, "Benimle evlenir misin?" dedim.

Mutfağı temizlemek işi bitince, Jane dışarı, terasa çıktı. Kapıyı azıcık açık bırakmıştı, sanki beni de dışarıya davet ediyor gibiydi. Ben de dışarı çıktığımda, balkonun parmaklıklarına dayanmış duruyordu, aynı Anna'nın evlenme haberini vermeye geldiği akşam olduğu gibi.

Güneş batmıştı, ağaçların arkasından koskocaman turuncu bir ay doğuyordu. Jane mehtaba bakıyordu. Nihayet sıcak etkisini yitirmiş, hafif bir esinti başlamıştı.

"Gerçekten davet için bir servis şirketi bulabilecek miyiz sence?"

Ben de yanına, parmaklıklara yaslandım, "Elimden geleni yaparım."

"Yarın Joseph için uçak rezervasyonu yaptırmamı hatırlat bana," dedi birden. "Raleigh'e kadar yer bulmakta bir problem çıkmaz da, umarım New Bern'e aktarma bulabiliriz."

"Rezervasyonu ben yaptırabilirim, nasıl olsa yarın da telefon başında olacağım." "Emin misin?"

"Tabii canım, hiç mesele değil." Irmakta bir teknenin gidişini izledim, önünde ışık olan bir kara gölge gibi hareket ediyordu.

"Anna ile yapacak başka neyiniz kaldı?" diye sordum.

"Tahmin edebileceğinden çok fazla iş."

"Hâlâ mı?"

"Bir kere gelinlik meselesi var. Leslie de bizimle gelmek istiyor, bu en az birkaç günümüzü alır."

"Bir tek gelinlik mi birkaç gün alacak?"

"Tam istediği gibi bir şey bulması gerek, hem bir de tam üstüne oturtmak için provalar var. Dün bir terziyle konuştuk, perşembe eline verirsek, cumartesiye hazır edeceğini söyledi.

Bir de tabii davet meselesi var, davet vereceksek tabii. Servis şirketi ayarlayabilirsen, bir de müzik meselesini halletmek gerekecek. Dekorasyona da gerek olacak, bir de onları kiralayacağımız şirketi araman gerekecek..."

Jane sıralamayı sürdürürken sessizce içimi çektim. Şaşırmamam gerekirdi ama gene de...

"Demek ki ben telefonlarımı ederken siz de gelinliklere bakıyor olacaksınız öyle mi?"

"Ne kadar sabırsızlandığımı anlatamam," dedi ürpererek. "Anna'nın gelinlikleri giymesini izlemek, hangisini beğeneceğini tahmin etmek, o daha küçücük bir kızken bile bu günleri hayal etmiştim, çok heyecanlıyım."

"Evet, buna şüphem yok."

Baş parmağıyla işaret parmağını birbirine iyice yaklaştırdı, "Anna'nın bütün bunlardan beni mahrum etmesine şu kadarcık kalmıştı."

"Çocukların ne kadar nankör olabildikleri hayret verici değil mi?"

Güldü, bakışlarını tekrar ırmağa çevirdi. Fonda cırcır böcekleri ve kurbağaların akşam konserlerine başladıkları duyuluyordu, hiç değişmeyen şarkılarıyla.

"Yürüyüşe çıkalım mı?" diye sordum birden.

Tereddüt etti, "Şimdi mi?" "Tabii."

"Nereye yürümek istiyorsun?"

"Önemi var mı?"

Şaşırmıştı ama gene de yanıtladı "Yok aslında."

Birkaç dakika sonra sokaktaydık. Yollar boştu. Her iki yanımızda evlerde perdelerin ardından ışıklar sızıyor, içerideki hareketler, gölge halinde perdelere vuruyordu. Jane'le birlikte yolun kenarından yürüyorduk, ayaklarımızın altında taş ve çakıllar çıtırdıyordu. Tepemizde, alçak basınç bulutları gümüş bir bant halinde gökyüzünü kaplamıştı.

"Sabahları sen yürürken de bu kadar sessiz mi oluyor?"

Ben genellikle altıdan önce çıkıyorum evden, Jane uyanmadan çok önce.

"Bazen. Genellikle koşuya çıkmış bir iki kişi de oluyor. Bir de köpekler. Sessizce arkadan yanaşıp birden havlamaya bayılıyorlar."

"Kalp için birebirdir eminim."

"Fazladan egzersiz gibi, tempoyu düşürmemi engelliyor."

"Ben de yürümeye başlasam iyi olacak aslında. Eskiden yürümeye bayılırdım."

"Sabahları bana katılabilirsin."

"Sabahın beş buçuğunda mı? Pek sanmıyorum."

Ses tonunda şakayla karışık şaşkınlık vardı.

Bir zamanlar karım da erken kalkardı Leslie evden ayrıldıktan sonra geç kalkmaya başladı.

"İyi ki çıktık," dedi. "Nefis bir gece."

"Hem de nasıl," dedim ona bakarak. Bir süre sessizce yürüdük, sonra Jane köşeye yakın bir eve bakarak, "Glenda'nın kriz geçirdiğinden haberin var mı?" diye sordu.

Glenda ve kocası komşularımızdı, aynı sosyal çevreden olmasak da ahbaptık. New Bern'de herkes, herkes hakkında her şeyi bilirdi.

"Ya, çok kötü."

"O benden çok da yaşlı değildir."

"Biliyorum," dedim. "Ama duyduğuma göre durumu iyiye gidiyormuş."

Gene bir süre sessizliğe gömüldük. Derken Jane birden sordu, "Hiç anneni düşündüğün oluyor mu?"

Ne cevap vereceğimi şaşırdım. Annem, biz evlendikten iki yıl sonra bir trafik kazasında ölmüştü. Her ne kadar ben aileme, Jane'in ailesine yakın olduğu kadar yakın değildiysem de, annemin ölümü bende büyük şok yaratmıştı ve hala, o gün babamın yanına gitmek için, buradan Washington'a altı saatlik yolu nasıl katettiğimi hatırlayamam.

"Bazen."

"Düşündüğünde en çok neyi hatırlarsın?"

"Onları en son ziyaretimizi anımsıyor musun?" dedim.

"Hani içeri girdiğimizde annem mutfaktan çıktı. Üzerinde mor çiçekli bir bluz vardı. Bizi gördüğüne çok sevinmişti, kollarını açıp ikimizi de kucaklamıştı. İşte annemi hep o anki haliyle hatırlıyorum, o hiç değişmeyen bir imaj olarak kaldı kafamda, bir resim gibi sanki. Hep aynı görünüyor."

Jane başını salladı. "Ben de annemi her zaman atölyesinde canlandırıyorum gözümde, parmakları boya içinde. Ailemizin portresini yapıyordu, daha önce hiç yapmamıştı ve çok heyecanlıydı çünkü resmi babama doğumgünü hediyesi olarak hazırlıyordu." Bir an sustu. "Hastalığı başladıktan sonraki halini hiç hatırlamıyorum. Annem hep öyle ifade yüklü bir insandı ki, yani hareketli, canlı; bir öykü anlatırken, yüzüyle, tüm vücuduyla anlatırdı... Ama Alzheimer başladıktan sonra değişti." Bana bir göz attı. "Ondan sonra hiç eskisi gibi olmadı."

"Biliyorum," dedim.

"Endişeleniyorum bazen," dedi alçak sesle. "Ben de Alzheimer olurum diye korkuyorum."

Bu benim de aklımdan geçmişti ama hiçbir şey söylemedim.

"Nasıl olur tahayyül edemiyorum," diye devam etti, "Anna'yı, Joseph'i, Leslie'yi tanıyamamak. Ziyarete geldiklerinde annemin bana yaptığı gibi adlarını sormak zorunda kalmak. Düşüncesi bile mahvediyor beni."

Evlerden sızan ışıkların loşluğunda onu izliyordum ses çıkartmadan.

"Acaba annem ne kadar kötüleyeceğinin farkında mıydı?" dedi neredeyse kendi kendine. "Bildiğini söylerdi ama acaba ta derinden çocuklarını ve hatta babamı tanıyamayacağını biliyor muydu?"

"Sanıyorum biliyordu," dedim. "Creekside'a bu yüzden gitmek istedi."

Bir an gözlerini kapattı gibi geldi bana. Tekrar konuşmaya başladığında sesinde çaresizlik vardı. "Annem öldükten sonra babamın yanımıza yerleşmeyi reddetmesini içime sindiremiyorum. Dünya kadar yer var evde."

Sesimi çıkartmadım. Aslında Noah'nın Creekside'da kalmak isteyiş nedenlerini açıklayabilirdim ama Jane bunları duymak istemiyordu. Onları benim kadar iyi biliyordu ama benim tersime, bunları kabul etmiyordu, benim Noah'yı savunmamsa, yalnızca tartışma yaratacaktı.

"O kuğudan nefret ediyorum."

O kuğu kuşunun ardında bir öykü vardı ama gene susmayı yeğledim.

Mahalleyi şöyle bir dolaştık. Komşularımızdan bazıları ışıklarını söndürüp yatmışlardı bile. Biz Jane'le hala yürüyorduk, ne çok hızlı, ne çok yavaş. İlerde bizim ev göründü, yürüyüşümüzün sonuna geliyorduk. Durup yıldızlara baktım.

"Ne var?" dedi bakışlarımı izleyerek.

"Mutlu musun Jane?"

Bana dikkatle baktı. "Bu da nereden çıktı şimdi?"

"Merak ettim."

Yanıtını beklerken, soruş nedenimi anlayıp anlamadığını merak ediyordum. Aslında genel olarak mutlu olup olmadığını değil, özel olarak mutlu mu değil mi, diye merak ediyordum.

Bana uzun bir an gözünü ayırmadan baktı, sanki aklımdan geçenleri okumaya çalışıyordu.

"Aslında, bir şey var..."

"Evet?"

"Epeyce de önemli."

Bekledim, Jane derin bir nefes aldı.

"Davet için bir servis şirketi bulursan gerçekten mutlu olacağım," dedi itiraf eder gibi.

Bunun üstüne bastım kahkahayı.

Kafeinsiz bir kahve teklif ettim ama Jane kahve bile içemeyecek kadar yorgundu, son iki günkü koşturmasının acısı şimdi iyice çıkıyordu. İkinci kez esnedikten sonra, yatacağını söyleyip yukarıya çıktı.

Peşinden gidebilirdim ama gitmedim. Merdivenlere doğru gidişini izlerken bir yandan da bu akşamı düşünüyordum.

Daha sonra yatağa girdiğimde, yüzümü karıma döndüm. Nefesleri düzgün ve derindi. Göz kapakları hafif kıpırdıyordu, rüya görüyor olmalıydı. Kim bilir ne görüyordu rüyasında ama yüzü huzurluydu, çocuk yüzü gibi. Yüzüne baktım uzun süre, hem istiyordum onu uyandırmayı, hem de istemiyordum. Hayatımdan daha çok seviyordum onu. Karanlığa rağmen, bir tutam saçının yanağına düşmüş olduğunu seçebiliyordum, parmağımın ucuyla dokundum ona. Teni pudra kadar yumuşaktı, güzelliği zamanın dışındaydı. Saçını kulağının arkasına ittim ve nereden çıktığını anlayamadığım göz yaşlarımı, gözlerimi kırpıştırarak geri itmeye çalıştım.

8

Ertesi akşam Jane ağzı açık bana bakıyordu, çantası kolundan sarkarak. "Başardın mı?"

"Görünüşe göre başardım," dedim aldırmaz bir edayla, bir ikram servisi bulmayı gayet kolay bir iş gibi göstermeye çalışarak. Ama aslında karım gelinceye kadar heyecandan evde dört dönmüştüm.

"Kimi ayarladın?"

"Chelsea'yi," dedim. New Bern şehir merkezinde, benim ofisimin karşısındaki restoran, Caleb Bradham'ın Pepsi Cola adını verdiği yeni içeceğin buluşunu yaptığı binada bulunuyordu. On yıl önce yepyeni bir imaja kavuşturulmuş olan restoran, Jane'in en sevdiği akşam yemeği yerlerinden biriydi. Mönüsü çok çeşit içerirdi ve şefin spesiyalitesi, orijinal, egzotik sıcak ve soğuk sosların yanı sıra, güneye özgü yemekleri de aslına en uygun bir şekilde yapmak ve yaşatmaktı. Cuma ve cumartesi akşamları rezervasyonsuz yer bulmak imkansızdı ve müşteriler, son derece farklı tatları yaratmak için ne malzeme kullanılmış olabileceğini tahmin etmek için yarışırlardı. Chelsea Restoranı sunduğu eğlence programlarıyla da ünlüydü. Bir köşede kuyruklu bir piyano dururdu ve John Peterson, yani yıllarca Anna'ya piyano dersi vermiş olan zat, bazı akşamlar orada piyano çalıp şarkı söylerdi. Çağdaş melodilere de kulağı yatkın olan Peterson'ın, Nat King Cole'u andıran bir sesi vardı ve istenilen her şarkıyı o derece başarıyla söylerdi ki, adı ta Atlanta'dan Charlota ve Washington, D.C.'ye kadar duyulmuş, buralarda en lüks yerlerde çalışmıştı. Karım onu saatlerce dinleyebilirdi ve biliyorum ki, Peterson da, Jane'in neredeyse anaç bir tavırla ondan gurur duymasından duygulanırdı. Ne de olsa Jane öğretmen olarak ona ilk güvenen kişi olmuştu.

Jane bana yanıt veremeyecek kadar şaşırmıştı. Tam bir sessizlik içinde kalmıştık. Tek duyduğumuz duvardaki saatin tıkırtısıydı. Jane doğru duyup duymadığına karar vermeye çalışıyordu. Gözlerini kırpıştırdı. "Ama... nasıl?"

"Harry ile konuştum, durumu izah ettim, neye ihtiyacımız olduğunu anlattım, o da halledeceğini söyledi."

"Anlamıyorum, Henry böyle bir şeyi nasıl son anda üstlenmeyi kabul eder? Başka kimseye sözü yok muymuş peki?"

"Hiç bilmiyorum."

"Yani telefon açtın, konuştunuz ve iş halledildi, öyle mi?"

"Eh, o kadar da kolay olmadı ama sonunda kabul etti."

"Peki mönüde ne olacak? Kaç kişi olacağını sormadı mı?"

"Toplam yüz kişi kadar olacağını söyledim, bu rakam bana makul geldi. Mönüye gelince, söyle bir konuştuk Henry bizim için özel bir şey hazırlayacağını söyledi ama istersen yarın telefon edip başka bir ricada bulunabilirim."

"Yo, hayır," dedi telaşla, biraz kendine gelmeye başlamıştı. "Bu gayet iyi. Her yaptıklarını sevdiğimi bilirsin. Sadece inanmakta güçlük çekiyorum o kadar." Yüzüme gene hayretle baktı. "Başardın."

"Evet," dedim, başımı sallayarak.

Yüzünü mutlu bir gülümseme kapladı ve birden telefona baktı. "Anna'yı aramam gerek," dedi heyecanla, "buna inanmayacak."

Restoranın sahibi Henry MacDonald benim eski bir dostumdur. Her ne kadar New Bern'de özel hayatın kimseye nasip olmadığını söylemek mümkünse de, bunun da bazı avantajları yok değil. Çünkü insan aynı kişilerle oldukça düzenli aralıklarla karşılaşıyor, mesela alışverişte, yolda, kilisede ve bu kasabada, karşılıklı saygı kök salmış durumdadır. Dolayısıyla da, başka yerlerde olanaksız gibi görünen işleri burada başarmak çoğu kez mümkün olur. İnsanlar birbirlerine yardıma koşarlar çünkü kendilerinin de bir gün yardıma ihtiyacı olduğunda onların imdadına yetişecek birileri olsun isterler. İşte bu, New Bern'i başka yerlerden farklı kılar.

Tabii ben gene de davet işini halletmiş olmaktan gayet memnundum. Mutfağa doğru giderken Jane'in telefon başından sesi geliyordu.

"Baban başardı," diye heyecanla konuşuyordu. "Nasıl başardı bilmem ama yaptı işte."

Jane'in sesi gururdan koltuklarımı kabarttı.

Mutfak masasında, posta kutusundan, daha önce çıkarıp getirdiklerimi ayırmaya başladım. Faturalar, kataloglar, *Time* dergisi. Jane, Anna'yla konuştuğu için, dergiye uzandım. Konuşmalarının her zamanki gibi uzun süreceğini tahmin ediyordum ama Jane beni şaşırtan bir hızla lafı kısa kesti ve ben daha ilk makaleye başlamadan telefonu kapattı.

"Dur," dedi, "okumaya dalmadan, hepsini, en başından dinlemek istiyorum." Biraz yanaştı. "Tamam," dedi, "Henry orada olacak ve herkese yetecek kadar yiyecek olacak. Tabii garson filan da getirecek. Değil mi?"

"Eminim öyle yapacaktır," dedim. "Her şeyi kendi eliyle ayarlayacağını söyledi."

"Başka ne dedi? Açık büfe mi olacak?"

"Noah'nın evindeki mutfağın ebatlarını hesaba katınca en iyisinin açık büfe olacağını düşündüm."

"Bence de," dedi. "Peki masalar ve örtüleri ne olacak? Hepsini o mu getirecek?"

"Herhalde. Doğrusunu istersen sormadım ama o getirmese bile önemli değil, ihtiyacımız olan şeyleri kiralayabiliriz."

Hemen başını salladı. Planlarını ve işler listesinin son halini kontrol etti. "Tamam," dedi ama devam etmesine fırsat vermeden ellerimi kaldırdım.

"Merak etme, sabah ilk iş onu arar, her şeyin tam istediğimiz gibi olacağından emin olurum." Sonra göz kırptım ve "Güven bana," dedim.

Jane, bir gün önce Noah'nın evinde de aynı şeyleri söylediğimi hatırladı ve neredeyse cilveli bir tarzda gülümsedi. Bu anın hemen geçeceğini sandım ama geçmedi, hayır. Epey bir süre bakıştık ve sonunda, neredeyse tereddütle, bana doğru uzanıp yanağımı öptü.

"İkram servisi şirketi bulduğun için teşekkür ederim," dedi.

Zorlukla yutkunabildim.

"Bir şey değil."

Jane'e evlenme teklif edişimden dört hafta sonra evlenmiştik. Evlendiğimizden beş gün sonra, işten eve geldiğimde, Jane beni kiraladığımız küçük dairenin oturma odasında bekliyordu.

"Konuşmamız gerek," dedi, oturduğu kanepede yanını işaret ederek.

Evrak çantamı bırakıp yanına oturdum. Jane elimi tuttu.

"Her şey yolunda mı?" diye sordum.

"Her şey gayet iyi."

"Peki, ne var öyleyse?"

"Beni seviyor musun?"

"Evet," dedim.

"Tabii seni seviyorum."

"O halde hatırım için bir şey yaparsın."

"Elimden gelirse, tabii. Senin her istediğini yaparım."

"Zor olsa da? İstemesen de?"

"Tabii ki," dedim. Bir an durdum.

"Neler oluyor, Jane?"

Yanıtlamadan önce derin bir nefes aldı. "Bu pazar benimle kiliseye gelmeni istiyorum."

Beni hazırlıksız yakalamıştı ve konuşmama fırsat vermeden lafını sürdürdü. "Bana gitmeye hiç istekli olmadığını ve ateist yetiştirildiğini söylediğini biliyorum ama bunu benim hatırım için yapmanı istiyorum. Bu benim için çok önemli, oraya ait olmadığını düşünsen bile gelmeni istiyorum."

"Jane... Ben..." diye başlayacak oldum.

"Orada sana ihtiyacım var," dedi.

"Bunları daha önce konuşmuştuk," diye itiraz ettim ama Jane gene sözümü kesti, bu sefer başını iki yana sallayarak.

"Evet, daha önce de konuştuk ve evet sen benim gibi yetiştirilmedin. Bunları anlıyorum ama hayatta yapacağın hiçbir şey benim için bir tek bu basit davranış kadar anlamlı olamaz."

"İnanmadığım halde mi?"

"İnanmadığın halde," dedi.

"Ama..."

"Aması yok," dedi. "Bu konunun aması yok. Ben ama kabul etmiyorum. Seni seviyorum Wilson, ikimizin de biraz katkısı gerek. Senden inanmanı istemiyorum. Benimle kiliseye gelmeni istiyorum. Evlilik fedakarlık gerektiren bir şeydir, birbirimiz için bir şeyler yapmaktır, istemesek de. Ben senin için düğünden vazgeçtim."

Ağzımı sımsıkı kapattım. Düğün konusunda düşündüklerini biliyordum.

"Peki," dedim. "Giderim," bu sözlerimin üzerine, Jane beni öptü. Cennet kadar ebedi bir öpücüktü.

Jane beni mutfakta öptüğünde, yıllar öncesinin o öpücüğü gerisin geriye yüreğime geldi. Belki de bu tür sıcak yakınlaşmalar, geçmişte anlaşmazlıklarımızı yumuşatmakta çok faydalı olduğu için yeniden yaşadım o anı; yakıcı tutku olmasa da, birbirimize olan güçlü bağlarla aramızdaki meselelerin üstesinden gelebileceğimize dair bir işaretti.

Bana göre, evliliğimizin bu kadar uzun sürmesinin nedeni birbirimize olan bağlılığımızdır. Birden anladım ki, evliliğimizdeki bu unsuru kaybetmiş olma korkusuydu geçtiğimiz yıl boyunca beni endişelendiren.

Yalnızca Jane'in beni hala sevip sevmediği değildi merak ettiğim, beni sevmek isteği olup olmadığını da bilemiyordum.

Tabii bir sürü düş kırıklıkları yaşatmıştım ona, çocuklar çoktan yattıktan sonra eve geldiğim yıllar; işten başka hiçbir şey konuşamadığım akşamlar; kaçırdığım maçlar, partiler, aileyle bir araya gelinen tatiller, golf sahasında iş arkadaşları ve müvekkillerle geçirilen haftasonları. Şimdi düşünüyorum da, bir tür 'görünmez koca' olmuşum, Jane'in evlendiği hevesli delikanlının gölgesi. Ama gene de Jane, öpücüğüyle bana sen istersen ben yeniden çaba göstermeye hazırım, diyordu sanki.

"Wilson, iyi misin?"

Zorla gülümsedim. "İyiyim." Derin bir nefes aldım. Konuyu değiştirmek istiyordum. "Peki, ya senin günün nasıl geçti? Anna'ya uygun bir gelinlik buldunuz mu?"

"Hayır. Birkaç mağazaya gittik ama Anna kendi ölçülerinde hoşuna giden bir şey bulamadı. Bu kadar uzun süreceği aklıma gelmemişti. Yani Anna o kadar ince ki, üstünde nasıl duracağı hakkında bir fikir sahibi olabilmemiz için her giydiğini iğnelemeleri gerekiyor. Ama yarın birkaç başka mağazaya bakacağız, bakalım oralarda bir şeyler bulabilecek miyiz. Bak yeni aklıma geldi, Joseph için uçakta yer ayırttın mı?"

"Evet," dedim. "Cuma akşamı burada olacak."

"Raleigh'de mi, New Bern'de mi?"

"New Bern'de. Saat sekiz otuzda iniyor. Bugün Leslie de gelebildi mi sizinle?"

"Hayır, bugün gelemedi. Biz yoldayken telefon etti. Laboratuar projesi için daha fazla araştırma yapması gerekiyormuş ama yarın gelebilecek. Dediğine göre, Greensboro'da da gelinlik satan mağazalar varmış, isterseniz gelin dedi."

"Gidecek misiniz?"

"Üç buçuk saatlik mesafe," diye inledi Jane. "Yedi saat araba kullanmaya hiç niyetim yok."

"Geceyi orada geçirmeyi düşündün mü? Hem ziyaret, hem ticaret olur böylece."

İçini çekti. "Anna'nın önerisi de buydu. Tekrar Raleigh'ye, sonra da çarşamba Greensboro'ya gidelim dedi ama ben seni tek başına bırakmak istemedim, burada yapılacak daha bir yığın iş var."

"Gidin canım," dedim. "İkram şirketi de bulunduğuna göre, her şey rayına oturuyor demektir. Yapılacak başka ne varsa ben halledebilirim. Ama gelinliksiz düğün olamaz.

Bana şüpheyle baktı. "Emin misin?"

"Kesinlikle, hatta araya bir iki saatlik golf bile sıkıştırabilirim diye düşünüyorum."

"Biraz zor."

"Ya turnuvam ne olacak," dedim yalandan yakınarak.

"Otuz yıllık gözlemim bana, hala kayda değer bir gelişme göstermediğini söylüyor, vazgeçsen iyi olur."

"Bana hakaret mi ediyorsun?"

"Hayır, sadece gerçeği söylüyorum. Hatırlarsan, golf oynarken seni izlemişliğim var."

'Doğru söze can kurban' anlamında başımı salladım. Onca yıl çalışmama karşın hala kötü bir oyuncuyum. Saate bir göz attım.

"Dışarı çıkıp bir lokma bir şeyler yemek ister misin?"

"Ne? Bu akşam yemek yapmadın mı?"

"Dünden kalanlarla yetinirsen, var bir şeyler ama bugün alışveriş yapamadım."

"Şaka yapıyordum," dedi elini havada şöyle bir sallayarak. "Her akşam da senin yemek yapmanı beklemiyorum tabii ama ne yalan söyleyeyim, pek hoş oluyordu." Gülümsedi, "Dışarı çıkmak harika bir fikir, ben de acıkmaya başlamıştım. İki dakika ver hazırlanayım."

"Gayet iyi görünüyorsun," diye itiraz ettim.

Merdivenin başına varmıştı bile, "İki dakikacık," diye seslendi.

İki dakikacık olmayacaktı tabii. Jane'i iyi tanıyordum ve yıllar içinde öğrendim ki o 'iki dakikacık'lar yirmi dakikaya kadar uzayabiliyor. Ayrıca bu bekleme sürelerinde kendimi hoşuma giden, fakat fazla kafa gücü istemeyen şeylerle oyalamayı da öğrendim. Örneğin çalışma odama gidip masamın üstünü düzeltebilir, çocuklar kullandıktan sonra müzik setinin amplifikatörlerini yeniden ayarlayabilirdim. Böyle ufak tefek işlerin zamanı fark ettirmeden akıttığını da keşfetmiştim. Hatta çoğu kez, başladığım işi bitirdiğimde, karımı arkamda iki eli belinde beni bekler bulurdum.

"Hazır mısın?" diye soracak olsam, "Çoktan hazırdım," derdi canının sıkıldığını belirten bir iç geçirişle. "On dakikadır, her ne iş yapıyorsan onu bitir diye, beklemekteyim."

"Ya, kusura bakma," derdim hemen. "Anahtarları aldım mı bir bakalım, yola koyulabiliriz."

"Sakın anahtarları kaybettim deme bana."

"Tabii ki kaybetmedim," derdim ceplerimi yoklayarak ve bulamadığıma şaşarak. Sonra başlardım etrafa bakınmaya, "Şimdi buradaydı yahu, fazla uzağa gitmiş olamaz."

Bunun üstüne karım gözlerini devirirdi.

Ama bu akşam, *Time* dergisini kaptığım gibi, kanepeye yöneldim. Bir iki makale bitirdiğimde yukarıdan Jane'in adım seslerini duydum ve dergiyi bir kenara bıraktım. Tam, acaba Jane bu akşam ne yemek ister, diye aklımdan geçiriyordum ki, telefon çaldı.

Karşı taraftaki titrek sesi duyunca, içimdeki keyifli beklenti bir anda yerini müthiş bir korkuya bıraktı. Tam telefonu kapatırken Jane geldi.

Yüzümdeki ifadeyi görünce donakaldı.

"Ne oldu?" dedi, "Kimdi o?"

"Kardeşin, Kate'ti," dedim yavaşça. "Hastaneye gidiyor şimdi."

Jane elini ağzına götürdü.

"Noah," diyebildim.

9

Hastane yolunda, Jane gözyaşlarını güçlükle zaptedi-
yordu. Bense, normal olarak gayet dikkatli araba kul-
lanan biri olmasına rağmen şeritten şeride geçiyor, ışık
daha sarıdayken gaza basıyor ve son derece hızlı gidiyor-
dum. Her geçen dakikanın yükünü omuzlarımda hisse-
diyordum.

Hastaneye vardığımızda, acil servis, baharda Noah
kriz geçirdiğinde geldiğimizde nasılsa aynen öyleydi, sanki
aradan dört ay geçmemişti. Hava amonyak ve antisep-
tik kokuyordu, tavandaki floresan lambaları bekleme
odasındakilere garip bir renk veriyordu. Plastik ve metal
sandalyeler duvar kenarından başlayarak odanın ortasına
doğru sıralanmıştı. Çoğunda ikili üçlü guruplar oturmuş,
alçak sesle konuşuyordu. Hasta kabul bölümünün önünde
insanlar form doldurmak üzere sıraya girmiş bekliyorlardı.

Jane'in ailesi kapının yanında birikmişti. Kate beti
benzi atmış, sinir içinde, kocası Grayson'un yanında

duruyordu. Grayson pamuk çiftçisiydi, tulumu ve tozlu çizmeleriyle tam bir pamuk çiftçisi portresi çiziyordu. Kare yüzü açık havada çalışanlara özgü çizgilerle doluydu. Jane'in küçük erkek kardeşi David, kolunu karısı Lynn'e dolamış onların yanında duruyordu.

Bizi görünce Kate gözyaşları yanaklarına taşmış halde öne atıldı. Jane'le ikisi hemen kucaklaştılar.

"Ne oldu?" diye sordu Jane yüzü endişeden gerilmiş bir şekilde. "Babam nasıl?"

Kate'in sesi çatlak çıkıyordu, "Gölün kenarında düşmüş. Olayı gören olmamış, hemşire onu bulduğunda neredeyse baygınmış. Başını çarpmış. Yirmi dakika önce ambulansla getirdiler, Dr. Barnwell yanında şimdi," dedi Kate. "Bütün bildiğimiz bu."

Jane, Kate'in kollarında külçe gibiydi. David ve Grayson onlara bakamıyordu. İkisinin de ağızları çizgi gibi olmuştu. Lynn kollarını kavuşturmuş topuklarının üstünde sallanıyordu.

"Ne zaman görebiliriz onu?"

Kate başını iki yana salladı. "Bilmiyorum. Buradaki hemşireler Dr. Barnwell'i beklememizi söyleyip duruyorlar. Herhalde yakında bize bir şey söylerler."

"İyileşecek, değil mi?"

Kate hemen cevap vermeyince Jane derin bir nefes aldı. "İyileşecek," dedi Jane.

"Ah Jane..." dedi Kate gözlerini sımsıkı kapatarak, "Bilmiyorum. Kimse bilmiyor.

Bir an birbirlerine sarılmış olarak kaldılar.

"Jeff nerede?" diye sordu Jane orada olmayan kardeşlerini kastederek. "Geliyor değil mi?"

"Ona daha yeni ulaşabildim," dedi David. "Eve uğrayıp Debbie'yi alacak ve doğru buraya gelecek."

David kardeşlerinin yanına geldi. Üçü baş başa verdiler, sanki ihtiyaç duyacakları kuvveti bir araya topluyorlardı.

Az sonra, Jeff'le Debbie geldiler. Jeff kardeşlerinin yanına koştu ve babası hakkında bilinenleri öğrendi. Onun yüzü de diğerlerininki gibi müthiş bir korkuyla gerilmişti.

Dakikalar uzadıkça uzarken, biz de, Noah ile Allie'nin çocukları ve onların eşleri olarak iki küme oluşturmuştuk. Noah'yı çok sevmeme, Jane de sevgili karım olmasına rağmen, zaman içinde öğrendim ki, kimi vakit Jane'in benden çok kardeşlerine ihtiyacı oluyor. Daha sonra bana da ihtiyacı olacak ama şimdi değil.

Lynn, Grayson, Debbie ve ben bu durumu daha önce de, yani Noah'nın baharda geçirdiği beyin kanaması sırasında, Allie'nin ölümünde ve altı yıl önce Noah kalp krizi geçirdiğinde de yaşamıştık. Onların kümesi, birbirlerine sarılmalar, dua çemberleri, tekrarlanan endişeli sorular gibi aileye özel merasimler yaparken, bizim küme daha metin ve sakindi. Grayson da benim gibi zaten sessiz bir insandı. Sinirli olduğu zaman elini cebine sokar, anahtarlarını şakırdatırdı. Lynn ve Debbie, kocalarının kız kardeşleriyle olmalarını normal kabul etmişlerdi ama kendileri ayak altından çekilmek ve sessiz kalmak haricinde ne yapacaklarını bilemez durumdaydılar. Diğer yandan ben, her zaman, bir şekilde yardım etmenin pratik yollarını ararım. Bu da kendi duygularımı dizginlemenin etkili bir yoludur benim için.

Hasta kabul masasındaki sıranın bittiğini görerek doğru oraya gittim. Bir dakika sonra hemşire önündeki belge yığınından başını kaldırdı ve bana baktı.

"Yardımcı olabilir miyim?"

"Evet," dedim, "Acaba Noah Calhoun hakkında bilgi alabildiniz mi, yarım saat kadar önce getirilmişti."

"Doktor henüz gelip sizi görmedi mi?"

"Hayır ama bütün aile burada şimdi ve çok endişeliler."

Başımla onların grubunu işaret ettim, hemşirenin gözleri de beni izledi.

"Eminim doktor ya da hemşirelerden biri çıkar birazdan."

"Evet ama siz, babamızı ne zaman görebileceğimizi öğrenmenin bir yolunu bulamaz mısınız? Ya da sağlık durumunun iyi olup olmadığını?"

İlk anda bana yardım edeceğini sanmadım ama gözü tekrar aileye ilişince, içini çektiğini duydum.

"Şu elimdeki formların işlemlerini yapmam için birkaç dakika müsaade edin, sonra gidip bir şeyler öğrenmeye çalışırım. Tamam mı?"

Grayson yanıma geldi elleri ceplerinde. "Ne durumdasın?"

"Sıkı durmaya çalışıyorum," dedim.

Anahtarlarıyla oynayarak başını salladı.

"Ben gidip oturacağım," dedi birkaç saniye sonra. "Kim bilir daha ne kadar kalacağız burada."

İkimiz de kardeşlerin arkasındaki sandalyelere oturduk. Birkaç dakika sonra Anna ile Keith de geldi. Anna baş başa vermiş guruba katıldı, Keith benim yanıma oturdu. Siyahlar içindeki Anna sanki cenazeden çıkmış gibiydi.

Bu tür kriz hallerinde en zor şey beklemektir ve bu yüzden hastanelerden nefret ederim. Hiçbir şey olmaz ama insanın kafasında gittikçe kararan hayaller dolaşır durur ve şuuraltından kişileri en kötü olasılıklara hazırlar. Bu gergin sessizlikte, kendi kalp atışlarımın sesini duyuyordum ve boğazım garip bir biçimde kurumuştu.

Hasta kabul masasındaki hemşirenin yerinde olmadığını fark ettim ve Noah'nın durumunu öğrenmeye gittiğini ümit ettim. Gözümün kenarıyla Jane'in bana doğru geldiğini gördüm. Yerimden kalkarak kollarımı açtım ve bana yaslanmasını sağladım.

"Perişanım," dedi.

"Biliyorum, ben de öyle."

Arkamızda, avazı çıktığı kadar ağlayan üç çocukla birlikte genç bir çift girdi acil servise. Yana çekilip geçmeleri için onlara yol verdik. Onlar hasta kabul masasına geldiklerinde, hemşirenin de arkadan çıktığını gördüm. Genç çifte bir dakika beklemelerini işaret ettikten sonra bize doğru geldi.

"Şimdi kendine geldi ama biraz sersemlemiş durumda. Tüm hayati fonksiyonları yerinde. Bir iki saat içinde odaya alacaklar."

"Demek iyileşecek."

"Yoğun bakıma kaldırmayı düşünmüyorlar, sorduğunuz buysa." Masasına doğru yürümeye başladı. "Ama birkaç gün burada gözetim altında tutulabilir."

Hep beraber, rahat bir nefes aldık.

"Onu görme imkanımız var mı?" dedi Jane.

"Hepinizi birden içeriye alamayız. Zaten yer bile yok. Doktor en iyi şeyin istirahat etmesi olduğu kanısında. Yanında fazla kalmamak şartıyla birinizin girebileceğini söyledi."

Ya Jane ya da Kate'in gideceği açıktı ama bizlerden biri konuşma fırsatı bulamadan hemşire sözünü sürdürdü.

"Wilson Lewis hanginiz?"

"Benim," dedim.

"O halde beni izleyin. Serum takacaklar, uykusu iyice bastırmadan konuşma fırsatı bulabilirsiniz.

Ailenin bakışlarını üstümde hissettim. Niçin beni görmek istediğini, sanıyorum anlamıştım ama gene de elimi dur anlamında kaldırdım.

"Sizinle konuşan bendim ama belki Jane ya da Kate'in girmesi daha doğru," dedim. "Onlar kızları, veya David belki de Jeff."

"Sizi görmek istedi. Önce sizinle görüşmek istediğini açıkça belirtti."

Jane hafifçe gülümsedi ama o gülümsemede, ötekilerden aldığım duyguyu gördüm. Merak ve şaşkınlık. Ama Jane'de her şeyden fazla duyumsadığım, üstü kapalı bir ihanet duygusuydu, sanki neden beni seçtiğini biliyordu.

Noah kollarına hortumlar, kalp atışlarını gösteren bir makineye bağlanmış yatıyordu. Gözleri yarı yarıya kapalıydı ama kafası yastığın üstünde bir yandan ötekine gidip geliyordu. Hemşire bizi yalnız bırakıp gitti. Yatağın içinde öyle küçük görünüyordu ki. Yüzü de kağıt kadar beyazdı. Yatağının yanındaki sandalyeye oturdum.

"Merhaba Noah."

"Merhaba Wilson," dedi, titrek bir sesle, "Uğradığın için teşekkürler."

"İyi misin?"

"Daha iyi olabilirdim," dedi. Gülümsemenin gölgesi geçti yüzünden. "Daha kötü de olabilirdim."

Elini tuttum. "Nasıl oldu?"

"Bir ağaç kökü," dedi. "

Oradan bin kere geçmişliğim var ama bu sefer uzanıp ayağıma yapıştı, çelmesini taktı."

"Başını da mı çarptın?"

"Başımı, vücudumu, her yeri. Patates çuvalı gibi yıkıldım yere ama kırık yok, çok şükür. Biraz sersemlik var yalnızca. Doktor bir iki güne kadar kalkarsın dedi. Tabii kalkacağım, dedim, haftasonu gitmem gereken bir düğün var."

"Sen onunla kafanı yorma, iyileşmene bak."

"İyiyim, merak etme daha zaman kalmış içimde."

"Kesinlikle."

"Peki, Jane'le Kate nasıllar, meraktan deli olmuşlardır herhalde."

"Hepimiz merak ettik, ben dahil."

"Evet ama sen mahzun gözlerle suratıma bakıp ağzımdan her çıkan laftan ağlayacak hallere düşmüyorsun."

"Sana çaktırmadan yapıyorum hepsini."

Gülümsedi. "Onlar gibi değilsin. Zaten iddaaya girerim birisi önümüzdeki günlerde yirmi dört saat başımda dikilecektir. Yok battaniyemi sıkıştıracak, yatağımı düzeltecek, yastıklarımı şişirecekler. Anaç tavuk gibiler. İyi niyetli olduklarını biliyorum ama bütün bu aşırı ilgiden aklımı kaçırabilirim. Son kez hastanede yattığımda, bir dakika bile yalnız bırakmadılar, tuvalete bile benimle birlikte gelip kapıda beklediler."

"Yardıma ihtiyacın vardı, tek başına yürüyemiyordun, unuttun mu?"

"İnsanın onura da ihtiyacı var."

Elini hafifçe sıktım. "Sen hayatımda tanıdığım en onurlu insan olarak kalacaksın hep."

Noah bana baktı uzun bir an. Yüz ifadesi yumuşamaya başladı. "Beni görür görmez ilgileriyle beni boğacaklar, her zamanki gibi tantana." Muzipçe gülümsedi, "Belki biraz dalga geçerim onlarla."

"İnsaflı ol, Noah. Bütün her şeyi seni sevdikleri için yapıyorlar."

"Biliyorum ama bana çocuk muamelesi yapmasalar olmaz mı?" "Yapmazlar."

"Bal gibi yaparlar. Bu yüzden zamanı geldiğinde sen onlara dinlenmem gerektiğini söyle. Ben yoruldum dersem daha da çok endişelenirler. "

Gülümsedim. "Tamamdır."

Bir süre sustuk. Noah'yı bağladıkları kalp aygıtı sürekli sinyal veriyordu. Monotonluğu rahatlatıcı bir etki yapıyordu.

"Neden çocuklardan birini değil de seni buraya çağırdığımı biliyor musun?" diye sordu.

Kendime rağmen başımı salladım. "Creekside'a gitmemi istiyorsun, değil mi? Geçen baharda yaptığım gibi kuğuyu beslememi istiyorsun."

"Çok zor olacak mı?"

"Hiç de değil, sana yardım etmekten her zaman mutlu olurum."

Durakladı. Yorgun ifadesinde bir yakarı vardı. "Biliyorsun işte, onların yanında senden bu ricada bulunamazdım. Sözünü bile etmemden rahatsız oluyorlar. Aklımı kaçırdığımı sanıyorlar."

"Biliyorum."

"Sen beni onlardan daha iyi anlıyorsun değil mi Wilson?"

"Evet." "Çünkü sen de inanıyorsun. Kendime geldiğimde yanımdaydı, biliyor musun? Başımda bekliyordu, iyi olduğumdan emin olmak için. Hemşire geldiğinde zorla kovaladı onu. Hep yanımdaydı, hep."

Ne söylememi istediğini biliyordum ama onun duymak istediği kelimeleri bulup çıkartamıyordum bir türlü. Gülümsedim, "Dilimli beyaz ekmek, sabah dört dilim, akşam üç dilim tamam mı?"

Noah elimi iyice sıkarak kendisine bakmaya zorladı beni.

"Sen bana inanıyorsun değil mi, Wilson?"

Yanıt vermedim. Noah beni herkesten iyi tanıdığı için, gerçeği saklayamayacağımı biliyordum. "Bilmiyorum," dedim nihayet.

Gözlerinde düş kırıklığı gördüm.

Bir saat sonra, Noah'yı bir odaya naklettiler ve ailesi nihayet yanına girebildi.

Jane ile Kate odaya "Ah babacığım", nidalarıyla girdiler. Arkalarından Lynn ve Debbie geldiler. David ve Jeff yatağın aşağı yanında durdular, Grayson ayak ucuna geçti ben arkada durdum.

Noah'nın tahmin ettiği gibi, adamcağızı ilgileriyle boğdular. Ellerine yapıştılar, yatak örtüsünü düzelttiler, yatağın başını kaldırdılar, yüzünü incelediler, pohpohladılar, sarıldılar, öptüler. Hepsi birden, üzerine titrediler, onu sorulara boğdular.

İlk sakin konuşan Jeff oldu. "İyi olduğuna emin misin, baba? Doktor fena düştüğünü söyledi."

"Gayet iyiyim. Kafamda küçük bir şişlik var ama onun dışında, sadece biraz yorgunum."

"Korkudan ölüyordum," dedi Jane. "Ama çok şükür, görüyorum ki iyisin."

"Ben de," diye David lafa katıldı.

"Başın dönerken oralarda yalnız başına dolaşmamalıydın," diye çıkıştı Kate. "Bir dahaki sefere, birinin gelip seni almasını bekle. Gelip seni bulurlar."

"Buldular zaten," dedi Noah.

Jane babasının başının altına elini sokup yastığını kabarttı. "Oralarda tek başına uzun süre kalmadın değil mi? Birinin seni hemen bulmamış olduğunu düşünmek mahvediyor beni."

"Birkaç saatten fazla kaldığımı sanmıyorum."

"Birkaç saat mi?" diye bağırdı Jane ve Kate birlikte. Dehşet içinde birbirlerine baktılar.

"Belki daha uzun. Tam olarak söyleyemiyorum, bulutlar güneşi örtmüştü."

"Daha mı uzun?" Jane ellerini yumruk yapmış kendine hakim olmaya çalışıyordu.

"Bir de ıslanmıştım tabii. Herhalde yağmur yağmıştı, yoksa bahçe sulama makinesi mi açılmıştı, bilmem ki."

"Oracıkta ölebilirdin!" diye bağırdı Kate.

"Yok canım, azıcık sudan kime ne zarar gelmiş ki? Asıl kötüsü o koskoca tarla faresiydi, nihayet ayıldığım da başımdaydı. Bana öylece gözünü dikmiş bakıyordu, kuduz olduğundan endişelendim. Sonra üstüme geldi."

"Sana saldırdı mı?" Jane bayılacakmış gibi duruyordu.

"Saldırdı sayılmaz aslında, beni ısıramadan onu kovalamayı başardım."

"Seni ısırmaya mı kalktı?" dedi Kate dehşet içinde.

"Büyütmeyin canım, daha önce hiç tarla faresi kovalamadım mı sanıyorsunuz?"

Jane'le Kate şoktan bembeyaz olmuş suratlarla önce birbirlerine baktılar, sonra da diğer kardeşlerine. Dehşet içinde susmuştu herkes. Nihayet Noah gülümsedi, parmağını tabanca gibi doğrulttu kızlarına ve göz kırptı. "Nasıl işlettim sizi."

Ben gülmemek için elimi ağzıma bastırdım. Yan tarafta Anna da kahkaha atmamak için dudaklarını büzmüştü.

"Bizimle böyle eğlenme," diye tersledi Kate yatağın yanına vurarak.

"Evet yani babacığım, yaptığın hiç de hoş değil," diyerek Jane, Kate'in sözünü tamamladı.

"Ne yapayım, siz aranıyorsunuz. Ama gene de işin doğrusunu anlatayım, beni birkaç dakika içinde buldular ve iyiyim. Hastaneye kendim araba kullanarak gelecektim ama ille de ambulans çağırdılar."

"Araba süremezsin, geçerli ehliyetin bile yok."

"Bu araba kullanmayı unuttum anlamına gelmez ki. Hem arabam hala otoparkta."

Jane'le Kate bir şey demediler ama kafalarından geçenleri biliyordum. Babalarının anahtarlarını almayı planlıyorlardı.

Jeff boğazını temizledi. "Aklıma ne geldi biliyor musun? Belki de sana şu bileğe takılan alarmlardan alsak iyi olur. Bir daha böyle bir şey olursa hemen gelirler."

"İhtiyacım yok. Ayağım bir köke takıldı o kadar. Düşerken bir de alarm düğmesine basamaya fırsatım olmazdı zaten. Kendime geldiğimde hemşire başımdaydı.

"Yöneticiyle konuşacağım. O kökü hemen halletmezlerse, gelip kendim keseceğim."

"Ben de sana yardım ederim," diye söze karıştı Grayson.

"Onun ne kabahati var? Ben yaşlandıkça sakarlaşıyorum. Bir iki güne kadar ayaklanırım, haftasonuna kadarsa turp gibi olurum."

"Sen düğünle kafanı yorma, iyileşmene bak, tamam mı?" dedi Anna.

"Ve fazla yorma kendini," diye ekledi Kate. "Hepimiz seni çok merak ediyoruz."

"Ödümüzü koparttın," diye Jane yineledi.

Gıt gıt gıdak... Gülümsedim içimden. Noah'nın hakkı vardı, anaç tavuk gibiydiler.

"İyiyim dedim ya," diye ısrar etti Noah. "Sakın benim yüzümden düğünü iptal etmeye kalkmayın. Dört gözle bekliyorum orada bulunmayı, kafamdaki şiş beni bu zevkten mahrum edemez, haberiniz olsun."

"Şu anda önemli olan o değil," dedi Jeff.

"Jeff haklı dedeciğim."

"Ertelemeye de kalkmayın sakın," dedi Noah.

"Böyle konuşma, babacım," dedi Kate. "Tam olarak iyileşinceye kadar burada kalacaksın."

"İyi olacağım, merak etmeyin. Söz verin bana düğünü yapacağınıza, öyle çok bekliyorum ki o günü."

"İnat etme babacığım," dedi Jane yalvaran bir sesle.

"Yahu, size kaç kez söylemek gerek bir lafı? Benim için çok önemli bu, buralarda her gün düğün yok." Noah kızlarına laf anlatamayacağını anladı, gözlerini Anna'ya çevirdi. "Sen beni anlıyorsun değil mi Anna?"

Anna duraksadı. O sessizlikte gözü bana kaydı, sonra Noah'ya döndü. "Tabii anlıyorum, dedeciğim."

"O halde planlandığı gibi devam eder misin?"

İster istemez Keith'in eline uzandı eli.

"Sen nasıl istersen," dedi yalnızca.

Noah gülümsedi, rahatladığı belli oluyordu. "Teşekkür ederim."

Jane battaniyesini düzeltti. "Bu demek oluyor ki, bu hafta kendine çok iyi bakacaksın," dedi. "Ve bundan böyle de daha dikkatli olacaksın."

"Merak etme baba," diye söze girdi David. "Sen dönünceye kadar o kök oradan kalkacak."

Konuşma gene Noah'nın nasıl düştüğü konusuna döndü. Ben birden konu dışı bırakılan bir şeyi fark ettim. Hiçbiri, babalarının niçin göletin başında olduğu konusuna değinmiyordu.

Ama zaten hiçbiri kuğu kuşundan sözetmek istemiyordu.

Noah bana yaklaşık beş yıl önce kuğuyu anlatmıştı. Allie aramızdan ayrılalı bir ay olmuştu ve Noah büyük bir hızla yaşlanmaya başlamıştı. Odasından nadiren çıkıyordu, diğerlerine şiir okumak için bile çıkmaz olmuştu. Bütün gün çalışma masasında oturup Allie ile yıllar içinde birbirlerine karşılıklı yazdıkları mektupları okurdu ve *Çimen Yaprakları* kitabını karıştırırdı.

Odasından çıkarmak için elimizden geleni yapıyorduk, tabii. Ne gariptir ki onu odasından çıkarıp suyun kenarındaki banka oturtan da ben olmuştum. Kuğuyu ilk görüşümüz, o sabah oldu.

Noah'nın ne düşündüğünü anlamış olduğumu söyleyemem. O da kesinlikle olaya özel bir anlam yüklediğine dair hiçbir ipucu vermedi. Kuğunun yiyecek bir şey aranır gibi bize doğru yüzdüğünü anımsıyorum.

"Biraz ekmek getirseydik," demişti Noah.

"Bir dahaki sefere getiririz," dedim, üstünde durmadan.

İki gün sonra ziyaretine gittiğimde Noah'yı odasında bulamayınca şaşırdım. Hemşire nerede olduğunu söyledi. Göl başında, bankta oturur buldum onu. Yanında bir dilim beyaz ekmek vardı. Ben yaklaşırken kuğu beni izliyordu sanki ama en ufak bir korku alameti göstermedi.

"Bakıyorum bir arkadaş bulmuşsun kendine," dediğimi anımsıyorum.

"Öyle görünüyor."

"Dilimli beyaz ekmek mi o?"

"Küçük hanım en çok onu seviyor."

"Hanım olduğunu nereden biliyorsun?"

Noah gülümsedi, "Biliyorum işte," dedi ve kuğunun öyküsü böyle başlamış oldu.

O günden sonra kuğuyu muntazaman beslemeye başladı. Her türlü havada onu görmeye giderdi. Yağmurun altında da oturuldu o bankta, yakıcı sıcaklarda da. Noah, o bankta gittikçe daha uzun zamanını geçirmeye başladı. Kuğuyu izliyor, onunla fısıltı halinde konuşuyordu. Şimdilerde banktan bütün gün kalkmadığı oluyordu.

Kuğuyla karşılaşmasının üstünden birkaç ay geçmişti, bir gün niçin gölün kenarında bu kadar çok zaman harcadığını sordum. Tahminim, orada huzur bulduğu ve biriyle, ya da bir şeyle yanıt almadan konuşmak isteğiydi.

"Buraya gelmemi isteyen o," dedi.

"Kim, kuğu mu?"

"Hayır," dedi. "Allie."

Allie'nin adını duyunca içim burkuldu ama Noah'nın ne demek istediğini anlamamıştım. "Allie kuğuyu beslemeni mi istiyor?"

"Evet."

"Nereden biliyorsun?"

Derin bir iç geçirdi ve yüzüme baktı. "O Allie."

"Kim?"

"Kuğu," dedi.

Anlamadığım için başımı iki yana salladım, "Ne demeye çalışıyorsun, kavrayamadım."

"Allie," diye yineledi, "Bana dönmenin bir yolunu bulmuş işte, zaten söz vermişti. Yapacağım tek şey onu bulmaktı."

Doktorların hayal dünyası dediği buydu işte.

Hastanede yarım saat kadar daha kaldık. Dr. Barnwell ertesi gün vizitesinden sora bizi arayıp son durumu bildireceğine söz verdi. Ailemize çok yakındı ve Noah'ya kendi babasına bakar gibi bakıyordu. Bizim de ona güvenimiz sonsuzdu. Noah'ya söz verdiğim gibi, aileye babalarının yorulmaya başladığını, artık dinlenmesinin daha uygun olacağını belirttim. Oradan ayrılırken, Noah'yı ziyareti, sıraya koymayı kararlaştırdık, kimin ne zaman gideceğini ayarladık, otoparkta sarılıp öpüşerek birbirimizden ayrıldık. Birkaç dakika sonra Jane'le ben ötekilerin uzaklaşmalarını izliyorduk.

Jane'in dalgın bakışlarında ve omuzlarının sarkıklığında kendimde de hissettiğim bezginliği görebiliyordum.

"İyi misin?" diye sordum.

"İyiyim, herhalde." İçini çekti. "O da iyi görünüyor ama yaşının doksana dayandığını bilmezmiş gibi davranıyor. Sandığı kadar çabuk toparlayamayacak kendisini." Bir an gözlerini kapadı. Düğün konusunda da endişe duyduğunu tahmin ediyordum.

"Noah'nın onca ısrarından sonra, Anna'ya düğünü ertelemesini söylemeyi düşünmüyorsun değil mi?"

Hayır anlamında başını geri attı. "Erteletmeyi düşünürdüm ama babam o kadar kararlı ki. Umarım bunca ısrarının nedeni, içine bir şey doğduğu için..."

Sözünü bitirmedi ama ben aklından neler geçtiğini adım gibi biliyordum. Jane devam etti.

"İçine fazla zamanı kalmadığı mı doğdu acaba. Göreceği son büyük hadisenin bu olduğunu mu sanıyor?"

"Hiç de öyle bir şey sandığı yok. Daha birkaç yılı var."

"Çok emin görünüyorsun."

"Eminim de ondan. Yaşına göre gayet iyi idare ediyor. Hele de Creekside'daki akranlarıyla karşılaştırıldığında. Ötekiler odalarından bile çıkmıyorlar, bütün gün televizyon izliyorlar."

"Evet, o da bütün gün suyun başında o aptal kuğuyla oturuyor. Bu daha mı iyi sanki?"

"O öyle mutlu oluyor."

"Ama doğru değil bu yaptığı," dedi öfkeyle. "Sen görmüyor musun bunu? Annem gitti. Kuğunun annemle hiçbir ilgisi yok."

Ne yanıt vereceğimi bilmediğim için sustum.

"Yani tam anlamıyla delilik," diye sürdürdü sözlerini. "Kuğuyu beslemesine bir diyeceğim yok ama annemin ruhunu taşıdığını, onun için geri geldiğini düşünmek olacak iş değil." Kollarını kavuşturdu, "Onunla konuşurken duydum, görmeye gittiğimde. Bayağı almış karşısına konuşuyor, sanki gerçekten kuşun kendisini anladığını sanıyor. Kate ve David de yakalamışlar onu kuğuyla konuşurken, sen de şahit oldun."

Biraz da suçlar gibi baktı bana.

"Evet," dedim. "Ben de duydum."

"Bu seni rahatsız etmiyor mu?"

Biraz duraladım. Olduğum yerde biraz kıpırdandım. "Bence," dedim, kelimelerimi dikkatle seçerek, "şu sıralar Noah'nın böyle bir şeye inanmaya ihtiyacı var."

"Ama neden?"

"Çünkü onu çok seviyor ve özlüyor."

Benim sözlerimi duyunca Jane'in çenesi titremeye başladı. "Ben de özlüyorum," dedi.

Ama sözcükler ağzından çıkarken bile, ikimiz de bunun aynı şey olmadığını biliyorduk.

Yorgun ve bezgin olmamıza rağmen ikimize de, hastanedeki badireden sonra, doğru eve dönme fikri cazip gelmiyordu. Jane birden 'açlıktan öldüğünü' açıkladı. Chelsea'ye, geç bir akşam yemeği yemeye gittik.

Daha içeri girmeden bile John Peterson'ın piyanosunun sesini duydum. Gene kasabaya dönmüş, haftasonları çalıyordu. Arada bir de haftaiçi çalardı. Şansımıza, biz de o güne rastlamıştık. Piyanonun çevresindeki masalar dopdoluydu.

Biz yukarıda, müzikten ve kalabalıktan uzak bir yere oturduk. Etrafımızdaki masaların çoğu boştu. Jane daha ordövrünü bitirmeden bir bardak şarap daha ısmarlayarak şaşırttı beni ama şarap son birkaç saatin gerginliğini azaltıyor gibiydi.

"İkiniz yalnızken babam sana neler söyledi?" diye sordu, bir yandan balığının kılçığını dikkatle ayıklayarak.

"Pek fazla bir şey söylemedi," diye yanıtladım. "Ona kazanın nasıl olduğunu sordum, filan. Çoğunlukla daha sonra sizin de konuştuğunuz şeyler."

"Çoğunlukla," diye benim sözümü tekrarlarken kaşlarını da kaldırdı Jane. "Başka ne konuştunuz?"

"İlle de bilmek istiyor musun?"

"Çatal bıçağını tabağına bıraktı. "Gene o kuğuyu beslemeni istedi senden değil mi?"

"Evet."

"Dediğini yapacak mısın?"

"Evet," dedim ama yüz ifadesini görünce hemen devam ettim, "kızmadan önce, unutma ki bunu o kuşun Allie olduğuna inandığım için değil, Noah bunu istediği için, bir de kuğunun açlıktan ölmesini istemediğim için yapıyorum. Zavallı kendi başına yem bulmayı unutmuştur."

Şüpheyle baktı yüzüme.

"Annem dilimlenmiş beyaz ekmekten nefret ederdi, biliyor musun? Hayatta ağzına koymazdı, ev ekmeği pişirirdi."

Neyse ki, garson masamıza yaklaştı ve beni yanıt vermekten kurtardığı gibi, konunun daha fazla uzamasına da engel oldu. Garson ordövrlerimizden memnun olup olmadığımızı sorduğunda, Jane birden bizim yediklerimizin dışarıya verdikleri mönülerde de olup olmadığını sordu.

Jane'in sorusu garsonun ifadesini değiştirdi. "Yoksa düğün sahipleri siz misiniz?" diye sordu. "Bu haftasonu Calhoun malikanesinde yapılacak olan düğünün?"

"Evet," dedi Jane mutluluktan ışıyarak.

"Tahmin etmiştim. O davet için ekibimizin yarısı seferber oldu." Garson sırıttı. "Bardaklarınızı doldurayım, bir dahaki gelişime de, dış ikram servisi mönümüzün tam listesini getiririm."

Garson ayrılınca Jane bana doğru eğilerek, "Servis konusunda en ufak bir endişem kalmadı artık," dedi.

"Sana merak etmemeni söylemiştim."

Bardağındaki şarabı kafasına dikti. "Demek çadır kuracaklar, dışarıda yiyeceğimize göre. »

"Evi de kullanabiliriz aslında," dedim. "Ben nasıl olsa bahçe mimarları geldiğinde orada olacağım, bir de temizlik şirketiyle anlaşıp içerisini de temizletebilirim. Daha birkaç gün vaktimiz var, birini bulurum sanıyorum."

"Olabilir, herhalde," dedi ağır ağır. O an, kafasında en son evin içini gördüğü günü canlandırıyordu. "Epeyce tozludur yıllardır kimsenin orasını temizlediğini sanmıyorum.

"Doğru ama sadece temizlenmesi gerek o kadar. Bir iki telefonla hallederim sanıyorum."

"Hep aynı şeyi söylüyorsun."

"Hep yapılacak işler çıkıyor da ondan," Jane sevecen bir gülüş attı benden yana. Arkasındaki pencereden çalıştığım binayı görebiliyordum. Saxon'un ofisinde ışık vardı. Mutlaka acil bir iş olmalıydı çünkü Saxon'un geç vakitlere kadar çalışma huyu pek yoktu. Omzunun üstünden dışarıya baktığımı fark etti Jane.

"İşini mi özledin?"

"Hayır," dedim. "Biraz uzak kalmak iyi geldi."

"Ciddi misin?"

"Tabii," dedim polo yaka gömleğimi çekiştirerek, "Her gün takım elbise giymek zorunda olmamak iyi geldi."

"Nasıl olduğunu unutmuştun bile belki. Uzunca bir tatil yapmayalı kaç yıl oldu?.. Sekiz mi?"

"Yok canım, o kadar olmamıştır."

Jane bir dakika düşündü ve başını salladı. "Arada bir birkaç günlük tatil yaptın ama en son tam bir hafta tatil yapışın 1995'teydi. Hatırlamıyor musun? Joseph liseyi bitirince bütün çocukları Florida'ya götürmüştük."

Haklıydı ve ben bir zamanlar haslet sandığım bir şeyin, kabahat olduğunu artık fark etmiştim.

"Özür dilerim," dedim.

"Ne için?"

"Daha fazla tatil yapmadığım için. Sana karşı da çocuklara karşı da haksızlık etmişim. Seninle ve çocuklarla daha fazla zaman geçirmeliydim."

"Çok önemli değil," dedi çatalını havada şöyle bir sallayarak.

"Tabii ki önemli," dedim. İşime olan bağlılığıma çoktan alışmış olmasına ve bunu karakterimin bir parçası olarak görmesine karşın, biliyordum ki bu Jane'in içinde her zaman bir uhde olarak kalmıştır. Hazır tüm dikkatini yakalamışken, devam ettim.

"Her zaman için önemli oldu. Ama sadece onun için özür dilemedim. Her şey için, tümü için özür diliyorum. Çocuklar büyürken işten dolayı kaçırdığım olaylar için de. Örneğin bazı doğumgünü partileri için. Ertelemeyi düşünmediğim toplantılardan ötürü kaç tanesini kaçırdığımı bilmiyorum bile. Bütün kaçırdığım olaylar, voleybol maçları, yarışlar, piyano konserleri okul temsilleri... Bırak beni sevmeleri, çocukların beni bağışlamış olmaları bile mucize."

Jane, söylediklerime başını sallıyor fakat hiçbir şey söylemiyordu. Zaten ne söyleyebilirdi ki? Derin bir nefes alıp tam gaz devam ettim.

"Senin için her zaman dünyanın en iyi kocası olmadığımı biliyorum," dedim alçak sesle. "Bazen bana niçin bunca zaman tahammül ettiğini merak ediyorum."

Bunun üstüne Jane, kaşlarını kaldırdı, ben de sürdürdüm konuşmayı, "Çok geceyi ve haftasonunu yalnız geçirdiğini biliyorum.

Çocukların tüm sorumluluklarını da senin omuzlarına yıktım. Bütün bunlar sana yapılan haksızlıklardı. Bana her şeyden çok benimle birlikte olmak istediğini söylediğinde bile seni dinlemedim. Örneğin otuzuncu doğumgününde." Bir an durup söylediğim sözlerin etkili olması için ona zaman verdim. Baktığımda, Jane'in gözlerinde o günün hatırasının çaktığını gördüm. O da geçmişte yaptığım ve unutmak istediğim hatalarımdan biriydi.

O gün için Jane'in istediği gayet basit bir şeydi. Anne olmanın verdiği yüklerin altında ezilmişti ve tek bir gece için de olsa kendisini kadın gibi hissetmek istiyordu. Bunun için, romantik bir gece ve onu başarıya ulaştıran ayrıntılar konusunda Jane epey önceden imalarda bulunmuştu. Yani, elbiseleri yatağın üstüne hazır bırakılsın, çiçekler gönderilsin, kapıda bekleyen şoförlü araba bizi lüks bir lokantanın manzaralı masasına götürsün, orada eve dönme telaşı olmadan rahat ve sakin konuşalım, istediği buydu. Bunların onun için ne kadar önemli olduğunu bildiğimden bütün istediklerini not etmiştim. Ancak, öyle çetrefilli bir mülk davasının içinde boğuluyordum ki, bütün hazırlıkları yapmaya fırsatım olmadan, doğumgünü geldi çattı. Ben de sekreterime güzel bir bilezik aldırttım ve eve giderken de kendimi, hediye pahalı olduğu için Jane onun özel olduğunu düşünecektir, diye avuttum. Jane hediyeyi açarken, istediği o romantik geceyi başka bir gece yaşayacağımıza, bunun için gereken ayarlamaları mutlaka yapacağıma söz verdim, bu da gittikçe uzayan tutamadığım sözler listesine eklendi. İşin kötüsü Jane daha o anda biliyordu bunu.

Kaçırılmış fırsatın yükünü hissediyordum, devam edemedim. Sessizce alnımı ovuşturdum. Geçmiş, bir dizi düş kırıklıklarıyla dolu anı olarak kafamın içinden geçerken, tabağımı da yana ittim. Jane'in gözlerini üstümde hissediyordum. Uzanıp elime dokunduğunda şaşırdım.

"Wilson? İyi misin?" Sesinde, alışık olmadığım tatlı bir endişe vardı.

Başımı salladım, "İyiyim."

"Sana bir şey sorabilir miyim?"

"Tabii ki."

"Bütün bu pişmanlıkları niçin şimdi ortaya döküyorsun? Babam bir şey mi söyledi sana?"

"Hayır."

"Peki öyleyse neden açtın bunları şimdi?"

"Bilmiyorum... Belki düğün hazırlıklarından dolayıdır." Yarım yamalak gülümsedim. "Ama son zamanlarda bunları çok düşünür oldum."

"Sen hiç böyle şeyler yapmazsın."

"Haklısın, pek yapmam," dedim, "Ama şimdi yapıyorum işte."

Jane başını bir yana eğdi. "Ben de mükemmel değildim ki."

"Mükemmelliğe benden daha yakındın."

"Haklısın," dedi omuz silkerek.

Güldüm, gerginliğimin biraz gevşediğini hissediyordum.

"Hem sen çok çalışıyordun," diye sürdürdü sözünü Jane. "Gereğinden çok aslında ama gayet iyi biliyordum ki, bunu aileni iyi yaşatmak için yapıyordun. Az şey mi bu? Ben de evde kalıp çocuklarla ilgilenebiliyordum. Benim için bu çok önemliydi, sen yeterince kazanmasan yapamazdım bunu."

Gülümsedim, sözlerinde ve sesinde hissettiğim bağışlanma beni duygulandırdı. Şanslı bir adamdım ben. Masadan ona doğru eğildim.

"Aklımı kurcalayan bir şey daha var."

"Dahası da mı var?"

"Anlamaya çalışıp çözemediğim şey, benimle niçin evlendiğin."

Yüz ifadesi yumuşadı. "Kendini bu kadar harcama. İstemeseydim seninle evlenmezdim."

"Niçin evlendin benimle?"

"Çünkü seni seviyordum."

"Ama niçin?"

"Birçok nedeni var."

"Mesela?"

"Tek tek saymamı mı istiyorsun?"

"Suyumdan git. Bak biraz önce ben sana en gizli sırlarımı açtım." Israrım karşısında gülümsedi.

"Pekala. Bakalım seninle niçin evlendim... Bir kere dürüsttün, çalışkandın ve müşfiktin. Naziktin, sabırlıydın ve o zamana kadar flört ettiğim çocuklar arasında en olgun olanıydın. Birlikteyken beni öyle bir dinleyişin vardı ki, sanki bu dünyadaki tek kadın bendim, kendimi öyle hissetmemi sağlardın. Bende bir bütünlük duygusu uyandırırdın, seninle birlikte zaman geçirmek çok doğru gelirdi bana.

Bir an kararsız kaldı. "Ama sadece bu duygularımdan dolayı değildi. Seni tanıdıkça, ailenin geçimini sağlamak için elinden geleni yapacak birisi olduğuna kanaat getirdim. Bu da benim için önemliydi. Unutma ki o gençlik günlerimizde bizim yaşımızdaki pek çok insan dünyayı değiştirme peşindeydi. Onlar ne kadar yüce fikirler olursa olsun, ben daha geleneklerine bağlı birisini istediğimi biliyordum. Kendi ailem gibi bir aile kurmak istiyordum. Ben kendi küçük dünyam üstüne yoğunlaşmak istiyordum. Evleneceği kadının bir eş ve bir anne olmasını isteyen, benim bu tercihime saygı duyan bir erkekle evlenmek istiyordum.

"Ben bu tarife uydum mu?"

"Çoğunlukla."

Güldüm, "Bakıyorum, göz kamaştırıcı yakışıklılığımdan ve büyüleyici kişiliğimden hiç sözetmiyorsun."

"Sen gerçekleri istememiş miydin?" dedi Jane dalga geçer gibi.

Ben de tekrar güldüm, Jane elimi biraz daha sıktı. "Şaka yapıyorum. O günlerde, sabahları takım elbiseni de giyince, sana bakmaya bayılırdım, müthiş hoş görünürdün gözüme. Uzun boylu ve inceydin, ailesine iyi bir hayat hazırlayan aktif genç erkek. Son derece çekiciydin."

Sözleri içimi ısıttı. Bundan sonra, aşağıdan gelen piyano seslerini dinler ve kahvemizi içerken bir yandan da garsonun getirdiği düğün daveti mönüsünü incelemeye başladık. Arada bir Jane'in gözlerini pek alışkın olmadığım bir tarzda üstümde hissediyordum. Bunun etkisi başımı döndürüyordu. Belki de Jane benimle niçin evlendiğini, bana anlattığı gibi hatırlıyordu. Tam emin olamasam da, bana bakarken yüzünün aldığı ifade, bu akşam söylediklerini doğruluyor ve benimle evlendiği için hala memnun olduğunu gösteriyordu.

10

Salı sabahı güneş doğmadan uyandım ve Jane'i uyandırmamaya özen göstererek yataktan kalktım. Giyindikten sonra, ön kapıdan süzüldüm. Gökyüzü simsiyahtı, kuşlar bile daha kıpırdamaya başlamamışlardı ama hava çok soğuk değildi ve asfalt gece yağan yağmurdan parlıyordu. Gün ısındığı zaman basacak rutubeti şimdiden hissediyordum ve erken çıktığım için memnun oldum.

Önce düşük bir tempoyla başladım yürümeye, sonra giderek adımlarımı hızlandırarak, bedenimin ısındığını hissettim. Geçtiğimiz yıl içinde bu yürüyüşlerden tahmin ettiğimden çok hoşlanmaya başlamıştım. Başlangıçta, istediğim kiloya düşünce yürüyüşlerimi azaltırım diye düşünmüştüm ama tam tersi oldu, yürüme mesafemi daha da uzattığım gibi, bir de başlangıç ve dönüş saatlerimi yazıyordum artık.

Bu sakin sabahların müptelası olmuştum. Yollarda bu saatte pek az araba oluyordu ve benim duyarlılığım daha keskindi. Nefesimi duyuyor, asfaltın üstünde ayaklarımın baskısını hissediyor, güneşin doğuşunu adım adım izliyordum. Önce ufukta hafif bir ışık, ağaçların üstünden turuncu bir parlaklık, sonra siyahlığın düzenli yerini bir hızla griye terkedişi. Kasvetli havalarda bile bu yürüyüşlerime hevesle başlarım ve onca yıl neden egzersiz yapmadığıma şaşarım.

Yürüyüşlerim genelde kırk beş dakika sürer, sonuna doğru yavaşlarım, nefesimi kontrol altına alırım. Alnımda ince bir ter tabakası vardı ve bu hoşuma gidiyordu. Mutfakta ışık yandığını görünce bahçeden içeri hevesli bir gülümsemeyle girdim.

Ön kapıdan girer girmez mutfaktan gelen kızarmış domuz pastırması kokusu karşıladı beni ve eski günlere, çocuklar bizimleyken, Jane'in hepimiz için kahvaltı hazırladığı günlere götürdü.

Çocuklar büyüyüp evden ayrılınca, karımla değişik programlarımız olduğundan bu kahvaltılar da sona ermişti. İlişkimizde meydana gelen birçok değişiklikten biri daha işte.

Ben oturma odasından geçerken, Jane mutfak kapısından başını uzattı. Giyinmişti bile ve bir de önlük takmıştı.

"Yürüyüşün nasıldı?"

"Hiç fena değildi, yaşlı bir adam için bayağı iyiydi." Mutfağa girdim, "Erken kalkmışsın."

"Senin yatak odasından çıkışını duydum, tekrar uykuya dalamayacağımı bildiğim için de kalkmaya karar verdim. Kahve ister misin?"

"Önce bir bardak su içeceğim, kahvaltıda ne var?"

"Pastırmalı yumurta," dedi bardağa uzanırken. "Umarım acıkmışsındır. Dün gece geç yememize rağmen ben uyandığımda açtım."

Bardağı doldurup bana uzattı. "Sinirden olacak," dedi gülümseyerek.

Bardağı alırken parmakları benimkilere değdi. Belki benim hüsnükuruntumdur ama sanki bakışları her zamankinden biraz daha uzun kaldı üstümde.

"Duş yapıp üstüme temiz bir şeyler giyip geliyorum. Kahvaltı ne zaman hazır olur?"

"Birkaç dakika vaktin var, ben ekmekleri kızartmaya başlıyorum."

Aşağıya indiğimde Jane yiyecekleri tabaklara koyuyordu. Yanına oturdum.

"Gece kalıp kalmamak konusunu düşünüyorum," dedi.

"Evet?"

"Bakalım telefon ettiğinde Dr. Barnwell ne diyecek, her şey ona bağlı. Eğer babamın iyi olduğunu söylerse, doğru Greensboro'ya gidebilirim, yani burada gelinlik bulamazsak. Yoksa yarın gitmek zorunda kalırım. Zaten cep telefonum yanımda olacak, her ihtimale karşı."

"Bence ihtiyacın bile olmayacak telefonuna. Eğer kötüleşseydi, Dr. Barnwell şimdiye kadar arardı bizi. Noah'yı ne kadar sevdiğini bilirsin."

"Gene de onun telefonunu bekleyeceğim."

"Tabii. Ziyaret saati başlar başlamaz ben de Noah'yı görmeye gideceğim."

"Tersliğinin üstünde olacağını biliyorsun değil mi? Hastanelerden nefret eder."

"Kim etmez ki? Doğum dışında kimsenin hastane seveceğini zannetmiyorum."

"Ev konusunda ne yapmayı düşünüyorsun?" dedi ekmeğine tereyağı sürerken. "Onca insanı sığdıracak yer var mı sence?"

Başımı salladım. "Eşyaları çıkartırsak bol bol yerimiz olur. Hepsini birkaç günlüğüne eski samanlığa doldurabiliriz."

"Ve sen bütün bunları yapacak adamları ayarlayacaksın, öyle mi?"

"Gerekirse ama pek gerek kalacağını zannetmiyorum. Bahçe düzenlemek için çok büyük bir ekip geliyor, birkaç dakikalarını ayırıp bu konuda bana yardım etmekten kaçınacaklarını sanmıyorum."

"Çok boş olmayacak mı?"

"Masaları filan koyduğumuz zaman olmayacak. Büfeyi pencerenin yanına kurdurmayı düşünüyorum. Şöminenin karşısında dans için açıklık kalsın istiyorum."

"Ne dansı? Müzik ayarlamadık ki."

"Aslına bakarsan müzik işi, temizlikçileri işe başlatmak ve Chelsea'deki mönü işleriyle birlikte bugünkü programımdaydı."

Başını yana eğip beni süzdü. "Bu işe epeyce kafa yormuş gibisin."

"Bu sabahki uzun yürüyüşümde ne yaptığımı sanıyorsun?"

"Her zamanki gibi nefes nefese kaldığını."

Güldüm. "Hiç de değil, bayağı bir ilerleme kaydettim bu konuda, bugün birisini geride bıraktım."

"Kimi? Koltuk değnekli bir adamı mı?"

"Ha, ha," dedim ama karımın keyifli hali çok hoşuma gidiyordu. Dün gece bana attığı bakışların bununla ilgisi var mı acaba diye merak ediyordum. Nedeni ne olursa olsun, artık yalnızca benim hüsnüniyetim olmadığını biliyordum.

"Bu arada, kahvaltı için teşekkürler."

"Bütün bu hafta bana verdiğin destekten sonra, o kadarcık şeyi de yapayım artık, üstelik iki kez de yemek hazırladın."

"Evet, biliyorum," dedim. "Tam bir melektim."

Güldü, "O kadar da abartmasak."

"Fazla mı oldu?"

"Biraz ama senin yardımların olmasa, aklımı kaçırmış olurdum şu ana kadar."

"Hem de aç."

Gülümsedi. "Bana fikir vermeni istiyorum," dedi. "Düğün için, kolsuz bir şeye ne dersin? Belden verev büzgülü, diz boyu?"

Elimi çeneme koyup düşündüm bir an. "Fena değil ama smokin bana daha çok yakışıyor."

Bana beni deli etme bakışı fırlattı, ben de masum tavırlarda teslim gibi ellerimi kaldırdım.

"Ha, Anna için mi?" dedim ve Noah'nın daha önce söylediklerinin taklidini yaparak, "O ne giyerse giysin çok güzel olacak," dedim.

"Senin kendi fikrin yok mu?"

"Belden verev büzgülü ne demek onu bile bilmiyorum ki."

İçini çekti. "Ah, şu erkekler."

"Haklısın," dedim onun gibi içimi çekerek. "Bu toplumda, küçük de olsa, bir işlevimiz olması bile, hayret verici!"

Dr. Barnwell saat sekizi biraz geçe evi aradı. Noah iyiymiş, ya öğleden sonra ya da en geç yarın taburcu olacakmış. Ben derin bir nefes aldım ama bir de Jane duysun diye telefonu ona verdim. Bana söylediklerini, bir de ona tekrarladı doktor. Jane onu dikkatle dinledikten sonra, hastaneyi aradı ve Noah'yla konuştu. Noah, Jane'i Anna'yla alışverişe çıkma konusunda zorladı.

Telefonu kapattıktan sonra Jane, "Anlaşılan hazırlansam iyi olacak," dedi bana.

"Doğru."

"Umarım bir şey buluruz bugün."

"Bulamasanız da kızlarınla hoş vakit geçirmeye bak. Böyle günler ancak bir kez yaşanır."

"İki çocuğumuz daha var, bu sadece bir başlangıç."

Gülümsedim, "Umarım."

Bir saat sonra Keith, Anna'yı, elinde küçük bir valizle getirdi. Jane hala yukarıda hazırlanıyordu. Anna kapıya yaklaşırken ben kapıyı açtım. Aman ne büyük sürpriz, siyah giymişti!

"Merhaba, babacığım," dedi.

Ben de dışarıya çıktım. "Merhaba, tatlım. Nasılsın?"

Valizini yere bırakarak geldi ve bana sarıldı.

"İyiyim," dedi. "Bayağı eğleniyorum. Başlangıçta pek hevesli değildim ama şimdi her şey çok iyi gidiyor. Annem de müthiş iyi vakit geçiriyor, görsen inanamazsın, onu bu kadar heyecanlı görmeyeli yıllar var."

"Aman ne iyi," dedim.

Gülümseyince birden kızımın ne kadar büyüdüğünü hayretle fark ettim, oysa bir dakika önce, küçük bir kızdı karşımdaki. Nerelere gidiyordu zaman.

"Bu haftasonunu iple çekiyorum," dedi alçak sesle.

"Ben de."

"Evde her şeyi hazır edecek misin?"

Başımı salladım.

Etrafa şöyle bir göz attı. Yüzündeki ifadeyi görünce neyi soracağını anladım.

"Annemle aranız nasıl?"

Bunu bana ilk, Leslie evden ayrıldıktan birkaç ay sonra sormuştu; geçtiğimiz yılda daha sık sorar oldu ama hiçbir zaman Jane odadayken değil. Önceleri anlam veremiyordum, son zamanlarda kabul etmeye başladım.

"İyi," dedim. Bu tabii ki, her zaman verdiğim yanıttı ama biliyorum ki Anna da bana her zaman inanmazdı.

Ancak bu sefer, yüzümü dikkatle inceledi ve sonra da, yaklaşıp bana tekrar sarılarak şaşırttı beni. Kolları sımsıkı boynumdayken, "Seni çok seviyorum babacığım," dedi. "Müthiş bir insansın."

"Ben de seni seviyorum, tatlım."

"Annem şanslı bir kadın," dedi. "Bunu asla unutma."

"Evet," dedi Jane arabaya doğru giderken, "galiba her şey tamam."

Anna arabanın içinde bekliyordu.

"Telefon edersin değil mi?" dedi Jane. "Herhangi bir şey olursa."

"Söz," dedim.

"Siz de Leslie'ye selam söyleyin."

"Jane'e arabanın kapısını açarken, günün sıcaklığının üstüme şimdiden çöktüğünü hissettim. Hava yoğun ve ağırdı. Çevreyi, evleri, yolları neredeyse puslu gösteriyordu. Gene kavuracak, diye düşündüm.

"İyi eğlenceler," dedim, karım daha gitmeden onu özlemeye başlamıştım bile.

Jane başıyla teşekkür işareti yaparak kapıya doğru bir adım attı. Ona bakarken hala erkeklerin başını döndürecek kadar güzel olduğunu düşündüm. Zamanın hoyrat elleri onu görmezden gelirken, ben nasıl orta yaşlı oluvermiştim? Bilmiyordum ve aldırmıyordum da. Kendime engel olmaya fırsat bulamadan, sözcükler ağzımdan döküldü:

"Çok güzelsin," dedim alçak sesle.

Jane dönüp hafif bir hayretle baktı yüzüme, ifadesinden, beni doğru duyup duymadığı konusunda tereddüt ettiğini anladım. Bana yanıt vermesini bekleyebilirdim aslında ama ben, bir zamanlar benim için nefes almak kadar doğal olan biri hareket yaptım. Eğilip yumuşak dudaklarından öptüm yavaşça.

Bu, son zamanlarda paylaştığımız acele ve üstünkörü, ahbap öpücüklerine hiç benzemiyordu. Ben de geri çekilmedim, ... o da ve öpücük kendi *kaderini* yaşadı. Nihayet ayrıldığımızda ve onun yüzündeki ifadeyi gördüğümde, kesinlikle isabetli bir şey yaptığımı anladım.

11

Arabama binip günün programını uygulamak üzere yola çıkarken hala o öpücüğün etkisindeydim. Bakkala uğradıktan sonra Creekside'a gittim. Ancak doğru gölet başına gideceğim yerde, ana binaya girip Noah'nın odasına yürüdüm.

Her zamanki gibi bina antiseptik kokuyordu. Yerdeki renkli seramikler ve geniş koridorlar bana hastaneyi hatırlatıyordu ve eğlence odasının önünden geçerken masalarda oturan çok az kişi olduğunu fark ettim. iki kişi köşede dama oynuyordu, birkaç kişi de duvara monte edilmiş olan televizyonu seyrediyordu. Masa başında bir hemşire oturuyordu, başı öne eğik, benim varlığımdan habersiz.

Koridorda yürürken, televizyonun sesi beni izledi ve sonunda Noah'nın odasına girmek iyi geldi bana. Buradaki odaların çoğunda sahibine ait pek bir şey bulunmaz, odalar kişiliksizdir. Onların tersine Noah, odasını kendine ait bir mekan haline sokmuştur. Allie'den bir tablo, Monet'yi hatırlatan bir bahçe manzarasında çiçekli bir havuz, sallanan sandalyesinin arkasındaki duvara asılmış. Raflarda düzinelerle fotoğraf, Allie'nin, çocukların, duvarlara raptiyelenmiş resimleri de var. Hırkası yatağının üstüne atılmış, köşedeyse bir zamanlar evlerinde duvara karşı duran kapağı kapanır küçük yazı masası. Bu masa aslında Noah'nın babasına aitmiş. Zaten yaşı, Noah'nın pek sevdiği dolma kalemlerin yıllardır üstünde bıraktığı oluklar ve çiziklerden de belli oluyordu.

Akşamları Noah'nın sıklıkla burada oturduğunu biliyordum çünkü gözlerinde Noah'nın en çok değer verdiği hazineleri saklıdır: Allie ile olan aşklarını hatıra şeklinde yazdığı defter, sayfaları sararmış deri kaplı hatıra defterleri, Allie'ye yıllardır yazdığı yüzlerce mektup ve Allie'nin ona yazdığı son mektup. Başka şeyler de vardı gözlerde, kurutulmuş çiçekler, Allie'nin sergileri hakkında gazetelerde çıkan yazıların kesilmiş kupürleri, çocuklardan gelen ufak tefek armağanlar ve Walt Whitman'ın şiir kitabı *Çimen Yaprakları*. Bu kitap II. Dünya Savaşı sırasında Noah'nın en büyük arkadaşı olmuş.

Belki de miras ve mülk avukatı olmamdan dolayı, bu eşyaların Noah öldükten sonra ne olacağını düşündüm. Bunları çocukları arasında paylaştırmanın nasıl mümkün olacağını. En kolayı çocuklar arsında eşit bir dağılım, değil mi? Ama bunun da kendine özgü problemleri olacaktır. Örneğin, aşk defteri kimin evinde duracak? Kim mektupları alacak, kim hatıra defterlerini alacak? Önemli malları paylaştırmak bir iştir ama yüreği paylaştırmak mümkün mü?

Çekmeceler kilitsizdi. Her ne kadar Noah bir iki güne kadar odasına dönecek de olsa, hastanede yanında olmasını isteyeceği birtakım nesneleri arayıp buldum ve koltuğumun altına sıkıştırdım.

Klimalı binaya kıyasla dışarısı boğucuydu ve ben derhal terlemeye başladım. Avlu her zamanki gibi boştu. Çakıllı yoldan yürürken, Noah'yı düşüren kökü aradım. Bulmam biraz zaman aldı. Dev bir manolya ağacının dibinden yol üstüne güneşte gerinen bir yılan gibi uzanmıştı.

Bulanık gölet gökyüzünü ayna gibi yansıtıyordu ve bir an orada bulutların salınarak süzülüşünü seyrettim. Banka otururken havada hafif bir tuz kokusu vardı. Kuğu sığ yerlerden çıktı ve bana doğru süzüldü.

Dilimli beyaz ekmek paketini açtım ve Noah'nın her zaman yaptığı gibi ilk dilimi küçük parçalara böldüm. İlk parçayı suya atarken bir yandan da hastanede Noah'nın söylediğinin doğruluk derecesini düşünüyordum. Gerçekten kuğu bütün o badire boyunca yanından ayrılmamış mıydı? Kendine geldiğinde kuğuyu yanında gördüğünden emindim, onu bulan hemşire de kuğunun orada olduğunu söylemişti ama kuğu başından sonuna kadar nöbet tutmuş muydu? Kesin olarak bilmek imkansız ama yüreğim inanmak istiyordu.

Gene de, Noah kadar derinden inanmaya istekli değildim. Kuğu dedim kendi kendime Noah'nın başında kalmıştır çünkü Noah onu seviyor ve besliyor. Doğanın bir mahluku olmaktan ziyade evcil bir kuş olmuştu. Bunun Allie ve onun ruhuyla hiçbir ilgisi yoktu. Böyle olayların olabileceğine inanmam mümkün değildi.

Kuğu önüne attığım ekmeğe bakmadı bile. Sadece beni izliyordu. Garip. Bir parça daha ekmek attığımda dönüp şöyle bir baktı ona sonra gene başını bana çevirdi.

"Ye hadi," dedim. "Yapacak çok işim var."

Yüzeyin hemen altında kuğunun ayaklarının, olduğu yerde durmak için hafif hareketler yaptığını görüyordum.

"Haydi," dedim alçak sesle onu zorlamaya çalışarak, "Daha önce de benim elimden yemek yedin."

Üçüncü parça ekmeği de attım, durduğu yerin birkaç santim uzağına düştü. Suya vurduğunda çıkarttığı belli belirsiz sesi duydum. Kuğu o yöne gitmeye yeltenmedi bile.

Arkamda çimleri sulamak için otomatik fıskiyelerin açıldığını duydum, düzenli bir ritimle havaya su zerrecikleri serpmeye başladılar. Omzumun üstünden geriye, Noah'nın odasına baktım ama pencere yalnızca güneşin göz kamaştıran ışığını yansıtıyordu. Ne yapsam diye düşünürken dördüncü parçayı da attım, sonuç aynıydı.

"Buraya gelmemi o istedi," dedim.

Kuğu boynunu dikleştirip kanatlarını kabarttı. Birden, herkesin Noah için endişelenmesine neden olan şeyi benim de yaptığımı fark ettim: Kuğuyla, beni anlayacakmış gibi konuşuyordum.

Allie olduğunu sanarak mı?

Tabii ki hayır, diye düşündüm kafamdaki sesi kovalayarak. İnsanlar köpeklerle, kedilerle, bitkilerle konuşur, bazen televizyonda maç seyrederken hakeme ya da oyunculara bağırır. Jane'le Kate'in endişelenmelerine hiçbir neden yoktu. Noah burada saatlerce oturuyordu, onu ille de merak edeceklerse, bence kuğuyla konuşmadığı zaman merak etmeliydiler.

Ama tabii, konuşmak başka şeydi, kuğunun Allie olduğuna inanmak başka.

Attığım ekmek parçaları fazla su çekip batmıştı artık ama kuğu hala beni seyrediyordu. Bir ekmek parçası daha attım ve kuğu ona da ilgisiz kalınca, etrafıma bakındım, kimsenin beni duymayacağından emin olduktan sonra öne doğru eğilip "Durumu iyi," dedim. "Onu dün gördüm, bugün de doktoruyla konuştum. Yarın burada olacak."

Kuğu dediklerimi düşünür gibiydi ve bir an sonra, tüylerimin diken diken olduğunu hissettim. Kuğu yemeye başlamıştı.

Hastanede yanlış odaya girdiğimi sandım. Noah'yı tanıdığım onca yılda, televizyon izlediğini hiç görmemiştim. Evinde bir televizyon vardı ama çocuklar küçükken seyretmeleri içindi. Ben onların hayatına girdiğimde, nadiren açılırdı. Onun yerine verandada oturulur, hikayeler anlatılırdı. Bazen, Noah gitar çalar, aile de şarkı söylerdi. Ya da ağustos böceklerinin sesleri arasında sadece konuşulurdu. Serin gecelerde Noah şömineyi yakar, aynı şeyler içerde, oturma odasında yapılırdı. Daha başka gecelerdeyse herkes eline bir kitap alır, kimi kanepede, kimi koltukta, kimi sallanan sandalyede, birbirlerinin yanında olsalar da her biri ayrı dünyalara dalar, saatlerce kitap okurlardı.

Bu hayat, eski zamanların, ailenin her şeyden çok değerli olduğu çağların bir yansımasıydı, ben de böyle bir yaşamın özlemini çekiyordum ve onlarla geçireceğim akşamları dört gözle bekliyordum. Bir bakıma bu akşamlar, babamın yanında oturup onun gemileri üstünde çalışmasını izlediğim akşamlara benzerdi ve fark ettim ki, her ne kadar televizyon bir tür kaçış olarak kabul ediliyorsa da, onun sakinleştirici ve huzur verici tarafı yok. Noah da her zaman televizyondan uzak durmayı başarmıştı. Bu sabaha kadar.

Kapıyı itip içeri girdiğimde, televizyondan gelen sesin hücumuna uğradım. Noah yatağında oturmuş ekrana gözünü dikmişti. Elimde onun masasının gözlerinden getirdiğim nesneler vardı.

"Merhaba Noah," dedim. Ama o her zamanki gibi beni selamlayacağına, gördüklerine inanamayan bir ifadeyle baktı yüzüme.

"Gel hele, gel," dedi, bana yaklaşmamı belirten el işaretiyle. "Şu anda gösterdikleri şeylere inanamayacaksın."

Odanın içinde ilerledim. "Ne seyrediyorsun?"

"Bilmiyorum," dedi gözünü ekrandan ayırmadan. "Bir tür konuşma prgramı. Johnny Carson Şov gibi bir şey olacak sanmıştım ama değil. Nelerden sözettiklerini aklına hayaline getiremezsin."

Aklıma derhal bir sürü adi program geldi, ben de çoğu kez bu tür programların yapımcılarının geceleri nasıl rahat uyuyabildiklerini merak etmişimdir. Tahmin ettiğim gibi o programlardan biriydi gösterilen. Noah'nın neler görmüş olduğunu tahmin etmek için konuyu bilmeme bile gerek yoktu. Çoğu zaten aynı iğrenç konuyu ele alır ve o konu, tek amaçları televizyona çıkmak olan ve bunun için ne kadar aşağılandıklarına aldırmayan birtakım davetlilerce dehşet uyandırıcı bir açıklıkla tartışılır.

"Neden böyle bir program seçtin ki?"

"Böyle bir program olduğunu ne bileyim," diye açıkladı. "Haber dinlemek istedim, reklam vardı, bitince bu çıktı. Neler yaptıklarını görünce, gözümü alamadım. Yol kenarında olan bir kazaya bakar gibi."

Yatakta yanına oturdum. "O kadar mı kötüydü?"

"Sana sadece şunu söyleyeyim, bugünlerde genç olmak istemem. Toplum son hızla aşağıya doğru gidiyor, dibe vurduğu zaman buralarda olmayacağıma memnunum."

Gülümsedim. "Tıpkı kendi yaşındakiler gibi konuşuyorsun."

"Olabilir, bu yanılıyorum anlamına gelmez." Başını iki yana sallayarak uzaktan kumandayı aldı, anında oda sessizliğe gömüldü.

Odasından getirdiğim şeyleri yatağın üstüne bıraktım. "Vakit geçirmek için bunlara ihtiyacın olur diye düşündüm. Tabii televizyon seyretmeyi tercih etmezsen."

Mektup destesini ve Whitman'ın *Çimen Yaprakları* kitabını görünce yüzü yumuşadı. Sayfaları binlerce kez çevrilmiş kitap neredeyse şişmişti. Kitabın eskimiş kapağını sıvazlarken, "Sen iyi bir insansın, Wilson," dedi. "Demek gölden geliyorsun."

"Sabahları dört parça," dedim.

"Nasıldı bugün?"

Ne yanıt vereceğime karar veremedim bir an.

"Galiba seni özlüyor," dedim, biraz düşündükten sonra.

Memnun oldu, yatağında dikleşti, "Peki, Jane ile Anna alışverişe gittiler mi?" diye sordu.

"Daha yoldadırlar herhalde. Bir saat önce çıktılar."

"Ya Leslie?"

"Onlarla Raleigh'de buluşacak."

"Gerçekten müthiş olacak," dedi keyifle. "Düğün, yani. Senin cihette işler nasıl?"

"Şimdilik işler yolunda. Umudum her şeyin perşembeye kadar tamamlanması.

"Bugünkü programın nedir?"

Planlarımı anlattım, bitirdiğimde, hayranlıkla bir ıslık çaldı. "Epey çok iş koymuşsun bir güne," dedi.

"Galiba öyle ama şimdiye kadar şansım açıktı."

"Gerçekten öyle olmuş," dedi. "Benim düşmem hariç. O kaza her şeyi mahvedebilirdi."

"Dedim ya, şansım açıktı."

Başını hafifçe kaldırdı. "Ya sizin yıldönümü ne olacak?"

Yıldönümü hazırlıkları için harcadığım onca zaman, onca telefon konuşması, posta kutusuna ve bir sürü dükkana gidip gelmeler, ofisteki her boş anım, öğlen saatlerim ve en iyi nasıl sunacağım konusunda kafa yormalarım, hepsi şimşek gibi geçti aklımdan. Ofisteki herkes ne planladığımı biliyordu. Onlar da gizlilik andı içmişlerdi. Ayrıca inanılmaz bir destek vermişlerdi bana; hediyem tek başına altından kalkacağım bir şey değildi.

"Perşembe akşamı," dedim. "Sanıyorum tek fırsatım perşembe olacak. Bu akşam yok, yarın herhalde seni görmek isteyecektir, cuma günü de Joseph ile Leslie gelecekler. Cumartesi de zaten malum sebepten olamaz." Durdum bir an. "Umarım beğenir."

Gülümsedi. "Yerinde olsam o konudan hiç endişe etmezdim, Wilson. Dünyanın en zengin adamı olsaydın da daha iyi bir hediye bulamazdın."

"Umarım haklısındır."

"Haklıyım. Ayrıca haftasonuna bundan güzel bir giriş düşünemiyorum."

Sesindeki samimiyet içimi ısıttı, birbirimize hiç benzemiyor olmamıza rağmen bana duyduğu sevgiden duygulandım.

"Bana fikri veren sendin, biliyorsun," diye hatırlattım.

Noah başını iki yana salladı. "Hayır," dedi, "hepsi sana ait. Yürekten gelen hediyeleri, verenden başka kimse sahiplenemez." Sözlerini vurgulamak ister gibi elini kalbine götürdü. "Allie olsa bayılırdı, bu tür şeyler yüreğini ısıtırdı onun."

Ellerimi kucağımda kavuşturdum. "Bu haftasonu yanımızda olması için neler vermezdim."

Noah mektup destesine bir göz attı, garip bir biçimde gençleşmiş görünüyordu.

"Ben de," dedi.

Otoparkı geçerken sıcak tabanlarımı dalıyordu sanki. Uzaktaki binalar sıvı bir maddeden yapılmış gibiydiler. Gömleğimin sırtıma yapıştığını hissediyordum.

Arabama biner binmez, kendi mahallem kadar iyi tanıdığım virajlı köy yollarına vurdum kendimi. Sahil bölgesinin alçak malikanelerinde sert bir güzellik hakimdir. Terkedilmiş gibi görünen çiftliklerin, tütün ambarlarının yanından geçtim. Çiftlikleri birbirlerinden, dev çam ağaçlarından şeritler ayırıyordu. Uzakta bir yerde bir traktör gidiyordu ardında bir toz bulutu bırakarak.

Yolun bazı noktalarından Trend Nehri'ni görmek mümkündü. Suları güneşte ışıl ışıldı. Kıyılarında meşe ve selvi ağaçları sıralanmıştı, beyaz gövdeleri ve eğri büğrü kökleri boğumlu gölgeler düşürüyordu. Çiftlikler yerlerini yavaş yavaş ormanlara bırakıyordu. Güneyli ve Kuzeyli askerlerin bölgeden geçerken gördükleri bu ağaçlardı, diye düşündüm. Uzaktan güneşi yansıtan teneke bir dam gördüm, sonra da evin kendisini; birkaç dakika sonra da Noah'nın malikanesindeydim.

İki tarafı ağaçlı araba yolundan evi gözden geçirdiğimde, terkedilmiş gibi duruyor diye düşündüm. Biraz ileride, arkalarda, Noah'nın ağaç kütüklerini ve malzemelerini depoladığı, rengi solmuş kırmızı samanlık vardı. Duvarlarında küçük delikler oluşmuştu ve teneke damında pas çatlaklara neden olmuştu. Gününün büyük bir bölümünü geçirdiği atölyesi, evin hemen arkasına düşüyordu. Sallanan kapılar eğrilmiş, pencereler kir tabakasıyla kaplanmıştı. Hemen ilerisinde gül bahçesi vardı. Gül bahçesini de, ırmağın kıyısını da otlar bürümüştü. Bahçıvanın epeydir çimleri kesmediği de dikkatimi çekti ve bir zamanların parlak çimenliği vahşi kırlara dönüşmüştü.

Arabamı eve yakın bir yere park edip, evi söyle bir, alıcı gözüyle inceledim. Sonra cebimden anahtarları çıkartıp kilidi açtım ve kapıyı içeri doğru ittim. Güneş ışığı hole boylu boyunca yayıldı.

Pencereler kepenkli olduğu için, o ışık huzmesinin dışında ev karanlıktı. Ayrılmadan önce jeneratörü çalıştırmam gerektiğini hatırlattım kendime. Gözlerim loş ışığa alıştıktan sonra, evin hatlarını bir miktar görebildim. Hemen karşımda yatak odalarına çıkan merdivenler vardı; solumda evin ön kısmından arka verandaya kadar uzanan geniş ve uzun oturma odası vardı. İşte buraya davet için masaları koyarız, diye düşündüm, çünkü burada herkesi rahatça alabilecek yer vardı.

Ev toz kokuyordu ve möblelerin üstüne örtülmüş olan çarşaflarda da toz izleri görünüyordu. Taşıyıcılara her parçanın evin ilk yapıldığı çağlardan kalma antika parçalar olduğunu hatırlatmam gerekiyordu. Şömine, duvarın içine gömülmüştü, çevresinde elle boyanmış seramikler vardı. Noah'nın bana, çatlamış olanları değiştirmek istediğinde, bunların ilk imalatçılarını bulunca ne kadar rahatladığını anlattığını anımsıyorum. Köşede piyano duruyordu, o da çarşafla örtülmüştü, bu piyanoyu sadece Noah'nın çocukları değil, torunları da çalmıştı. Şöminenin iki yanında üç pencere vardı. Burası hazır olduğunda nasıl duracağını hayalimde canlandırmaya çalıştım ama o karanlık odada dururken bunu beceremedim. Ancak nasıl görünmesini istediğimi kafamda canlandırmıştım, hatta Jane'e bile tam tarifini yapmıştım ama evin içine girmek öyle hatıralar canlandırmıştı ki, bu tabloyu değiştirmek imkansız gibi geldi bana.

Burada Jane'le ben kaç akşam oturmuştuk Noah ve Allie'yle? Sayılmayacak kadar çok ve yeterince konsantre olursam, o rahat sohbetler arasına serpiştirilen kahkahaları bile duyabilirdim.

Sanıyorum buraya, bu sabahki olaylar benim hiç susmayan nostalji duygumu ve özlemimi kamçıladığı için geldim. Şu anda bile Jane'in dudaklarının yumuşaklığını ve rujunun tadını dudaklarımda hissedebiliyorum. Aramızdaki ilişki gerçekten değişiyor muydu? Bütün benliğimle ummak istiyordum bunu ama yalnızca kendi duygularımı Jane'e yansıtıyor da olabilirdim. Tek bildiğim, bugün bir an, yalnızca kısa bir an, Jane'in, benimle birlikte olmaktan, benim onunla olduğum kadar mutlu göründüğüydü. Bu uzun zamandan beri ilk kez oluyordu.

12

Günün geri kalanı çalışma odamda telefon başında geçti. Daha önce bizim evimizde çalışmış olan temizlik şirketiyle konuştum ve perşembe günü Noah'nın evinin temizliği işini kesinleştirdim. Bizim terası tazyikli suyla yıkamış olan kişiyle konuştum, şahane evi parlatmak için öğlen vakti orada olacak. Jeneratörün, evdeki prizlerin ve gül bahçesindeki spotların düzgün çalıştığından emin olmak için bir de elektrikçi gelecekti. Geçen yıl hukuk bürosunun boya işlerini yapan firmaya telefon ettim, gelip iç duvarları tazeleyecek ve gül bahçesini çevreleyen çiti boyayacak bir ekip göndermeye söz verdiler. Kiralama şirketi merasim için çadır, masa ve iskemleleri sağlayacaktı ve masa örtüleri, bardaklar ve gümüş yemek takımları perşembe sabahı teslim edilecekti. Restoran çalışanlarından birkaç kişi evde olacak ve cumartesinden önce her şeyi yerleştirecekti. Bahçe mimarı Nathan Little işe başlamak için sabırsızlanıyordu, ben telefon ettiğimde ısmarladığım tüm bitkilerin kamyonlarda hazır beklediğini söyledi. Ayrıca adamlarına, fazla eşyaları evden samanlığa taşıtacağına da söz verdi. Son olarak da hem merasim hem de davet için müzik ayarladım. Perşembe günü piyano akort edilecekti.

Her şeyin mümkün olduğunca çabuk ayarlanmasını başarmak sanıldığı kadar zor olmadı. Sadece telefon ettiğim insanların çoğunu tanıdığım için değil, bu işi daha önce de yapmış olduğum için işler kolay yürüyordu. Birçok bakımdan şimdi yaptığımız çılgın koşuşturma, Jane ile evlendikten hemen sonra aldığımız ilk evimizi taşınmaya hazır duruma getirmek için giriştiğimiz faaliyetleri andırıyordu. Aldığımız küçük bahçeli bitişik düzen ev pek zor günler geçirmiş olmalıydı. Çok ciddi tamirat gerektiriyordu... Zaten bu yüzden alabileceğimiz bir fiyata düşmüştü. Yapabileceğimiz işleri biz yapmıştık ama sonra öyle bir noktaya geldik ki, bir marangozun, elektrikçinin ve tesisatçının hünerlerine gereksime duyuyorduk.

Bu arada, aile oluşturmaya çabalamakta hiç vakit kaybetmemiştik.

Evlilik yeminimizi ettiğimizde, ikimiz de bakirdik; ben yirmi altı yaşımdaydım, Jane ise yirmi üç. Sevişmeyi birbirimize öğrettik. Hem çok saf hem de tutkuluyduk, zamanla birbirimizi mutlu etmeği de öğrendik. O günlerde ne kadar yorgun olursak olalım çoğu akşam birbirimizin kollarında düğümlenmiş olurduk.

Hamileliği önlemek için en ufak bir tedbir almıyorduk. Jane'in hemen hamile kalacağını sandığımı çok iyi anımsıyorum ve hatta, bunun umuduyla, daha çok para biriktirmeye başlamıştım. Ama Jane evliliğimizin ilk ayında hamile kalmadı, ikinci üçüncü aylarında da durum değişmedi.

Altıncı aya gelmiştik ki, Jane, Allie'nin bilgisine başvurmaya karar verdi. Aynı akşam eve döndüğümde, Jane konuşmamız gerektiğini söyledi. Gene kanepede yanına oturdum, gene benden bir şey isteyeceğini söyledi. Bu kez, benden kiliseye gitmemi isteyeceğine, onunla birlikte dua etmemi istedi ve ben kabul ettim. Nedenini anlamasam da bunu yapmanın doğru olduğunu biliyordum. O akşamdan sonra, çift olarak düzenli olarak dua etmeye başladık. Her geçen gün bu dualara alışmakla kalmıyor, dua saatimizi istekle bekliyordum. Ancak aylar geçiyor, Jane hala hamile kalmıyordu. Jane kısırlık ihtimalinden ciddi olarak endişelendi mi bilmiyorum ama bunun kafasını kurcaladığını hissediyordum. Ben bile merak etmeye başlamıştım. Bu arada ilk evlilik yıldönümümüze bir ay kalmıştı.

Aslında ilk planım evdeki değişiklikleri tamamlamak için birtakım taşeronlardan teklif almak ve onlarla mülakat yapmaktı. Ama bütün bu işlerin Jane'i yorduğunu anlıyordum. Minik dairemiz çok kalabalıktı ve yeni evimiz için düşündüğümüz değişiklikler heyecan verici olmaktan çıkmıştı. Ben de birinci yıldönümümüzden önce yeni evimize taşınmayı gizli bir amaç edinmiştim.

İşte bu amaç doğrultusunda, ne gariptir, tam otuz yıl sonra tekrar yapacağım şeyleri yapmıştım: Telefon başında saatler geçirmiş, tanıdıklardan hatır için ricalarda bulunmuş ve işin zamanında tamamlanmasını garantilemek için ne gerekiyorsa yapmıştım. Birden fazla ekip kullanmış, öğlen saatlerinde ve işten sonra eve uğrayıp gelişmeleri kontrol etmiş ve sonunda ilk başta hesapladığımdan çok daha fazla para ödemek zorunda kalmıştım. Buna rağmen, evdeki hızlı gelişme karşısında hayran olmamak elde değildi. Her geçen gün bizi yıldönümümüze yaklaştırırken, gözlerimin önünde ev şekilleniyordu. İşçiler arı gibi çalışıyor, yerler döşeniyor, dolaplar, lavabolar yerleştiriliyor, aletler kuruluyor, elektrik kabloları ve prizler yenileniyor, duvar kağıtları yapıştırılıyordu.

Yıldönümümüzden bir önceki hafta Jane'i evden uzak tutmak için türlü mazeretler icat etmeye başladım çünkü restorasyonun son haftasında ev bir kabuk olmaktan çıkıp, yuvaya dönüşür. Ben de bunun ömür boyu unutamayacağı bir sürpriz olmasını istiyordum.

"Bu akşam eve uğramaya hiçbir neden yok," derdim. "İş çıkışı uğradığımda taşeron gitmişti." Ya da "Daha sonra yapacak çok işim olacak, şimdi sen yanımdayken rahatlamak istiyorum." Uydurduğum mazeretlere inanıp inanmadığını bilmiyorum, şimdi geriye dönüp düşündüğüm zaman, herhalde bir şeylerden kuşkulanmıştır diyorum ve beni hiç ille de gidelim diye zorlamamıştı. Yıldönümü akşamı, şehir merkezinde romantik bir akşam yemeğinden sonra Jane'i dairemizin yerine yeni evimize götürmüştüm.

Geç olmuştu, ay bütün haşmetiyle gökyüzündeydi, ağustos böcekleri gece konserlerine başlamışlardı. Dışardan ev fazla değişmiş görünmüyordu. Ön bahçeye molozlar ve boş boya kutuları yığılmıştı, kapının önündeki taşlık tozdan gri bir renk almıştı. Jane önce eve baktı

sonra bana döndü, oraya gitmemize pek bir anlam vere-
mediği yüzünden okunuyordu.

"Neler yapmışlar, bir bakayım dedim," diye açık-
ladım.

"Bu akşam mı?"

"Tabii, n'olur ki?"

"Bir kere her yer karanlıktır, hiçbir şey göremeyiz."

"Haydi gel," dedim torpido gözüne koyduğum el
fenerini alarak, "çok kalmamıza gerek yok, sıkılırsan
hemen çıkarız."

Arabadan inip onun kapısını açtım. Elinden tutup
molozların içinden kapının önüne dikkatle geçirdim
onu.

Anahtarla kapıyı açtım.

Karanlıkta yeni yapıştırılmış halının kokusuna alma-
mak imkansızdı ve bir an sonra el fenerini yakıp oturma
odasını ve mutfağı gösterince Jane'in gözlerinin fal taşı
gibi açıldığını gördüm. Tabii ki tamamen bitmiş değil-
di ama bizim durduğumuz yerden, taşınmaya çok yakın
olduğumuz belli oluyordu.

Jane olduğu yerde donakalmıştı. Elini tuttum.

"Yuvana hoş geldin," dedim.

"Ah, Wilson," dedi derin bir nefes alarak.

"Yıldönümün mutlu olsun," dedim yavaşça.

Dönüp bana baktığında yüz ifadesi umut ve şaşkınlık
karışımıydı.

"Ama nasıl... Yani daha geçen hafta, bitmeye yakın
bile değildi..."

"Sana sürpriz olsun istedim. Dur bakalım, sana gös-
termek istediğim bir şey daha var."

Elinden tutup onu üst kata, büyük yatak odasına götürdüm. Kapıyı iterken el fenerini doğrulttum ve görebilmesi için önünden çekildim.

Odada, hayatımda tek başıma aldığım tek eşya duruyordu: antika bir yatak. Balayımızda gittiğimiz küçük oteldeki, ilk kez seviştiğimiz yatağa benziyordu. Jane sesini çıkartmıyordu, ben de birden yanlış bir şey yapmışım duygusuna kapıldım.

"Böyle bir şey yaptığına inanamıyorum," dedi nihayet. "Senin kendi fikrin miydi?"

"Beğenmedin mi?"

Gülümsedi, "Bayıldım," dedi yumuşak bir sesle. "Ama bütün bunları senin düşündüğüne inanamıyorum. Yani bu... Bu... romantik."

Doğrusunu isterseniz hiç de bu açıdan düşünmemiştim. Bence yatağa ihtiyacımız vardı ve bu da Jane'in beğeneceğinden emin olduğum tek modeldi. Ancak, Jane'in bunu iltifat olsun diye söylediğini bildiğimden, tek kaşımı kaldırarak. 'Benden başka ne beklerdin?' havasına girdim.

Yatağa yanaşıp, örtüsünü okşar gibi sıvazladı. Bir dakika sonra kenarına oturup, eliyle yanına hafifçe vurdu, beni çağırıyordu. "Konuşmamız gerek," dedi.

Ona doğru ilerlerken, bu sözleri daha önce de duyduğumu anımsadım, ister istemez. Hatırı için bir şey daha yapmamı isteyeceğini düşündüm ama yanına oturduğumda uzanıp beni öptü.

"Benim de bir sürprizim var," dedi. "Sana söylemek için en uygun anı bekliyordum

"Nedir?"

Anlık bir duraksamadan sonra, "Hamileyim," dedi.

Bende önce jeton düşmedi ama düştüğü zaman Jane'in sürprizinin benimkini katladığını anladım.

Akşam üstü, güneş alçalmış ve yakıcılığı biraz azalmışken, Jane telefon etti. Noah hakkında bilgi aldıktan sonra, Anna'nın hala gelinlik konusunda kararını veremediğini, dolayısıyla bu akşam eve dönemeyeceğini söyledi. Bunu zaten tahmin etmiş olduğumu söylerken, Jane'in sesinden, sabrının tükenmekte olduğunu sezdim. Kızgın değildi, sadece sabrı zorlanıyordu, ben de nasıl olup da hala bunca yıllık kızımızın huyunu tanımadığını merak ederek gülümsedim.

Telefonu kapattıktan sonra, arabama atlayıp Creekside'a gittim ve kuğuya üç parça dilimli beyaz ekmek verdim, eve dönerken ofisime uğradım.

Binanın önünde her zamanki yerime arabamı park ettiğimde, yolun biraz yukarısında Chelsea Restoranı'nı gördüm, karşısında, her kış Noel Baba'nın köyünün kurulduğu, küçük çimlik alan vardı. Bu binada otuz yıldır çalışıyor olmama karşın, her baktığım yönde Kuzey Carolina'nın ilk kuruluş günlerine ait izleri bulabilmem, hala beni şaşırtıyor. Geçmiş her zaman benim için özel bir anlam taşımıştır ve birkaç sokak ötede eyaletimizde yapılmış ilk Katolik kilisesini ziyaret edebileceğim, ya da ilk yerleşimcilerin çocuklarının gittiği okulu gezebileceğim, ya da eski koloni valisinin oturduğu, şimdi güneyin en güzel parklarında birinin içinde bulunan Tryon Sarayı'nın malikanesinde dolaşabileceğim düşüncesi beni müthiş mutlu ediyor. Kasabasıyla övünen tek kişi ben değilim. New Bern Tarih Derneği ülkenin en aktif kuruluşlarından biridir ve neredeyse her köşede, New Bern'in ülkemizin kuruluş yıllarında oynadığı önemli rol belgelenmiş durumdadır.

Ortaklarım ve ben, hukuk büromuzun bulunduğu binanın sahipleriyiz ve her ne kadar bizim binanın da ilginç bir geçmişi olmasını istesem de, yok böyle bir şey. 1950ler'de, mimarların çizimlerinde tek önemsediği kriterin kullanışlılık olduğu dönemlerde inşa edilen binamız, maalesef son derece yavan görünüşlüdür. Tek katlı dikdörtgen binada, dört ortak ve dört yardımcı avukat için ofisler, üç toplantı salonu, bir dosya odası ve müvekkiller için bir de resepsiyon salonu vardır.

Kapıyı anahtarımla açtım ve bir dakikadan az bir sürede alarmın çalacağına dair uyarıyı duyup, kapatmak için hemen kodu tuşladım. Resepsiyon salonundaki ışığı yakıp, ofisimin yolunu tuttum.

Ortaklarımın ofisleri gibi benim ofisimin de, müvekkillere güven veren bir resmi görünüşü vardır: kiraz ağacından koyu cilalı masa üstünde pirinç lamba, duvar boyunca ciltli hukuk kitapları, çalışma masasının karşısında bir çift deri kaplı kocaman rahat koltuk.

Mülk avukatı olarak, bazen bana öyle geliyor ki, bu dünyadaki her tür çiftle karşılaştım. Her ne kadar hepsi, ya da çoğu ilk başta gayet normal gibi görünseler de, sokak serserileri gibi kavga eden çiftlere rastladım ve bir keresinde bir kadının kocasının üstüne sıcak kahve döktüğüne şahit oldum. Aklımın, hayalimin alamayacağı kadar çok kez, kocalar beni bir tarafa çekti ve yasal olarak karısına bir şey bırakmak zorunda olup olmadığını ve karısını vasiyetinin tamamen dışında bırakarak her şeyini

metresine verebilmesinin yolunu bulmamı istedi ben-
den. Bu çiftler hemen söyleyeyim ki, gayet iyi giyinen ve
karşımda otururken tamamen normal görünen tiplerdir.
Ama ben, onlar ofisimden ayrılırken hep kendi kendime
bu insanların evlerinde, kapalı kapılar ardında nelerin
olup bittiğini sorarım.

Çalışma masamın başında, uygun anahtarı bulup çek-
mecemi açtım. Jane'e yaptığım hediyeyi çıkartıp, masa-
mın üstüne koydum ve Jane'in bu hediyeyi aldığında
nasıl bir tepki vereceğini merak ederek, yapıtımı incele-
dim. Beğeneceğini düşündüm ama daha da önemlisi, bu
armağanın, evliliğimizin büyük bir bölümünde çekmek
zorunda kaldığı adam için, kendisinden içtenlikle özür
dilediğimi anlamasıydı istediğim.

Ancak onu sayamayacağım kadar çok kereler düş
kırıklığına uğrattığım için, bu sabah yüzünde gördüğüm
ifadeyi yorumlamakta güçlük çekiyordum. Sanki hülya-
lıydı... yoksa bunu kafamdan mı uyduruyordum?

Pencereye bakarken, bir anda yanıtı buldum, ya da
yanıt beni buldu. Hayır, kafamdan uydurmamıştım.
Hayır, nasıl olduysa, yıllar önce ona kur yaparken beni
başarıya ulaştıran kilit noktayı buluvermiştim. Ben geç-
tiğimiz yıllarda neysem gene oydum, yani karısına derin
bir aşk besleyen, ve onu elinden kaçırmamak için çaba
harcayan adam, ancak küçük olmasına karşın çok önemli
bir değişiklik yapmıştım.

Bu hafta, problemlerim üstüne yoğunlaşmış ve onları
çözmek için elimden geleni yapmıştım. Bu hafta karımı
düşünmüştüm, ona ve onun aile sorumluluklarına yar-
dım etmeye adamıştım kendimi, söylediklerini ilgiyle

dinlemiştim. Konuştuğumuz her şey yepyeni gibi gelmişti. Şakalarına gülmüş, ağladığı zaman ona sarılmıştım. Kabahatlerim için özür dilemiş, hem hak ettiği, hem de gereksinim duyduğu sevgiyi vermiştim ona. Bir başka deyişle, her vakit istediği tip bir erkek olmuştum. Bir zamanlar olduğum erkeği yeniden, eski bir huyu yeniden keşfeder gibi canlandırmıştım, şimdi anlıyorum ki beraber yaşamaktan yeniden zevk almamız içim yapmam gereken tek şey buymuş.

13

Ertesi sabah Noah'nın evine vardığımda, çiçek kamyonlarını kapıda görünce gözlerim fal taşı gibi açıldı. Üçü küçük boy ağaç ve çit bitkisi doluydu, bir başkası balyalarla hazır çim getirmişti, bir kamyon ve arkasındaki römork her türlü alet, edevat ve bahçeyle ilgili birtakım makineler taşıyordu, üç pikap dolusu çiçekli bitki de vardı.

Kamyonların önünde, beşli, altılı gruplar halinde işçiler bekleşiyorlardı. Şöyle acele bir sayınca, Little'ın söz verdiği otuz işçi yerine kırka yakın adam göndermiş olduğunu gördüm. Hepsi, sıcağa rağmen kot pantolon giymiş, beysbol kasketi takmıştı. Arabadan indiğimde Little gülümseyerek karşıladı beni, "Güzel, geldin demek," dedi elini omzuma koyarak, "Seni bekliyorduk, başlayabiliriz, değil mi?"

Birkaç dakika içinde, çim kesicileri ve aletler boşaltıldı, tüm malikanede müthiş bir hareket başladı. İşçilerin bazıları ağaçları, çitleri, bitkileri el arabalarına doldurup, dikilecekleri yerlere götürüyorlardı.

Ama asıl ilgi merkezi gül bahçesiydi, Little eline küçük bir budama makası alıp o tarafa yönelince peşine takıldım. Birkaç işçi zaten onu beklemekteydi. Bahçeyi güzelleştirme, bana neresinden başlanacağı bilinmeyen bir iş gibi gelirdi. Oysa Little doğruca güllerden birine yanaştı ve adamlarına ne yaptığını anlatarak işe koyuldu. Etrafındakiler, alçak sesle İspanyolca konuşarak onu izlemeye başladılar. Ne yapmaları gerektiğini anladıklarında dağılıp işe başladılar. Saatler geçtikçe, yaprakları ustaca ayıklanan güllerin tabii renk ve güzellikleri ortaya çıkmaya başladı. Little mümkün olduğunca az çiçeğin kesilmesi konusunda ısrarlıydı. Güller değişik biçimlerde eğilip şekillenip bağlanıyorlardı. Little, gül bahçesinin durumundan tatmin olduktan sonra çardaktan sarkan güllere geldi sıra. O çalışırken, ben de bir yandan davetlilerin sandalyelerinin nereye konulacağını anlatıyordum.

"Yolun iki yanında çiçek istiyorsun değil mi?" diye sordu. Ben başımı sallayınca da, iki parmağını ağzına sokup ıslık çaldı. Bir dakika geçmeden, çiçek dolu el arabaları yanımızdaydı. İki saat sonra, bir bahçe dergisi için fotoğrafı çekilecek kadar harika bir güzelliğe bürünmüş olan çardağa giden yola hayret ve hayranlıkla bakıyordum.

Daha öğlen olmadan malikanenin geri kalan bölümü de şekillenmeye başlamıştı. Ana bölümlerin çimleri kesilip çitleri budandıktan sonra, işçiler bahçe duvarındaki sütunlarla eve doğru giden yol ve ev üstünde çalışmaya geçtiler. Elektrikçi, jeneratörü, elektrik çıkışlarını ve gül bahçesindeki spotları kontrol etmeye geldi. Bir saat sonra boyacılar iş başı yapmaya hazır, kamyonetten iniyorlardı. Bahçede çalışanlarla beraber fazla eşyaları samanlık binasına taşıdılar. Evi tazyikli suyla yıkamak için gelen adam, aracını girişte benim arabamın yanına park etti. Gereçlerini indirmesiyle tazyikli suyun evin duvarlarında patlaması bir oldu diyebilirim. Yoğun suyun etkisiyle her ahşap parçası griden beyaza dönüşüyordu.

Her ekip kendi işiyle meşguldü, ben de işliğe gidip bir portatif merdiven aldım. Pencerelerin kepenklerinin çıkartılması gerekti, ben de işe koyuldum. Yapacak iş olunca zaman da çabuk geçiyor.

Dörde doğru, bahçe ekibi kamyonlarına binip gitmeye hazırlanıyordu; tazyikli sucu ve boyacılar da işlerini bitirmek üzereydiler. Ben kepenklerin çoğunu sökmüştüm, ikinci kattaki birkaç parça kalmıştı ki, onları da sabaha yapabileceğimi biliyordum. Ben kepenkleri ortadan kaldırıncaya kadar koca malikane sessizliğe gömülmüştü. Yapılanları şöyle bir gözden geçirdim.

Bütün tamamlanmamış projeler gibi, malikane de başladığımızdan daha kötü görünüyordu. Bahçıvanlık alet ve makineleri malikanenin her yanındaydı, boş saksılar gelişigüzel bırakılmıştı, hem içerde hem de dışarıda yarısı elden geçmiş olan duvarlar, çamaşır deterjanları reklamlarını hatırlatıyordu. Hani şu, bir tişörtün yarısını bir, diğer yarısını başka bir deterjanla yıkadıklarını iddia eden aptal reklamlara. Bahçe duvarının yanına koca bir yığın bahçe çöpü bırakılmıştı ve gül bahçesinin dış kalplerdeki gülleri tam biçimlerini almıştı ama iç taraftakiler hala yabanıl bir görünüm sergiliyordu.

Bütün bunlara rağmen, garip bir biçimde rahatlamış hissediyordum kendimi. İyi bir iş çıkartılmıştı, öyle ki, her şeyin zamanında biteceğine dair en ufak bir kuşkum yoktu. Jane hayretler içinde kalacaktı. Onun da evin yolunu tutmuş olacağını düşünerek arabama gidiyordum ki, komşu papaz Harvey Wellington'u gördüm. Noah'nın malikanesiyle kendisininkini ayıran duvara dayanmıştı. Adımlarımı yavaşlattım ve küçük bir tereddütten sonra ona doğru yöneldim.

"Bakıyorum haftasonuna hazırlanıyorsunuz," dedi.

"Elimizden geldiği kadar," dedim.

"Yeterice insan çalıştırdığınız kesin. Girişiniz otoparkı andırıyordu, kaç kişi vardı? Elli mi?"

"O kadar bir şey."

Nefesinin altından hafif bir ıslık çaldı ve el sıkışırken, "Cüzdandan kocaman bir parça kopartacak gibi görünüyor, değil mi?"

"Sormaya korkuyorum desem yeridir."

Güldü, "Kaç kişi bekliyorsunuz?"

"Sanıyorum yüz kadar."

"Müthiş bir parti olacağı kesin," dedi. "Alma dört gözle bekliyor, son günlerde bu düğünden başka bir şey konuştuğu yok. İkimiz de bunca büyük bir olaya kalkışmanızın harika bir şey olduğunu düşünüyoruz."

"Seve seve yapıyoruz."

Peder uzunca bir an cevap vermeden gözlerime baktı. O beni izlerken, bende de, çok az tanışmamıza karşın, beni gayet iyi tanıdığı izlenimi uyandı. Bu biraz tedirgin etti beni ama aslında şaşılacak bir şey değildi. Papaz olduğu için, sıklıkla fikirlerin, öğütlerine başvurulan bir insandı ve ben onda, dinlemesini iyi bilen ve başkalarının dertleriyle dertlenen bir insanın şefkatini duyumsuyordum. Bu insana, sanıyorum, yüzlerce kişi en yakın arkadaşı gözüyle bakıyordur.

Düşündüklerimi anlarmış gibi gülümsedi. "Saat sekizde, öyle mi?"

"Daha erken bir saatte hava aşırı sıcak olacak."

"O saatte de sıcak olacak ama bunun kimsenin umrunda olacağını pek sanmam." Evi işaret ederek, "nihayet eve biraz bakım yaptırmanıza memnun oldum. Harika bir yerdir orası."

"Biliyorum."

Gözlüklerini çıkartıp gömleğinin eteğiyle temizlemeye başladı. "Bu evin son birkaç yılda yavaş yavaş bakımsızlaşmasını izlemek üzücüydü. Tek ihtiyacı birilerinin biraz ilgi göstermesiydi."

Hafifçe gülümseyerek gözlüğünü taktı. "Gariptir, hiç dikkatini çekti mi bilmem ama bir şey ne kadar eşsiz ve bulunmaz olursa, insanlar ona o kadar az ilgi gösteriyorlar. Sanki hiçbir zaman değişmeyeceğini sanıyorlar. İşte bu ev iyi bir örnek, başından beri biraz ilgi görseydi bu hale gelmezdi."

Eve döndüğümde telesekreterde iki mesaj vardı. Biri Dr. Barnwell'dendi, Noah'nın Creekside'a döndüğünü haber veriyordu, diğeri Jane'dendi, benimle orada saat yedi civarında buluşacağını söylüyordu.

Ben Creekside'a vardığımda aile fertlerinin çoğu gelip gitmişti bile. Noah'nın yanında sadece Kate vardı. Odaya girdiğimde parmağını dudaklarına götürerek sus işareti yaptı. Ona sarılmam için oturduğu yerden kalktı.

"Daha şimdi uyudu," dedi fısıltı halinde. "Çok yorgundu herhalde."

Şaşkınlıkla baktım Noah'ya; onu tanıdığım bunca yıldır, bir kez olsun gündüz uyuduğunu görmemiştim. "Durumu iyi mi?"

"Biraz huysuzluk yaptı ilk başta ama onun dışında iyi görünüyordu." Kolumu çekiştirdi. "Anlatsana, evde işler nasıl gitti bugün? Hepsini anlat, çok merak ediyorum."

Gelişmeleri anlattım. Gözünün önüne getirmeye çalışırken yüzünde son derece mutlu bir ifade belirdi. "Jane bayılacak, eminim," dedi. "Ha, şimdi aklıma geldi, az önce Jane aradı, babamın durumunu sordu."

"Gelinlik bulmuşlar mı?"

"Kendisi anlatır sana artık ama sesi çok heyecanlı geliyordu." Sandalyesinin arkasına astığı çantasına uzandı. "Ben artık gitsem iyi olacak, tüm öğleden sonrayı burada geçirdim, Grayson beni bekliyordur."

Yanağımı öptü.

"Babama iyi bak ama sakın uyandırma emi? Dinlenmesi gerek."

"Merak etme sesimi çıkartmam."

Sandalyeyi pencerenin yanına çektim ve tam oturmak üzereydim ki, arkamdan çatlak bir fısıltı duydum.

"Merhaba Wilson, uğradığın için teşekkürler."

Ona döndüm, bana göz kırptı.

"Uyumuyor muydun?"

"Yok canım," dedi ve yatakta doğrulmaya başladı. "Rol yapmak zorunda kaldım, gene ilgisiyle boğuyordu beni, gene tuvalete kadar peşimden geldi."

Güldüm, "Tam istediğin şey değil mi? Biraz ilgi."

"Evet iyi bildin. Hastanede bunun yarısı kadar sıkmıyorlar insanı. Şu kızın davranışlarına bakarsan sanırsın ki, tek ayağım mezarda, teki de muz kabuğunda."

"Bugün tam formundasın bakıyorum. Anladığım kadarıyla iyisin, ne dersin?"

"Daha iyi olabilirdim," dedi omuz silkerek. "Daha kötü de olabilirdim. Ama kafamı soruyorsan, o gayet iyi."

"Baş dönmesi, ağrı filan yok mu? Belki gene de biraz dinlenmende yarar var. Sana yoğurt vermemi ister misin?"

İşaret parmağını salladı suratıma. "Bana bak, sen de başlama. Ben sabırlı bir adam olabilirim ama aziz de değilim, ve olmaya da hiç niyetim yok. Günlerdir içerlerdeyim, bir nefesçik temiz hava bile almadan." Dolaba işaret etti. "Bir zahmet süveterimi verir misin?"

Nereye gitmek istediğini ben zaten biliyordum.

"Hava daha hala epey sıcak," diyecek oldum.

"Uzatma, sadece süveterimi ver bana, giymeme yardım etmeye kalkarsan, uyarmadı deme, bir yumruk yeme ihtimalin var."

Birkaç dakika sonra, elimizde dilimli beyaz ekmek odadan çıktık. Ayaklarını hafif sürterek yanımda yürürken, rahatlamaya başladığını hissediyordum. Her ne kadar Creekside bizler için hep yabancı bir yer olacaksa da, Noah için burası evi olmuştu ve besbelli burada rahat ediyordu. Burada da onu özledikleri çok belliydi, her açık kapının önünden geçerken, birilerine el sallıyor, arkadaşlarıyla birkaç kelime konuşuyor, çoğuna daha sonra uğrayıp onlara kitap okuyacağına söz veriyordu.

Kolumu verdim ama girmeyi reddetti, ben de ona yakın yürümeye özen gösterdim. Her zamankinden biraz daha fazla yalpalıyordu sanki ve bahçeye çıkıncaya kadar ben tek başına yürüyebileceğinden pek emin olamadım. Gene de o kadar ağır yürüyorduk ki, gölete varmamız epey zaman aldı. Hangi kökün çıkartıldığını görmeye rahatlıkla fırsat buldum. Acaba Kate mi hatırlatmıştı erkek kardeşlerinden birine o işi halletmesini, yoksa onlar kendi başlarına hatırlamışlar mıydı?

Her zamanki yerimize oturup suya baktık ama kuğuyu göremedim. İki yanımızdaki sazlıklarda saklandığını tahmin ettim ve arkama yaslandım. Noah ekmekten küçük parçalar kopartıyordu.

"Kate'e evi anlatırken dinledim," dedi. "Benim güller ne alemde?"

"Daha tam bitmedi ama ekibin çıkarttığı işi beğeneceksin."

"O gül bahçesinin benim için anlamı büyüktür, biliyor musun orası neredeyse seninle yaşıttır."

"Öyle mi?"

"İlk fideler 1951 Nisanında dikildi," dedi başını sallayarak. "Tabii, yıllar içinde çoğunu değiştirmem gerekti ama bahçenin biçimini ilk o yıl tasarlayıp, üstünde çalışmaya başlamıştım."

Jane, "Allie'ye sürpriz yaptığını söylemişti bana... Onu ne kadar sevdiğini anlatmak için," dedi.

Gülmekle alay etmek arası bir ses çıkarttı. "O hikayenin sadece yarısı," dedi. "Ama öyle sanmasına şaşırmadım. Jane'le Kate ömrümün her dakikasını Allie'nin üstüne titremekle geçirdiğime inanıyorlar."

"Öyle değil miydi?" diye sordum çok şaşırmış gibi yaparak.

Güldü. "Nasıl olabilirdi ki? Biz de arada bir kavga ederdik herkes gibi. Ama biz, barışmayı iyi becerirdik. Gül bahçesine gelince, bir ölçüde haklısın. Hiç değilse başlangıç noktası olarak." Ekmek parçalarını bir yanına bıraktı. "Allie, Jane'e hamileyken ekmeye başladım. Daha birkaç aylık hamileydi ve sürekli midesi bulanıyordu. İlk başta birkaç hafta sonra geçer diye düşünmüştüm ama geçmedi. Bazı günler yataktan bile çıkamazdı, düşündüm ki, bir de yaz gelince daha da beter hissedecek kendisini. İşte bu yüzden yatak odasının penceresinden baktığında güzel bir şeyler görebilsin istedim." Gözlerini kısarak güneşe baktı. "İlk zamanlar beş değil de sadece bir kalp olduğunu biliyor muydun?"

Kaşlarımı kaldırdım. "Hayır, bilmiyordum."

"Niyetim de yoktu beş tane yapmaya ama Jane doğduktan sonra, baktım ki epey cılız duruyor, ilaveler yapmaya karar verdim. Ama çok işim olduğu için erteleyip duruyordum. Nihayet bir fırsatını bulduğumda, Allie yeniden hamileydi ve gülleri bir çocuğumuz daha olacağı için diktiğimi sandı, onun için yaptığım en tatlı şey olduğunu söyledi bana. Tabii ondan sonra gül ekmemek olmazdı. Şimdi anladın mı neden bir ölçüde haklısın dediğimi? İlk kalp romantik bir jestti ama sonuncusu basbayağı angaryaydı. Hem gül zor çiçektir, sadece dikmekle kalmaz sürekli bakım ister. Hele gençken, ağaç gibi devamlı boya giderler. Şekillerini korumak için devamlı budaman gerekir, uzun bir süre tam istediğim gibi olamayacak sanmıştım. Bir de insanın canını acıtırlar, dikenleri, bildiğin gibi değil, fena batar insana. Ellerim mumya gibi bandajlı az yıl geçirmedim."

Gülümsedim. "Allie yaptıklarını takdir etmiştir ama."

"Ah, evet takdir etti. En azından bir süre için. Hepsini söküp atmamı isteyinceye kadar."

Önce yanlış duyduğumu sandım ama yüz ifadesi doğru duyduğumu anlatıyordu. Aklıma Allie'nin gül bahçesi resimlerine bakarken içimi bazen nasıl bir hüzün kapladığı geldi.

"Niçin?" Noah cevap vermeden önce gene gözlerini kıstı. "Gül bahçesini çok sevmesine karşın, bakmanın ona acı verdiğini söyledi. Ne zaman bahçeye baksa ağlamaya başlardı, hele bazen hiç susmayacakmış gibi ağlardı."

Nedenini çıkartmam bir an gecikti.

"John yüzünden, tabii," dedim. Dört yaşında menenjitten kaybettikleri çocuğu kastederek, Jane gibi, Noah da ondan nadiren sözederdi.

"Onu kaybetmek Allie'yi az kalsın öldürüyordu." Bir an durdu. "Az kalsın beni de öldürüyordu. Öyle tatlı bir çocuktu ki, tam da dünyayı keşfetmeye başladığı yaştaydı, her şeyin yeni ve heyecan verici olduğu çağda. Ailenin bebeği olduğundan, büyük çocuklara yetişmeye çalışırdı hep, bahçede peşlerinden koşarak. Sağlıklıydı da, o hastalığa tutulmadan önce, bir kulak enfeksiyonu ya da soğuk algınlığı dahi geçirmemişti. Bu yüzden bizim için o kadar büyük bir acı oldu. Bir hafta bahçede oynuyordu, ertesi hafta cenazesindeydik. Ondan sonra, Allie ne uyudu, ne de yedi. Ağlamadığı zamanlar rüyada gibi geziniyordu. Atlatıp atlatamayacağını bilemiyordum. O zamanlarda bahçeyi toptan söküp atmamı istedi."

Dalıp gitti. Hiçbir şey söylemedim. Bir evlat kaybetmenin acısını bilmeme imkan olmadığı için sadece sustum.

"Neden sökmedin peki?" diye sordum epey bir zaman sonra.

"Kederinden söylüyor diye düşündüm," dedi alçak sesle, "Ve gerçekten istediğinden emin olamadım, yani o gün acısı o kadar fazlaydı ki, ondan mı öyle söyledi, yoksa sahiden orasını yerle bir etmemi istiyor muydu? Onun için bekledim. Tekrar söylerse yapacaktım, ya da en dıştaki kalbi söküp gerisini tutmayı teklif edecektim. Ama neticede bir daha böyle bir şey istemedi benden. Sonra? Birçok resminde gül bahçesini konu etmesine rağmen orasını hiç eskisi kadar sevmedi. John'u kaybettikten sonra orası Allie için artık mutlu bir yer olmaktan çıkmıştı. Hatta Kate orada evlendiği zaman bile, orası için karışık duyguları vardı."

"Çocuklar neden beş kalp olduğunu biliyorlar mı?"

"Belki. Kafalarının gerisinde biliyorlarsa da kendilerinin tahmin yürütmüş olmaları gerekir çünkü Allie de ben de hiç bu konuda konuşmadık. John öldükten sonra, gül bahçesini beş değil de tek bir armağan olarak düşünmek daha kolaydı. Ve işte öyle kaldı. Çocuklar büyüyüp de soru sormaya başlayınca Allie bahçeyi kendisi için yaptığımı söyledi. Çocukların kafasında orası her zaman romantik bir jest olarak kaldı."

Gözümün ucuyla kuğunun sazların arasından çıkıp bize doğru geldiğini gördüm. Daha önce gelmemiş olması garipti, nerede kaldığını merak ettim. Noah'nın hemen bir parça ekmek atacağını sandım ama atmadı. Kuğunun iyice yaklaşmasını bekledi. Kuğu yarım metre kadar öte-mizde, olduğu yerde kaldıktan sonra, kıyıya yaklaştı.

Birkaç saniye sonra, kuğu iyice sığlık yerden kıyıya yürümeye başladı, Noah da elini ona uzattı. Kuğu başını onun okşamasına bıraktı. Birden fark ettim ki kuğu da Noah'yı gerçekten özlemişti.

Noah onu besledi ve sonra, benim şaşkın bakışlarımın altında, kuğu Noah'nın ayaklarının dibine yerleşti.

Bir saat sonra, gökyüzünde bulutlar görünmeye başladı. Yoğun ve tombuldular, tam da Güneye özgü yaz fırtınası yirmi dakika sağanak yağış, sonra yavaştan berraklaşan bir gökyüzünün habercisiydiler.

Kuğu suya dönüp yüzmeye başlamıştı, ben de artık içeri girmemizi önerecektim ki, arkamızdan Anna'nın sesini duydum.

"Merhaba, büyükbaba! Selam baba!" diye seslendi. "Sizleri odada bulamayınca burada bulacağımızı tahmin ettik."

Arkamı döndüğümde, bize doğru gelen neşe içinde bir Anna ile birkaç adım gerisinde yorgun bir Jane gördüm. Gülümsemesi biraz zorakiydi, babasını burada bulmak hiç hoşlanmadığı bir şeydi.

"Merhaba, tatlım," dedim yerimden kalkarak. Anna beni kollarını boynuma sıkıca dolayarak kucakladı.

"Bugün nasıl gitti alışveriş?" diye sordum. "Gelinlik bulabildiniz mi?"

Kollarını gevşetip yüzüme baktığında heyecanını saklayamıyordu.

"Bayılacaksın," dedi kollarımı sıkarak, "Dünyanın en güzel gelinliği."

Bu arada Jane de bize yetişti, ben de Anna'dan ayrılıp ona sarıldım, sanki ona sarılmak yeniden doğallaşmıştı. Yumuşacık, sıcak, güven veren bir varlıktı.

"Yanıma gel," dedi Noah, Anna'ya işaret ederek. "Anlat bakalım, bu haftasonuna nasıl hazırlanıyorsun?"

Anna yanına oturup elini tuttu. "Tam anlamıyla inanılmazdı," dedi. "Bu kadar eğlenceli olacağı aklımın kıyısından bile geçmezdi. Belki yirmi mağazaya gitmişizdir. Bir de Leslie'yi görseniz! Onun için de müthiş bir elbise bulduk."

Anna, son haftanın fırtına misali koşuşturmacalarını dedesine anlatırken, biz de Jane ile yan tarafta durduk. Anna olayları teker teker sıralarken, bazen Noah'nın kolunu dürtüyor, bazen ellerine yapışıyordu. Aralarındaki altmış yaş farka rağmen, birlikte son derece rahat oldukları her hallerinden belliydi. Büyükanne ve babaların torunlarına özel zaafı vardır ama Anna ile Noah besbelli arkadaştılar ve Anna'nın ne kadar olgun bir genç kadın olduğunu görmek babalık gururumu kabartıyordu. Jane'in yüzündeki sevecen ifadeden, onun da aynı şeyleri hissettiğini anladım ve yıllardır yapmadığım bir şeyi yaptım, yavaşça kolumu omzuna doladım.

Sanıyorum bunu yaparken ne beklediğimi bilmiyordum. Jane bir an neredeyse irkildi ama sonra kolumun altında gevşedi ve işte o anda bütün dünyada her şeyin uyum içinde olduğu duygusuna kapıldım. Geçmişte böyle anlarda söyleyecek söz gelmezdi aklıma. Belki de içten içe hislerimi dile getirmenin yaşadığımız anın güzelliğini yok edeceğinden korkardım. Ancak şimdi, düşüncelerimi açıklamayışımın ne kadar yanlış olduğunu anlıyordum ve dudaklarımı kulağına yaklaştırıp yıllardır içimde tuttuğum kelimeleri fısıldadım:

"Seni seviyorum Jane, benim olduğun için dünyanın en şanslı adamı benim."

Tek kelime etmedi ama kolumun altında bana biraz daha sokulması, benim için gerekli olan yanıttı.

Yarım saat sonra fırtına başladı. Gökyüzünden dalgalanan derin bir yankı gibiydi. Noah'yı odasına bıraktıktan sonra otoparkta Anna'yla yollarımızı ayırdık ve Jane'le evin yolunu tuttuk.

Şehir merkezinden geçerken, güneşin kalın bulut tabakasının arkasından kendisine bir yol açmakta olduğunu ve ırmağı altın rengine boyayan gölgeler saçtığını gördüğümde yan gözle Jane'e baktığımı fark ettim. Saçlarını kulaklarının arkasına sıkıştırmıştı ve pembe bluzu yüzüne çocukların yüzünde görülen içten bir ışıltı vermişti. Elinde, yaklaşık otuz yıldır taktığı yüzük parlıyordu, ince altın halkalı pırlanta nişan yüzüğü.

Mahallemize geldik, birkaç saniye sonra bahçenin araba yoluna girmiştik bile. Jane, yorgun bir gülümsemeyle silkindi.

"Bu kadar sessiz olduğum için kusura bakma. Herhalde biraz yorgunum."

"Bilmez miyim, yorucu bir haftaydı."

Bavulunu içeri taşıdım. Jane çantasını yorgun bir edayla kapının yanındaki masaya bıraktı.

"Şarap ister misin?" diye sordum.

Jane esnedi ve başıyla hayır işareti yaptı. "Yok, bu akşam almayayım. Bir bardak bile içsem, hemen uyuyakalırım. Bir bardak su isterim ama."

Mutfakta iki bardağı önce buzla doldurdum üstüne de buzdolabından su koydum. Jane bir dikişte bardağın yarısını içti ve sonra her zaman yaptığı gibi tezgaha oturup ayağını mutfak dolabına dayadı.

"Ayaklarımın ağrısından ölmek üzereyim. Bütün gün hiç durmadım, oturmadım desem yeridir. Anna istediği gelinliği buluncaya kadar birkaç yüz elbiseye baktı. Aslında Leslie bulup çıkarttı o gelinliği, o da aklını kaçırmak üzereydi. Anna hayatımda gördüğüm en zor karar veren insanlardan biri."

"Nasıl bir şey?"

"Ah onu Anna'nın üstünde görmelisin. Şu denizkızı modellerinden. Anna'nın endamını çok iyi vurguluyor. Tam üstüne oturtulması gerekiyor daha, Keith bayılacak."

"Çok güzel olduğuna eminim."

"Hem de nasıl." Jane'in yüzündeki hülyalı ifadeden, gelinliği yeniden gözünde canlandırdığını anladım. "Sana gösterirdim ama Anna hafta sonuna kadar görmeni istemiyor. Sürpriz olsun istiyor." Durdu. "Senin tarafta işler nasıl gitti? Gelen giden oldu mu?"

"Hepsi geldi," dedikten sonra bütün yapılanları anlattım.

"İnanılmaz!" dedi Jane bardağını tekrar doldururken! "Yani, her şeyin böyle son dakikaya sıkıştığını düşününce, inanası gelmiyor insanın."

Mutfaktan, terasa açılan sürgülü cam kapıları görebiliyorduk. Dışarıdaki ışık, bulutlardan dolayı iyice loşlaşmıştı ve ilk yağmur damlaları pencereye vurmaya başladı. Önce yavaştan. Irmak koyu gri olmuş ve ürkünç bir hal almıştı; bir dakika sonra bir ışık çaktı ve ardından gök var gücüyle gürledi. Sağanak gerçekten tüm hızıyla başladı. Fırtına tüm şiddetini ortaya koyarken Jane, pencereye döndü.

"Cumartesi yağmur yağıp yağmayacağını biliyor musun?" diye sordu, sesi şaşılacak kadar sakindi. Oysa daha endişeli olması beklenirdi. Sonra, Noah'nın gölet başında olması hakkında tek kelime etmediğini fark ettim. Şimdi de onu izlerken, bu sükûnetinin Anna ile ilgili olduğuna dair garip bir duyguya kapıldım.

"Yağmaması gerek," dedim. "Hava tahminleri açık bir gökyüzü vaat ediyor, bunlar en son sağanaklarmış."

Birlikte sessizce yağmuru seyrettik. Camlara vuran yağmur sesi dışında her yan sessizdi. Jane'in gözlerinde uzaklara dalmış bir ifade vardı, dudaklarındaysa bir gülümsemenin gölgesi oynaşıyordu.

"Ne kadar güzel değil mi?" dedi. "Yağmuru izlemek böyle? Babamların evinde de verandada oturup seyrederdik, hatırlıyor musun?"

"Hatırlıyorum."

"Ne güzeldi değil mi?"

"Hem de çok."

"Epeydir yapmadık bunu."

"Haklısın," dedim, "yapmadık."

Düşüncelere dalmışa benziyordu, ben de bu yeni bulduğu sükûnetin yerini nefret ettiğim o eski hüzne bırakmaması için dua ediyordum. İfadesi değişmedi ve uzun bir sessizlikten sonra bana döndü.

"Bugün bir şey daha oldu," dedi gözlerini su bardağına çevirerek."

"Öyle mi?"

Tekrar bana dönerek, gözlerime baktı. Gözleri akıtmadığı yaşlarla parıldıyordu.

"Düğünde senin yanında oturamayacağım."

"Ya?"

"Oturamam," dedi. "Çardağın altında Anna ve Keith ile beraber olacağım."

"Neden?"

Jane öteki elini de bardağının üstüne koydu. "Çünkü Anna bana baş nedime olmamı teklif etti." Sesi hafifçe çatladı. "Bana herkesten daha yakın olduğunu söyledi ve düğünü için çok çaba harcadığım..." Jane, gözyaşlarını tutmak için hızlı hızlı açıp kapadı gözlerini, burnunu çekti. "Akılsızlık olduğunu biliyorum ama teklif ettiğinde öyle şaşırdım ki, ne diyeceğimi bilemedim. Böyle bir şey aklımın ucundan bile geçmemişti. Öyle de tatlı bir ifadeyle yaptı ki teklifini, sanki bu onun için gerçekten çok önemliydi."

O gözyaşlarını silerken ben de boğazımın düğümlendiğini hissettim. Güney'de babaların sağdıç olması oldukça yaygındır ama annelerin baş nedime olduğuna pek rastlanmaz.

"Ah, sevgilim," dedim alçak sesle. "Ne kadar güzel bir şey. Senin kadar ben de sevindim."

Bir şimşek ve ardından bir gök gürültüsü daha patladı. Ama biz hiçbirinin farkında bile değildik. Mutfakta sessizce mutluluğumuzu paylaşırken, fırtına hızını kesmiş bitmişti bile.

Yağmur tamamen durduktan sonra Jane cam kapıları kaydırarak açtı ve terasa çıktı. Su hala yağmur oluklarindan ve terasın parmaklıklarından damlıyordu. Terastan ince buhar dumanları yükseliyordu.

Onun peşinden dışarı çıkarken sabah yaptığım bedensel işlerden sırtımın ve kollarımın ağrıdığını hissettim. Kaslarımı biraz gevşetmek için omuzlarımla dairesel hareketler yaptım.

"Sen yemek yedin mi?" diye sordu Jane.

"Hayır, daha yemedim. Dışarı çıkıp bir şeyler yiyelim mi?"

Başını, istemem anlamına iki yana salladı. "Doğrusunu istersen bitkinim."

"Dışardan bir şey getirtmeye ne dersin? Kutlamak için, eğlenceli bir şeyler?"

"Ne gibi?" "Pizza mesela?"

Jane ellerini kalçasına koydu.

"Leslie taşındığından beri pizza getirtmemiştik."

"Biliyorum, iyi fikir değil mi?"

"İyi olmasına iyi fikir de, arkasından senin miden bozuluyor hep."

"Haklısın ama bu akşam birazcık riskli yaşamaya hazır hissediyorum kendimi."

"Benim çabucak bir şeyler hazırlamamı tercih etmeyeceğinden emin misin? Dondurucuda bir şeyler vardır mutlaka."

"Haydi güzelim," dedim, "yıllar var ki bir pizzayı paylaşmadık, sadece ikimiz yani. Kanepeye oturur doğruca kutusundan yeriz; hatırladın mı, eskiden yaptığımız gibi. Keyifli olur."

Muzip bir ifadeyle süzdü beni. "Keyifli bir şey mi dedin? İstediğin eğlenceli bir şey, öyle mi?"

Sorudan ziyade saptama vardı sesinde.

"Evet," dedim.

"Sen mi ısmarlayacaksın ben mi?" dedi bir süre daha süzdükten sonra beni.

"Ben hallederim. Ne koysunlar üstüne?"

Bir an düşündü. "Ne varsa desek mi?"

"Pilavdan dönenin..."

Yarım saat sonra pizza geldi. O zamana kadar da Jane üstündekileri kot pantolon ve koyu renk bir tişörtle değiştirmişti. Pizzamızı yurtta yaşayan iki üniversiteli gibi yedik. Jane daha önce şarap içmeyi reddetmiş olsa da, pizzamızla birlikte buzlu bir birayı paylaştık.

Yemek yerken, Jane o gün başka neler yaptıklarını anlattı. Sabahın büyük bir bölümünü Leslie ve Jane için elbise aramakla geçirmişler. Her ne kadar Jane Belk mağazasından sade bir şey almak istediğini söylediyse de, Anna, ille de Jane'in de Leslie'nin de çok beğendikleri ve tekrar giyebilecekleri birer elbise seçmeleri konusunda ısrar etmiş.

"Leslie son derece zarif bir elbise buldu, diz boyu, kokteyl elbisesi gibi bir şey. Leslie'ye öyle yakıştı ki, Anna da laf olsun diye giydi, bir de onun üstünde gördük." Jane derin, mutlu bir nefes aldı. "Kızlarımızın ikisi de çok güzel birer genç kadın oldular."

"Senin genlerin var onlarda," dedim ciddiyetle.

Jane gülüp bana hadi canım, der gibi bir işaret yaptı, ağzı pizza doluydu.

Akşam ilerledikçe gökyüzü koyu çini mavisine dönüştü. Ayışığından nasibini alan bulutlar, gümüş simlerle çevrelenmiş gibiydi. Yemeğimizi bitirdikten sonra kıpırdamadan oturduk ve yaz esintisinde rüzgar çanlarının seslerini dinledik. Jane başını geri dayayıp yarı kapalı gözlerle bana bakmaya başladı. Bakışları garip bir şekilde baştan çıkarıcıydı.

"Pizza iyi bir fikirdi," dedi. "Sandığımdan daha açmışım."

"Fazla yemedin ama."

"Haftasonunda elbiseme girebilmek istiyorum."

"Endişelenecek bir şeyin yok. Evlendiğimiz günkü kadar ince ve güzelsin."

Gülümsemesindeki gerginlik, sözlerimin hiç de umut ettiğim etkiyi yapmadığını gösterdi bana. Kanepede sert bir dönüşle yüz yüze geldi benimle. "Wilson, sana bir şey sorabilir miyim?"

"Tabii."

"Bana doğruyu söylemeni istiyorum."

"Ne var?" Durakladı. "Bugün gölet kenarında olan şeyle ilgili."

Kuğu, diye düşündüm hemen ama daha Noah'nın oraya gitmeyi kendisinin istediğini, oraya ben götürmemiş olsam da, mutlaka kendi başına gideceğini açıklamama fırsat bırakmadan sözlerini sürdürdü.

"O söylediğini ne maksatla söyledin, ne demek istedin?" diye sordu. Hiçbir şey anlayamadığım için kaşlarımı çattım. "Ne sorduğunu anladığımı sanmıyorum."

"Beni sevdiğini ve dünyanın en mutlu erkeğinin sen olduğunu söylediğinde, ne demek istedin?"

Bir uzun an şaşkınlıktan donmuş, bakakaldım. "Ne dedimse onu demek istedim," dedim aptallaşmış bir durumda.

"Hepsi bu mu?"

"Evet," dedim kafamın iyice karıştığını saklamadan. "Neden soruyorsun?"

Niçin böyle bir şey söylediğini anlamaya çalışıyorum," dedi gayet normal bir şey söyler gibi. "Sen, durup dururken böyle şeyler söylemezsin."

"İçimden geldi söyledim, işte."

Yanıtım onu biraz daha ciddileştirdi. Tavana baktı. Sanki bana bakmadan önce oradan güç almaya çalışıyor gibiydi.

"Başka bir ilişkin mi var?" diye sordu sertçe.

Ağzım açık kaldı bir an. "Ne?"

"Sorumu duydun."

Birden fark ettim ki şaka yapmıyor. Yüzümden, söyleyeceklerimin doğruluk derecesini değerlendirmek ister gibi dikkatle süzüyordu beni. Elini elime aldım, diğer elimi de elinin üstüne koydum. Doğruca gözlerine bakarak, "Hayır," dedim. "Başka bir ilişkim yok, hiçbir zaman başka bir ilişkim olmadı ve hiçbir zaman olmayacak. Hiçbir zaman da başka bir ilişkiyi arzulamadım."

Jane beni birkaç saniye daha dikkatle süzdükten sonra başını salladı ve, "Peki," dedi.

"Çok ciddiyim," dedim.

Gülümsedi ve elimi hafifçe sıktı. "Sana inanıyorum. Başka bir ilişkin olduğunu sanmıyordum ama sormam gerekti."

Şaşkınlığım geçmemişti, "Böyle bir şey nasıl aklına gelebildi?"

"Nedeni sensin," dedi. "Davranışların değişti."

"Anlamıyorum."

Bana samimiyetle baktı. "Pekala, şimdi olaylara benim açımdan bak. Önce egzersiz yapmaya ve kilo vermeye başladın. Sonra yemek yapmaya ve günümün nasıl geçtiğini filan sormaya başladın. Bütün bunlar yetmezmiş gibi bütün hafta inanılmaz ölçüde yardımcı oldun bana. Son zamanlarda her konuda yardımcı oluyordun. Şimdi de karakterine hiç uymayan tatlılıkta sözler söylemeye başladın. Önce bu da bir dönemdir, geçer dedim; sonra düğünün havası etkiledi diye düşündüm. Ama şimdi... Sanki birdenbire tamamen başka bir insan oldun. Yani, daha fazla yanımda olamadığın için özür dilemeler... Durup dururken beni sevdiğini söylemeler... Ben alışverişten sözederken saatlerce ilgiyle dinlemeler... Keyif olsun diye pizza getirtmeler. Hani yani bana göre harika da, başka bir konudaki suçluluk duygunu örtmek için yapmadığına emin olmak istedim. Hala daha sana neler olduğunu çözebilmiş değilim."

Başımı iki yana salladım "Suçluluk filan duyduğum yok. Olsa olsa, fazla çalışmaktan duyduğum suçluluk olabilir, o konuda kendimi kötü hissediyorum. Ama davranışlarım... Yalnızca..." Sözümü havada bıraktım. Jane bana doğru yanaştı. "Yalnızca ne?" diye ısrar etti.

"Geçen akşam söylediğim gibi, dünyanın en iyi kocası olamadım... Ne bileyim... Herhalde değişmeye çalışıyordum."

"Niçin?"

Çünkü beni yeniden sevmeni istiyorum, diye geçirdim içimden ama bu kelimeler içimde kaldı.

"Çünkü," dedim birkaç saniye sonra, "sen ve çocuklar benim için dünyanın en önemli varlıklarısınız. Her zaman da öyleydiniz ama ben uzun yıllarımı daha önemli şeyler varmış gibi harcadım. Geçmişi değiştiremeyeceğimi biliyorum ama geleceği değiştirebilirim. Ben kendim de değişebilirim ve değişeceğim."

Büyük bir dikkatle baktı yüzüme. "Yani o kadar çok çalışmaktan vaz mı geçeceksin?"

Ses tonu tatlı fakat şüpheciydi ve bu da bana nasıl bir insan haline geldiğimi gösterdiği için, acı vericiydi.

"Şu anda emekli olmamı istesen benden, olurum."

Jane'in gözlerinde o baştan çıkartıcı ışık yeniden belirdi.

"Ne demek istediğimi anlıyor musun şimdi? Hiç kendin gibi davranmıyorsun bu günlerde."

Şaka yapıyor ve bana inanıp inanmamakta kararsız olmasına karşın, söylediklerim hoşuna gitmişti.

"Şimdi de ben sana bir şey sorabilir miyim?" diye sordum.

"Tabii ki."

"Yarın akşam Anna Keith'in ailesinin yanında kalacağına göre, cuma günü de Leslie ve Joseph geleceğine göre, yarın akşam ikimiz baş başa, özel bir şeyler yapsak diye düşünüyordum."

"Ne gibi?"

"Bir şeyler planlayıp sana sürpriz yapmama ne dersin mesela?"

Çapkın bir gülümsemeyle ödüllendirdi beni. "Sürprizlere bayıldığımı bilirsin."

"Evet," dedim. "Bilirim."

"Böyle bir şey çok hoşuma gider," dedi memnuniyetini saklamadan.

14

Perşembe günü, Noah'nın evine bagajım tıka basa bir halde gittim. Bir gün önce olduğu gibi, malikane araçlarla dolmuştu bile. Arkadaşım Nathan Little, bahçenin öbür yanından bana el salladı ve birazdan yanıma geleceğini işaret etti.

Arabamı gölgeye park edip hemen işe koyuldum. Tahta merdiveni kullanarak tazyikli suyla temizlik yapan ekip rahatça oralara da ulaşabilsin diye üst kat pencerelerinin kepenklerini sökmeye başladım.

Gene kepenkleri bodruma kaldırdım. Ben bodrumum kapısını kapatırken, temizlik ekibi geldi. Evin etrafını çevirmeye başladılar. Boyacılar aşağı katta çalıştıkları için, temizleyiciler de, kovalarını, bezlerini, deterjanlarını yüklenip, mutfağı, merdivenleri, banyoları, pencereleri ve üst kat odalarını hızla temizlemeye koyuldular. Benim getirdiğim yeni çarşaf ve battaniyeler yerlerine konurken, Nathan da her odaya konmak üzere taze çiçekler getirdi.

Bir saate kalmadan kiralama şirketinin kamyonu kapıya yanaştı ve işçiler beyaz katlanır iskemleleri sıralar halinde yerleştirmeye başladılar. Çardağın dibine derince delikler açıldı ve hazır saksılar halinde mor salkımlar buralara dikildi. Mor çiçekli dallar, çardağın direklerine sarılarak bağlandı. Çardağın ötesinde birkaç gün önce yabanıl bir görünüm arz eden gül bahçesi, şimdi parlak renklerle donanmıştı.

Hava raporu açık gökyüzü tahmininde bulunmuştu. Ben de öğlen sıcağından korunmak isteyecekler için bir tente-çadır kurdurmak için girişimde bulunmuştum. Sabahın ilerleyen saatlerinde bir de beyaz tenteli çadır kuruldu. Ayaklarının dibine mor salkımlı saksılar gömüldü ve çiçekleri direklere minik beyaz ışıklarla karıştırılarak dolandırıldı.

Tazyikli su ekibi gül bahçesinin ortasındaki havuzu temizledi ve öğlen yemeğinden az sonra, onu açıp, üç fıskiyesinden küçük bir şelale gibi akan suyun tatlı sesini dinledim.

Piyano akortçusu geldi ve uzun süredir kullanılmayan piyanoyu üç saatte akort etti. O işini bitirdiğinde, hem merasim, hem de sonraki davet için ses düzeni kurmak üzere gerekli yerlere mikrofonlar yerleştirildi. Daha başka hoparlörler ve mikrofonlar da, merasim esnasında papazın sesinin ve müziğin, en uzak köşelere kadar her yerden duyulmasını sağlamak üzere yerleştirildi.

Büyük odaya, dans yeri ayrıldıktan sonra, masalar yerleştirildi. Hepsinin üstüne keten örtüler serildi. Sihirli değnekle ortaya çıkarılmış gibi mumlar ve çiçekli orta parçaları yerlerini aldı. Restoran ekibi geldiğinde veran-

daya kurulmasını istediğim tek kişilik masayı unutma-
malarını söyledim herkese.

Son olarak da, odanın dört köşesine küçük beyaz ışık-
larla donatılmış hatmi ağaçları konuldu.

Öğleden sonra saat üçe doğru işler tamamlanmak
üzereydi. Adamlar yavaş yavaş toparlanıp, arabalarına,
kamyonlarına binip gidiyordu. Temizlik ekibi de dışa-
rıda, işlerinin son aşamasındaydı. Proje başladığından
beri ilk kez, evde tek başıma kalmıştım. Kendimi çok iyi
hissediyordum. Son iki gündür işler baş döndürücü bir
hızla da olsa, gayet yolunda gitmişti; her ne kadar eşyalar
çıkartılmış da olsa, evin bu muhteşem hali, eski günleri-
ni, aile içinde otururken olduğu halini andırıyordu.

Kamyonların teker teker işlerini bitirip gidişlerini
izlerken, benim de yola koyulmamın zamanının geldi-
ğini hatırladım. Elbise provasından ve ayakkabılarını da
aldıktan sonra, Jane ile Anna'nın manikür randevuları
vardı.

Acaba bu akşam için özel planlar yaptığım Jane'in
aklında mı diye merak ediyordum. Onca koşuşturma
arasında akşamı düşünecek zamanı olmayabilirdi, ya da
beni tanıdığı için fazla bir sürpriz beklemeyebilirdi. Yıl-
lardır bu konuda o kadar kötü performanslarım olmuş-
tu ki... Ama şimdi bunun, hazırladığım geceyi daha da
değerli kılacağını umuyordum.

Evi son olarak gözden geçirirken, bir yandan da
yıldönümümüz için aylar süren hazırlığımın bu akşam
semeresini vereceğini düşünüyordum. Hepsini Jane'den
gizli yapmak epeyce zor olmuştu ama şimdi, her şey
tamamlanmışken, Jane ile ikimiz için ne istiyorsam

çoğunun zaten gerçekleşmiş olduğunu fark ettim. Daha önce, hediyemin yeni bir başlangıcın simgesi olacağını düşünüyordum. Şimdiyse, bir yıldır sürdürdüğüm bir yolculuğun son durağıymış gibi geliyordu bana.

Koca malikane sonunda bomboş kalmıştı ve ben, arabama binmeden önce her şeyi kontrol etmek için son kez ortalığı dolaştım. Eve dönerken birkaç dükkanda durup ihtiyacım olan şeylerin hepsini tamamladım. Eve vardığımda saat beşe geliyordu. Birkaç dakikada etrafı düzeltip, günün toz toprağını üstümden atmak için duşa girdim.

Çok az zamanım olduğundan bir saat boyunca gayet hızlı çalışmam gerekiyordu. Ofisimde hazırladığım listeyi izleyerek, aylarca üstünde düşündükten sonra planladığım gecenin hazırlıklarını yapmaya koyuldum. Bütün parçalar tek tek yerlerini alıyordu. Jane'in ne zaman geleceği konusunda bir fikrim olması için, Anna'ya Jane onu bırakıp evin yolunu tutunca bana telefon etmesini tembihlemiştim. Anna'dan telefon geldi, demek ki Jane on beş dakika sonra evde olacaktı. Evin mükemmel göründüğünden emin olduktan sonra, işin son aşamasını da tamamladım, kilitli dış kapıya Jane'in rahatça görebileceği notu iliştirdim:

"Hoş geldin, sevgilim. Sürprizin evde seni bekliyor..."

Sonra da arabama binip gittim.

15

Yaklaşık üç saat sonra, Noah'nın evinin ön camından dışarı bakıp yaklaşan farları gördüm. Saatime baktım, tam zamanında geliyordu.

Ceketimi düzelttim ve Jane'in nasıl duygular içinde olabileceğini tahmin etmeye, hayal etmeye çalıştım. Arabamı girişte görmeyince şaşırmış mıydı? Perdeleri kapattığımı fark etmemiş olmasına imkan yoktu. Belki arabadan bile inmeden neler oluyor diye duralamıştı, şaşırmış, hatta meraklanmıştı.

Arabadan inerken ellerinin dolu olacağını tahmin ediyordum; düğün için elbisesini terziden daha almamış bile olsa, ayakkabıları taşıyor olması gerekirdi. Her ne olursa olsun, eve yaklaşırken notu görmemesine imkan yoktu. Yüzündeki merakı tam olarak gözümün önüne getirebiliyordum.

Kapıdaki notumu okuduğunda, yazdıklarıma tepkisi ne olmuştur? İşte bunu bilemiyordum. Belki hafif bir hayret belirtisi? Benim evde olmayışım, şaşkınlığını mutlaka artırmıştı.

Sokak kapısını anahtarıyla açıp da, müzik setinden gelen Billie Holiday'in sesini duyunca ve titrek mum ışığıyla aydınlanmış loş oturma odasına girince kim bilir neler düşünmüştü... Sokak kapısından oturma odasına kadar yerlere serptiğim, oradan da merdivenlere ve yukarı kata kadar uzanan kokulu gül yapraklarını fark etmesi uzun sürmüş olamazdı? Tırabzana iliştirdiğim ikinci notu görmesi de...

> *Sevgilim, bu gece senin için hazırlandı. Ancak tamamlanması için senin de bir rol üstlenmen gerek. Bunu bir oyun farz et. Sana yapman gereken bazı işlerin listesini veriyorum. Rolün, dediklerimi yerine getirmek olacak.*
>
> *İlk işin çok basit. Lütfen mumları söndür ve gül yapraklarını yatak odasına kadar izle, orada seni başka talimat bekliyor.*

Şaşkınlıktan nefesi mi tutuldu? Gözlerine inanamayarak güldü mü? Tam olarak bilemiyordum ama Jane'i iyi tanıdığım için biliyordum ki, oyuna katılacaktı. Yatak odasına vardığında merakı son noktaya varmış olacaktı.

Yatak odasında her yanda mumların yandığını görecek ve Chopin'in rahatlatan müziğini duyacaktı. Yatağın üstünde otuz gülden oluşan muazzam bir buket ve buketin her iki yanında özenle paketlenmiş iki kutu bulacaktı. Soldaki paketin üstünde, "Şimdi aç" yazılı bir kart vardı. Sağdaki paketteki karttaysa "Saat sekizde aç" yazıyordu.

Jane'in yavaş adımlarla yatağa yaklaştığını, buketi yüzüne yaklaştırıp kokladığını kafamda canlandırıyordum. Soldaki kartı açtığında, okuduğu şuydu.

Hareketli bir gün geçirdiğini biliyorum. Bu akşamki randevumuzdan önce biraz dinlen. Bu kartın altındaki paketi al ve banyoya git. Orada yeni talimatı bulacaksın.

Hemen omzundan geriye çevirirse başını zaten banyoda da mumların yakılmış olduğunu görürdü. Paketi açınca, banyo yağları ve losyonlarıyla ipek sabahlık bulacaktı.

Jane'i iyi tanıdığım için, saat sekize kadar açamayacağı, sağdaki paketin kartıyla biraz oynadığını tahmin ediyorum. Talimata uyup uymama konusunda tereddütü olmuş mudur acaba? Elini paket kağıdına götürüp geri çektiği olmuş mudur? Her şeye karşın dediğimi yapmaya karar vererek içini çekmiş ve banyoya yönelmiştir.

Banyoda aynalı dolabın önünde bir not daha vardı.

Yorucu bir günden sonra sıcak bir banyodan daha güzel bir şey düşünülebilir mi? Hangi banyo yağını istersen onu seç, bol banyo köpüğü ekle ve küveti doldur. Küvetin yanında en sevdiğin şarabın soğutulmuş ve tıpası açılmış olarak hazırlanmış olduğunu göreceksin. Kendine bir kadeh doldur. Elbiselerini çıkartıp küvete gir, yasla başını ve rahatla. Çıkmaya hazır olduğunda sana aldığım losyonları sürün kurulan ama giyinme. Aldığım ipek sabahlığı giy, yatağın üstüne otur ve ikinci paketi aç.

Diğer pakette yeni bir gece elbisesi ve ayakkabıları vardı. Her ikisini de karımın dolabından aldığım örneklerden saptadığım ölçülerde almıştım. Gece giyeceği elbiselere iliştirilen kart yalındı.

> *Artık bitirmek üzeresin. Lütfen kutuyu aç ve sana aldığım şeyleri giy. Rica etsem bir de ilk tanıştığımız yılın Noel'inde sana aldığım küpeleri takar mısın? Ancak sallanma sevgilim. Bütün bunları yapmak için tam olarak kırk beş dakikan var. Mumları söndür, küvetin suyunu boşalt ve müziği kapat. Saat sekiz kırk beşte, aşağı in, kapıya çık, arkandan kapıyı kilitle. Gözlerini kapat, sırtın caddeye dönük olarak bekle. Tekrar yüzünü caddeye döndüğünde, gözlerini aç, gecemiz başlıyor olacak...*

Kapının önünde kiraladığım limuzin onu bekleyecekti. Şoförse Jane'e bir hediye daha uzatarak şunları söyleyecekti:

"Bayan Lewis, artık sizi kocanıza götüreceğim. Arabaya biner binmez bu armağanı açmanızı istiyor. Ayrıca içeride başka bir şey daha var."

Bu hediye kutusunun içinde parfüm vardı. Yanında da kısa bir not.

"Bu parfümü özellikle bu akşam için aldım. Otomobile binince bunu sür ve içerdeki paketi aç. Onun içindeki not sana ne yapman gerektiğini söyleyecektir."

İçerideki kutuda siyah bir eşarp vardı ve onun kıvrımları arasına da aşağıdaki not saklanmıştı.

*

Şimdi şoför seni buluşacağımız yere getirecek, ancak buranın sana sürpriz olmasını istiyorum. Lütfen eşarbı gözlerini bağlamak için kullan ve hiç gözetleme yeri bırakma. Yol on beş dakikadan az sürecek. Şoför sen "hazırım" dediğinde yola çıkacak. Araba durduğu zaman şoför kapıyı açacak. Kendisinden arabadan inmene yardım etmesini rica et.

Seni bekliyor olacağım.

16

Limuzin evin önünde durdu ve ben derin bir nefes aldım. Şoför arabadan indiğinde, her şeyin yolunda gittiğini belirtmek için benden yana başını salladı. Buna karşılık ben de sinirlice kafa salladım.

Son bir iki saattir, Jane'in bütün bunları... Ne bileyim, saçma bulmuş olabileceği düşüncesi beni heyecandan dehşete, dehşetten heyecana sürükleyip durmuştu. Şoför arabanın kapısını açmak üzere ilerlerken zorlukla yutkundum. Gene de kollarımı kavuşturup verandanın parmaklıklarına yaslandım, kaygısızmışım gibi davranmak için elimden geleni yaparak durdum. Ay beyaz beyaz parlıyordu, ağustos böceklerinin vızıltısını işitebiliyordum.

Şoför arabanın arka kapısını açtı. Önce Jane'in bacağı göründü, sanki ağır çekimdeymiş gibi arabadan yavaş yavaş indi. Gözbağı yerli yerinde duruyordu.

Ondan gözlerimi ayıramıyordum. Ayışığının hafifçe aydınlattığı yüzünde gülümsemeye benzer bir şey gördüm, hem egzotik, hem de çok şıktı. Şoföre, artık gidebileceğini işaret ettim elimle.

Araba uzaklaşırken, ağır ağır yürüyerek Jane'e yaklaştım, bir yandan da konuşma cesaretini toplamaya çalışıyordum.

"Harika görünüyorsun," diye fısıldadım kulağına.

Bana döndü, gülümsemesi tüm yüzüne yayıldı. "Teşekkür ederim," dedi. Bir şeyler söylememi bekledi; ben sesimi çıkarmayınca da, ağırlığını bir ayaktan ötekine aktararak sordu: "Gözbağını çıkarabilir miyim artık?"

Her şeyin istediğim gibi olup olmadığını kontrol etmek için son bir kez çevreye göz gezdirdim.

"Evet," diye fısıldadım.

Eşarbı çekiştirdi, hemen gevşetip yüzünden aşağı çekti. Gözlerini odaklaması biraz zaman aldı. Önce bana, sonra eve, sonra yeniden bana baktı. Bu gece, ben de onun gibi şık giyinmiştim, yeni smokinim özel terzi elinden çıkmıştı. Jane, sanki bir rüyadan uyanırmışçasına gözlerini kırpıştırdı.

"Haftasonunda burası nasıl görünecek, bilmek istersin diye düşündüm," dedim.

Jane, bir o yana, bir bu yana döndü ağır ağır. Uzaktan bakıldığında bile malikane büyülü görünüyordu. Mürekkep renkli göğün altında, çadır parıl parıl, bembeyazdı. Bahçeye yerleştirilmiş olan spotlar, ince ince gölgeler oluştururken, gülleri, renklerini belirginleştirerek aydınlatıyordu. Havuzdaki su, ayışığında ışıl ışıldı.

"Wilson... bu... bu... İnanılmaz," diye kekeledi.

Elini tuttum. Ona aldığım yeni parfümün kokusunu duyabiliyordum, kulaklarında da minik elmasları gördüm. Dolgun dudakları, koyu renk boyayla daha bir belirginleşmişti.

Bana döndüğünde soru dolu bir anlam vardı yüzünde. "Ama nasıl yaptın... Bir iki gün içinde?"

"Muhteşem olacağına dair söz vermemiş miydim sana? Noah da söyledi ya, burada her haftasonu bir düğün yapılmıyor."

Jane kılığımı galiba ilk kez fark etmişti; bir adım geriledi.

"Smokin giymişsin," dedi.

"Haftasonu giymek için aldım. Ama önden biraz alışayım dedim."

Beni baştan aşağı süzdü. "Çok... Muhteşem... Görünüyorsun," dedi.

"Şaşırmış gibisin."

"Şaşırdım," demekten kendini alamadı, sonra toparlandı. "Yani, ne kadar hoş olduğuna şaşırmadım da, seni böyle görmeyi beklemiyordum açıkçası."

"Bunu iltifat kabul edeceğim."

Güldü. "Hadi," dedi elimden çekiştirerek. "Hazırladığın her şeyi yakından görmek istiyorum."

İtiraf etmeliyim ki, görünüm gerçekten muhteşemdi. Meşe ve servi ağaçlarının arasına kurulmuş çadırın ince kumaşı, spotların altında sanki yaşayan bir güç gibi parlıyordu.

Beyaz sandalyeler, bir orkestra gibi yuvarlak sıralar halinde dizilmişlerdi, az ötedeki bahçenin yuvarlaklığına uygun olarak. En ortadaki çardağı çevrelemişlerdi. Çardağın kafesine dolanmış olan sarmaşıklarda yeşilin her tonu vardı. Nereye baksak çiçek görüyorduk.

Jane sıraların ortasındaki ara yolda ağır ağır ilerlemeye koyuldu. Kafasında sandalyelerin dolu olduğunu canlandırdığını ve Anna'nın çardağın yanındaki özel yerinden neler göreceğini hayal ettiğini biliyordum. Dönüp bana baktığında sanki gözleri kamaşmıştı ve hiçbir şey anlamamış gibi bakıyordu.

"Buranın... böyle olabileceğine inanamıyorum," dedi.

Boğazımı temizledim. "İyi iş çıkarmışlar, değil mi?"

Kafasını iki yana salladı ciddi bir ifadeyle. "Hayır," dedi. "Kimse değil, bunu yapan sensin."

Ara yolun sonuna vardığımızda Jane elimi bıraktı, çardağa yaklaştı. Ben olduğum yerde durup onun elini kafesin oymaları üstünde gezdirişini, ipe dizilmiş ampulleri eleyişini seyrettim. Gözlerini bahçeye çevirdi. "Aynı eski günlerdeki gibi olmuş," dedi inanamazmış gibi.

O çardağın çevresinde dolanırken, ben de üstündeki giysinin, çok yakından tanıdığım vücut hatlarını nasıl sıkıca sarmaladığına dikkat ettim. Onu gördüğümde hala soluğumun kesilmesinin sebebi neydi? Kişiliği mi? Birlikte geçirdiğimiz yaşam mı? Onu ilk gördüğüm andan bu yana, geçen onca yıla rağmen üstümdeki etkisi azalmamış, tersine her geçen gün daha da artmıştı.

Gül bahçesine girdik, iç içe geçmiş kalp biçimindeki tarhların sonuncusunun çevresini dolandık; çok geçmeden arkamızdaki çadırdan gelen ışık hafifledi. Havuzun fıskiyesi, dağda akan dereler gibi hışırdıyordu. Jane sesini çıkarmıyor, havayı solumakla yetiniyor, arada bir, peşinde olup olmadığımı görmek için omzunun üstünden bakıyordu. Bulunduğumuz yerden çadırın yalnızca tepesi görünüyordu. Jane durdu, gül fidelerini gözden geçirdi, sonunda kırmızı bir tomurcuk seçerek kopardı. Bana yaklaşırken dikenlerini ayıkladı ve yakamdaki düğme deliğine taktı. Tam istediği gibi yerleştirdikten sonra, yavaşça göğsümü okşadı ve gözlerini kaldırıp bana baktı.

"Göğsünde çiçekle daha mükemmelsin," dedi.

"Teşekkürler."

"Böyle şık giyindiğinde ne kadar yakışıklı olduğunu söylemiş miydim?"

"Yanılmıyorsam... Muhteşem kelimesini kullandın. Aynı kelimeyi sık sık kullanmanda hiçbir sakınca yok tabii."

Elini koluma koydu. "Burada yaptıkların için teşekkür ederim. Anna gözlerine inanamayacak."

"Bir şey değil."

Bana doğru eğilerek mırıldandı: "Bu gece için de teşekkürler. Açıkçası... Esaslı bir numara yaptın."

Eskiden olsa bu fırsatı kaçırmaz, onu sıkıştırır, yaptıklarımın başarılı olup olmadığı konusunda bana güvence vermesini isterdim. Ama bu kez elini tutmakla yetindim.

"Görmeni istediğim bir şey daha var," dedim yalnızca.

"Yoksa ahıra bir çift beyaz atın çektiği bir araba mı sakladın," diye dalga geçti.

Kafamı 'hayır' anlamında salladım. "Öyle sayılmaz. Ama sence bu iyi bir fikirse, bir şeyler ayarlamaya çalışırım."

Güldü. Bana iyice yaklaştı. Gövdesinden fışkıran ısı delirticiydi. Gözleri hınzırca parlıyordu. "Peki, başka ne göstermek istiyordun bana?"

"Başka bir sürpriz," dedim.

"Kalbim daha fazlasını kaldıracak mı, bilemem."

"Hadi gel," dedim. "Bu taraftan."

Onu gül bahçesinden çıkarıp elinden tutarak çakıl taşlı yoldan eve doğru götürdüm. Tepemizde, bulutsuz gökyüzünde yıldızlar pırpırlanıyor, ayışığı evin öte yanındaki ırmağa yansıyordu. Ağaçların hayaletimsi parmaklar gibi eğri büğrü uzanan dallarını sarmış sarmaşıklar iplik iplik sarkıyordu. Havada bu yöreye özgü bir çam ve tuz kokusu vardı. Derin sessizlikte Jane'in başparmağını benimkine sürttüğünü hissettim.

Onun hiçbir acelesi yok gibiydi. Ağır ağır yürüdük, gecenin seslerini dinleyerek: çekirgeler, ağustos böcekleri, dallarda hışırdayan yapraklar, ayaklarımız altında gıcırdayan çakıl taşları.

Gözlerini eve dikmişti. Ağaçların arasında belirgin bir siluet, zamana meydan okuyan bir imge, verandayı çevreleyen beyaz sütunlarla iyice zengin görünen evimize. Çinko kaplı dam zamanla kararmış, sanki karanlık gökyüzünün bir parçası olmuştu. Pencerelerin gerisinde, yanan mumların sarı ışığını görebiliyordum.

Eve girdiğimizde meydana gelen hava akımı yüzünden mum ışıkları titreşti. Jane eşikte durup salona baktı. Temizlenmiş, tozu alınmış piyano yumuşak ışıkta parıldıyordu, ahşap zemin, şöminenin önünde, tam da Anna'nın Keith ile dans edeceği yerde, yepyeniymiş gibi, ışıl ışıl cilalanmıştı. Masalar, ışıldayan porselen ve kristaller, kuğu biçimi verilmiş beyaz peçeteler, çok şık bir restoranın fotoğraflarını andırıyordu. Sofraların üstündeki gümüş kadehler Noel süslemeleri gibi parlıyordu.

Dipteki duvarın önünde uzanan masalar haftasonunda yiyeceklerle dolu olacaktı ama şu sırada servis tabaklarının arasındaki çiçeklerden başka bir şey görünmüyordu.

"Ah, Wilson..." diye içini çekti Jane.

"Cumartesi günü herkes gelince çok farklı olacak tabii ama kalabalık bastırmadan sen göresin istedim."

Jane elimi bıraktı, odanın içinde dolaşmaya başladı; her ayrıntıya dikkat ediyordu.Sonra hafifçe başını salladı, bunun üzerine mutfağa gidip şarabı açtım, iki kadeh doldurdum. Jane'in piyanoya baktığını fark ettim, yüzünü profilden görüyordum.

"Kim çalacak?" diye sordu.

Gülümsedim. "Sen seçecek olsan en çok kimi isterdin?"Umutla döndü bana. "John Peterson?"

Evet, anlamında başımı salladım.

"Ama nasıl olacak? Chelsea'de çalmıyor mu o ?"

"Bilirsin, seni de Anna'yı da çok sever. Bir geceliğine Chelsea'den izin alacak."

Jane, bana doğru gelirken odayı hayran bakışlarla süzmeyi sürdürüyordu. "Bu kadar çok şeyi bu kadar kısa zamanda nasıl yaptın, bir türlü anlayamıyorum... Yani, daha birkaç gün önce buradaydım."

Şarap kadehini uzattım. "Onaylıyorsun demek?"

"Nasıl onaylamam?" Şarabından bir yudum aldı. "Evi hiç bu kadar güzel görmemiştim."

Gözlerinde kırpışan mum ışığını seyrettim bir an.

"Acıktın mı?"

Şaşırmış gibi baktı. "Doğrusunu istersen, yemek hiç aklıma gelmedi. Şarabımın tadını çıkarayım, etrafa biraz daha bakayım, sonra gideriz."

"Hiçbir yere gitmemize gerek yok. Yemeği burada yeriz diye düşünmüştüm."

"Nasıl olur? Dolaplar tamtakır değil mi?"

"Dur bakalım öyle mi?" diye elimi salladım. "Hadi sen keyfine bak, istediğin gibi gez dolaş, ben işe koyulayım."

Mutfağa girdim. Planladığım harika yemeğin hazırlıkları tamamdı zaten. Daha önceden doldurduğum pavuryalı dil balığını fırına koydum, gereken ısıya ayarladım. Sos için gerekli malzemeleri de ölçüp bir kenara koymuştum, yapılacak tek şey bunları tencerede karıştırmaktı. Salatalar yıkanmış ve doğranmıştı, sosunu da yapmıştım.

Mutfakta çalışırken arada bir başımı işten kaldırıp büyük salonda dolaşan Jane'e bakıyordum. Her masa aynı biçimde düzenlenmişti ama o hepsini ayrı ayrı inceliyor, orada oturacak olan konuğu gözünün önüne getiriyordu. Kimi kez dalgın dalgın çatal bıçaklarla oynuyor ya da bir vazonun yerini değiştiriyordu. Son derece sakin, nerdeyse kendinden geçmiş bir havası vardı ki, nedense dokunaklı geldi bana. Gerçi son günlerde hemen hemen her yaptığı dokunaklı geliyordu bana o da ayrı bir konuydu.

Bizi bu noktaya getiren olaylar dizisini düşündüm sessizlikte. En değerli anıların bile zamanla unutulduğunu tecrübelerimden biliyordum, oysa birlikte geçirdiğimiz şu son haftanın bir saniyesini bile unutmak istemiyordum. Tabii ki, Jane'in de her anı hatırlamasını istiyordum.

"Jane," diye seslendim. Görüş alanımdan çıkmıştı, piyanonun yanında durduğunu tahmin ettim.

Odanın köşesinden göründü. Uzaktan baktığımda bile yüzü ışıl ışıldı. "Efendim."

"Ben yemeği hazırlarken senden bir şey yapmanı rica edebilir miyim?"

"Elbette. Aşçı yamağına mı ihtiyacın var?"

"Hayır. Önlüğümü yukarda unutmuşum. Bir zahmet getirir misin? Senin eski odanda, yatağın üstünde duruyor."

"Ne zahmeti, canım," dedi.

Merdivenleri tırmandığında arkasından baktım. Yemek hemen hemen hazır olana kadar aşağı inemeyeceğini biliyordum.

Kuşkonmazların suyunu süzerken bir yandan da kendi kendime şarkı mırıldanıyor, onu yukarıda bekleyen armağanı görünce neler hissedeceğini düşünüyordum.

"Yıldönümümüz kutlu olun," diye fısıldadım.

Ocaktaki su kaynamaya başladığında, fırındaki balığı kontrol ettikten sonra arka verandaya çıktım. Burada ikimiz için bir sofra kurulmuştu. Şampanyayı açayım dedim, sonra Jane'i beklemeye karar verdim. Derin derin nefes alarak kafamı dinlemeye çalıştım.

Yukarıda yatağın üstünde bıraktığım şeyi Jane bulmuş olmalıydı. El yapımı, kabartma deri kaplı albümün kendisi fevkaladeydi ama umuyordum ki, onu asıl heyecanlandıracak olan içindekilerdi. Otuzuncu evlilik yıldönümümüz için, pek çok kişinin yardımıyla hazırlamıştım bu armağanı. Bu akşam aldığı öteki hediyeler gibi, bunun da yanında bir not vardı. Bu, geçmişte yazmaya çalışıp da yazamadığım mektuptu. Noah böyle bir mektup yazmamı önerdiğinde, bunun imkansız olduğunu düşünmüştüm geçtiğimiz yıl, özellikle geçtiğimiz hafta meydana gelen olağanüstü olaylar, sözcüklerime alışılmadık bir zarafet katmıştı.

Yazmayı bitirdiğimde baştan sona okudum mektubu, sonra bir kez daha okudum. Şu anda bile, Jane'in elinde tuttuğu sayfalarda yazılı olan sözcükler gözlerimin önünde.

Sevgilim,

Gecenin bu geç saatinde masamın başında otururken, evde dededen kalma guguklu saatin tıkırtısından başka hiçbir ses yok. Sen yukarıda uyuyorsun, her ne kadar sana sarılıp vücudunun sıcaklığını duymaya can atıyorsam da, içimden bir şey bu mektubu yazmaya zorluyor beni. Aslında nasıl başlayacağımı bilmiyorum, hatta tam olarak ne diyeceğimi de. Ancak bunca yıl sonra yapmam gereken bir şey olduğuna kesinlikle inanıyorum; yalnızca senin için değil, kendim için de zorunluyum buna. Otuz yılın sonunda, en azından bunu yapmalıyım.

Sahi, o kadar uzun zaman oldu mu? Olduğunu bildiğim halde, bu düşünce beni hayretlere düşürüyor. Sonuç olarak bazı şeyler hiç mi hiç değişmedi. Örneğin sabahları, gözümü açar açmaz aklıma ilk gelen ve bu hep böyle olmuştu, Sensin. Çoğu kez yanında yatıp seyrediyorum seni, yastığın üstüne dağılmış saçlarına, tek kolun başının üstünde yatışına, göğsünün hafif hafif iniş çıkışına bakıyorum. Kimi kez, rüya gördüğünü sandığımda, o rüyaya girebilmek umuduyla iyice yaklaşırım sana. Ama bu ilk başından beri yaşadığım bir duygu... Evliliğimiz boyunca sen hep benim rüyamdın ve seninle

*birlikte yağmurda yürüdüğümüz o ilk günden beri ken-
dimi ne kadar şanslı hissettiğimi hiç unutmadım.*

*O günü sık sık düşünmüşümdür. O imge her zaman
gözümün önündedir; ne zaman gökyüzünde şimşek çak-
sa bir dejavu duygusu yaşarım. O anlarda sanki hayata
yeniden başlıyormuşuz gibime gelir ve göğsümde gencecik
bir adamın kalbi güm güm atmaya koyulur, o gece bir
anda geleceğini görmüş ve sensiz bir yaşam sürdüremeye-
ceğini anlamış olan o adam benim.*

*Aklıma gelen her anımızda aynı duyguları yaşı-
yorum. Aklıma Noel gelse, senin ağacın altında otur-
duğunu, çocuklarımıza neşeyle armağan dağıttığını
görüyorum. Yaz geceleri aklıma geldiğinde, yıldızların
altında yürürken elimi sıktığını hissediyorum. İşimin
başındayken bile sık sık duvardaki saate bakıp o anda
senin neler yaptığını merak ederim. Basit şeyler, örne-
ğin bahçede çalışırken yanağına biraz çamur bulaştı-
ğını hayal ederim, ya da mutfak tezgahına yaslanmış,
telefonda konuşurken ellerini nasıl saçlarının arasında
dolaştırdığını... Galiba şunu söylemek istiyorum: Sen
hep benimlesin, ben olan her şeyde, yaptığım her şey-
de sen varsın. Şimdi geriye baktığımda anlıyorum ki,
benim için ne büyük bir anlam ve değer taşıdığını sana
çok önce söylemeliymişim.*

*Söylemediğim için pişmanım. Seni çeşitli biçimlerde
düş kırıklığına uğrattığım için üzgünüm. Keşke geçmi-
şi değiştirebilseydim ama bunun imkansız olduğunu
ikimiz de biliyoruz. Öte yandan, şuna inanıyorum ki,
geçmiş değişmese de, onu algılama biçimlerimiz farklıla-
şabilir. Bu albümü hazırlamamın sebebi de bu.*

İçinde çok, pek çok fotoğraf bulacaksın. Bunlardan bazıları eski albümlerimizde bulunan resimlerin kopyaları ama çoğu öyle değil. Dostlarımızdan, aileden,, akrabalardan ellerinde ikimizin birlikte çekilmiş resimleri varsa bana iletmelerini rica ettim. Ve bir yıl boyunca ülkenin dört bir köşesinden gönderilen fotoğrafları biriktirdim. Leslie'nin vaftiz töreninde Kate'in çektiği resim var mesela, çeyrek yüzyıl önce, bir şirket pikniğinde Joshua Tundle'ın çektiği enstantane de var. Noah, yağmurlu bir şükran gününde sen Joseph'e hamileyken çektiği bir resmimizi verdi. Dikkatle bakarsan, sana aşık olduğumu ilk fark ettiğim mekanı da görebilirsin. Anna, Leslie ve Joseph de çeşitli fotoğraflar verdiler.

Her fotoğraf elime geçtiğinde, çekildiği anı hatırlamaya çalıştım. Önceleri belleğim resmin kendisi gibiydi, kısa, kendi içinde bütünlenmiş bir imge ama gözlerimi kapayıp iyice konsantre olduğumda, zamanın geriye doğru gidebildiğini fark ettim. Ve her seferinde o an neler düşündüğümü anımsadım.

İşte albümün ikinci yarısı da bunlardan oluşuyor. Her resmin karşısındaki sayfaya o anlardan anımsadıklarım, daha doğrusu, senin hakkında anımsadıklarım yazılı.

Albümün adını, "Söylemiş Olmam Gereken Sözler" koydum.

Yıllar önce, Belediye Binasının merdivenlerinde sana bir yemin etmiştim ve otuz yıllık kocan olarak, bir yemin daha etmemin vakti geldi sanırım: Bugünden itibaren, öteden beri olmam gereken ama olamadığım adam olacağım. Daha romantik bir koca olarak, önü-

müzdeki yılların çok daha güzel geçmesini sağlayacağım.
Umuyorum ki geçireceğimiz her değerli dakikada, seni
sevdiğim kadar hiç kimseyi sevmediğimi ortaya koyan
bir şey söyleyecek ya da yapacağım.

   Sonsuz sevgilerimle,

                              Wilson

Jane'in ayak seslerini duyunca başımı kaldırdım. Merdivenlerin tepesinde duruyordu. Holde yanan, arkasından gelen ışık, yüz hatlarını görmemi engelliyordu. Elini uzatıp trabzanı tuttu, basamakları ağır ağır inmeye başladı.

Mumların ışığı onu aşama aşama aydınlattı: önce bacaklarını, sonra belini, en son da yüzünü. Merdivenin ortasında durdu, göz göze geldik, odanın öte yanında olmama rağmen gözyaşlarını görebiliyordum.

"Evlilik yıldönümümüz kutlu olsun," dedim. Sesim odada yankılandı. Gözlerini benden ayırmadan merdivenleri indi. Yüzünde yumuşacık bir gülümsemeyle bana doğru ilerledi ve o anda ne yapacağımı tam olarak bildim.

Kollarımı açıp onu kendime çektim. Vücudu sıcacık, yumuşacıktı, yanağıma dayadığı yanaksa ıslaktı. Ve otuzuncu evlilik yıldönümümüzden iki gün önce Noah'nın evinde, birbirimize sarılmış halde dururken, bütün kalbimle istediğim tek bir şey vardı: Zaman dursun, hemen şimdi, sonsuza dek dursun.

Uzun süre öylece kaldık, sonunda Jane kendini geri çekti. Kollarını boynumdan çözmeden başını kaldırıp yüzüme baktı. Loş ışıkta yanakları ıslak ve parlaktı.

"Teşekkür ederim," diye fısıldadı.

Onu hafifçe sıktım. "Hadi gel, sana bir şey göstermek istiyorum."

Kolundan tutup salondan geçirerek evin arka tarafına götürdüm onu, arka kapıyı açtım, verandaya çıktık.

Mehtaba rağmen, samanyolu gökyüzüne saçılmış bir avuç mücevher gibi görünüyordu; güneyde de Venüs yükselmişti. Hava birazcık serinlemişti; hafif esintide Jane'in parfümünün kokusu geldi burnuma.

"Burada, dışarıda yiyebiliriz diye düşündüm. Hem içerideki sofraları bozmak istemedim."

Koluma girdi, önümüzdeki sofraya baktı. "Harika olur, Wilson."

Mumları yakmak için istemeyerek kolumu çektim, sonra şampanya şişesine uzandım.

"Bir kadeh alır mısın?"

Önce beni duymadığını sandım. Gözlerini uzağa, nehrin ötesine dikmişti. Entarisi hafiften uçuşuyordu.

"Çok iyi olur," dedi.

Şişeyi buz kovasından çıkardım, mantarı sıkıca tutup çevirdim. Pop diye fırladı. İki kadehi doldurduktan sonra köpüklerin yatışmasını bekledim, bir daha doldurdum. Jane bana yaklaştı.

"Bütün bunları ne zamandır planlıyorsun?" diye sordu.

"Geçen yıldan beri. Son yıldönümümüzü unutmanın acısını ancak böyle çıkarabilirdim."

Başını iki yana salladı, yüzümü tutup kendine çevirdi. "Bu gece yaptıklarından daha güzel bir şey hayal bile edemezdim." Kısaca durakladı. "Yani, o albümü gördü-

gümde... Sonra mektubun, yazdığın onca anı... Benim için
şimdiye dek yaptığın en müthiş şey bunlar."

İtiraz etmeye, çok daha iyisine layık olduğunu söyle-
meye çalıştım ama beni susturdu.

"Çok ciddi söylüyorum," dedi alçak sesle. "Bunun
benim için ne anlama geldiğini kelimelerle ifade etmem
mümkün değil." Derken gözünü çapkınca kırparak
göğsümü okşadı. "Smokin de pek yakışmış, yakışıklı
yabancı."

Gülümsedim, gerilimin biraz azaldığını hissettim,
elini tutup sıktım. "Tam da şu anda yanından ayrılmak
istemem ama..."

"Ama?"

"Ama yemeğe bakmam gerek."

Son derece güzel, son derece çekici bir gülümsemeyle,
"Yardım ister misin?" diye sordu.

"Hayır, her şey hazır gibi."

"O zaman ben dışarıda kalayım. Burası o kadar
huzurlu ki..."

"Tabii."

Mutfakta süzdüğüm kuşkonmazların soğumuş oldu-
ğunu gördüm. Onları yeniden ısıtmak için ocağı yaktım.
Yaptığım sos da biraz koyulaşmıştı ama bir iki karıştır-
dıktan sonra düzeldi. Fırını açıp balığın olup olmadığını
çatal batırarak yokladım. Birkaç dakika sonra hazır ola-
cağını anladım.

Mutfaktaki radyoyu açmıştım, büyük cazbantlar
döneminden eski parçalar çalıyordu, tam kapatmak için
uzanıyordum ki, arkamdan Jane'in sesini işittim.

"Bırak çalsın," dedi.

Başımı kaldırdım. "Hani, dışarıda akşamın tadını çıkaracaktın."

"Sen yokken pek tadı kalmadı," dedi. Tezgaha her zamanki duruşuyla yaslandı. "Bu geceki müziği de sen mi özellikle istedin?"

"Bu program bir iki saattir devam ediyor. Bu geceki temaları eskiler herhalde."

"Gerçekten de eski anıları canlandırıyor. Babam büyük cazbantları dinlerdi hep." Jane, elini dalgın dalgın saçlarında gezdirdi. "Biliyor musun, annemle babam mutfakta dans ederlerdi. Bir bakarsın birlikte bulaşık yıkıyorlar, bir bakarsın kollarını birbirlerine dolamış, müziğe uyarak sallanıyorlar. Bu sahneyi ilk gördüğümde altı yaşında falandım, üstünde durmamıştım hiç. Biraz daha büyüdüğümde, Kate'le ikimiz kıkır kıkır gülmeye, onlara burun kıvırmaya başladık. Hiç aldırmaz, gülüp dansa devam ederlerdi, dünyada o ikisinden başka kimse yokmuşçasına."

"Bunu hiç bilmiyordum."

"En son, onlar Creekside'a taşınmadan bir hafta önce gördüm. Nasıl toparlanıyorlar diye bakmaya gelmiştim. Arabayı park ederken, mutfak penceresinden gördüm onları. Kendimi tutamadım, ağlamaya başladım. Onları bir daha burada dans ederken göremeyeceğimi biliyordum, içim paramparça oldu." Bir an duraksadı, düşüncelere dalmış gibiydi. "Kusura bakma, havamızı bozdum galiba."

"Ne münasebet," dedim. "Onlar bizim hayatımızın önemli bir parçası. Bu ev onların evi. Asıl onları düşünmeseydin şaşardım. Bir de öyle güzel anlatıyorsun ki."

Birkaç saniye dediklerim üstünde düşündü. Sessizlik sırasında dilbalığını fırından çıkarıp ocağın üstüne koydum.Soru sorar gibi, "Wilson?" dedi.

Ona döndüm.

"Mektubunda, bundan böyle daha romantik olmaya çalışacağını yazdığında, ciddi miydin?"

"Evet."

"Demek, bu gece gibi başka geceler de olacak?"

"Sen istedikten sonra..."

Parmağını çenesine dayadı. "Artık kolay kolay sürpriz yapamayacaksın ama. Her seferinde yepyeni şeyler düşünmen gerekecek."

"Sandığın kadar zor olmayacak bu."

"Ya?"

"Gerekirse, şu an bile yeni bir şey düşünebilirim."

"Ne gibi?"

Sorgulu bakışları karşısında, mutlaka başarılı olmaya karar verdim. Kısa bir duraksamadan sonra, kuşkonmazın altını söndürüp kenara koydum. Jane beni ilgiyle izlemekteydi. Ceketimi düzelttim, elimi uzatıp ona doğru ilerledim.

"Benimle dans eder misin?"

Jane'in yanakları al al oldu, uzanan elimi tuttu, öteki kolunu sırtıma doladı. Onu sıkıca kendime çektim, vücudu benimkine yapıştı. Odayı dolduran müziğin eşliğinde yavaş yavaş dönmeye koyulduk. Kullandığı şampuanın lavanta kokusunu duyuyor, bacaklarının bacaklarıma sürtündüğünü hissediyordum.

"Çok güzelsin," diye fısıldadım. Jane'in cevabı, başparmağını elimin üstünde gezdirmek oldu.

Şarkı bitince birbirimizden ayrılmadan yenisinin başlamasını bekledik, ağır ağır dans etmeye devam ederken
başımın döndüğünü hissettim. Jane hafifçe geri çekilerek
yüzüme baktığında yumuşacık gülümsüyordu. Elini bu
kez yüzümde gezdirdi. Parmakları ne kadar hafifti. Eski
bir alışkanlığı hatırlarcasına ona doğru eğildim, yüzlerimiz birbirine yakınlaştı.

Soluksuz bir öpüşmeydi, artık tüm duygularımıza,
isteklerimize boyun eğdik. Ona daha da sıkı sarılıp bir
kez daha öptüm, onun içinde yükselen arzuyu da, kendimkini de algılıyordum. Elimi saçlarına gömdüm,
Jane hafifçe inledi. Hem tanıdık, hem elektrikli, hem
eski, hem yeni bir ses... Bir mucize... Evet mucizeler hep
böyledir.

Hiçbir şey söylemeden bir adım geriledim, gözlerinin
içine bakarak elinden çektim, mutfaktan çıktık. Salondaki masaları dolaşıp mumları bir bir üfleyerek söndürürken baş parmağı elimin üstünde gezinmeye devam
ediyordu.

Karanlıkta üst kata çıkardım karımı. Onun eski yatak
odasında, pencerelerden içeri dolan ayışığının yarattığı
gölgeler arasında birbirimize sarıldık. Defalarca öpüştük.
Jane'in elleri göğsümde gezinirken, ben de onun fermuarına uzandım. Yavaş yavaş çekerken, o derin derin iç
geçirdi.

Dudaklarım yanağından boynuna, boynundan omzuna kaydı. Ceketimi çekiştirdi, ceket onun sırtındaki elbiseyle aynı anda yere düştü. Yatağa yuvarlandığımızda
gövdesi alev alevdi.

Ağır ağır, uzun uzun seviştik. Birbirimize duyduğumuz tutku, baş döndürücü bir yeni keşif gibiydi ve bu yenilik büyüleyiciydi. Sevişmemizin sonsuza dek sürmesini istiyordum, onu durmadan öperken dudaklarımdan sevgi sözcükleri dökülüyordu. Sonrasında, bitkin bir halde kollarımız birbirimize dolanmış olarak öylece yattık. O yanımda uykuya dalarken, parmaklarımı gövdesinde gezinmeyi sürdürdüm, bu kusursuz anın hiç bitmemesini dileyerek.

Geceyarısından biraz sonra, Jane uyandı ve benim kendisini seyrettiğimi fark etti. Yüzündeki muzip ifadeyi seçebiliyordum karanlıkta. Olanlar yüzünden hem çok keyifli hem de biraz utanmış gibiydi.

"Jane?" dedim.

"Efendim."

"Bir şey öğrenmek istiyorum."

Kendinden hoşnut bir gülümsemeyle sorumu sormamı bekledi.

Bir iki saniye durakladım, sonra derin bir nefes alarak, "Her şeyi yeni baştan yapacak olsaydın... Başımızdan neler geçeceğini önceden bilseydin, yani... Gene de benimle evlenir miydin?"

Uzun süre ses çıkarmadı, sorumun cevabını ciddi ciddi düşünüyordu besbelli. Derken göğsümü okşadı, bana bakarken yüzündeki ifade yumuşadı.

"Evet," dedi kısaca, "evlenirdim."

Duymayı istediğim, her şeyden çok istediğim sözlerdi bunlar. Onu kendime çektim, saçlarını, boynunu öptüm, öptüm, bu anın sonsuza dek sürmesini dileyerek.

"Seni ne kadar çok sevdiğimi hiç bilemeyeceksin," dedim.

Göğsümü öptü. "Biliyorum," dedi. "Çünkü ben de seni seviyorum."

17

Sabahın ilk ışıkları camlardan içeri dolduğunda, birbirimizin kolları arasında uyandık, kalkıp önümüzde uzanan uzun güne hazırlanmaya başlamadan önce bir kez daha seviştik.

Kahvaltıdan sonra evin her yanını dolaşarak cumartesi günkü düğün için hazırlıklara giriştik. Masalardaki mumlar yenileriyle değiştirildi, arka verandadaki sofra kaldırıldı, masa ahıra taşındı ve dün akşam için hazırladığım yemek birazcık üzüntüyle çöpü boyladı.

Her şeyin doğru dürüst ve yerli yerinde olduğundan emin olduktan sonra, eve doğru yola koyulduk. Leslie'nin saat dört civarı gelmesi bekleniyordu. Joseph daha erken bir uçakta yer bulmuş, beş sularında gelecekti. Telesekreterde Anna'dan bir mesaj vardı. Keith ile birlikte son dakika hazırlıklarını yapacağını, yani gelinliğini terziden almanın yanı sıra, düğün için tuttuğumuz adamların hepsinin kesinkes geleceğini tespit edeceğini söylemişti. Ayrıca annesinin kıyafetini de alacağına, akşam bize yemeğe gelirken getireceğine söz vermişti.

Jane ile mutfağa geçip, etli haşlama yemeği için gereken malzemeleri güvece doldurmaya koyulduk. Akşama kadar ağır ağır pişecekti. İşimizi görürken düğünle ilgili lojistik düzenlemeleri tartışıyorduk. Arada bir Jane'in kendi kendine gülümsediğini görüyor, dün geceyi aklından geçirdiğini anlıyordum.

Gün ilerledikçe yapılacak işlerin artacağını bildiğimizden, öğlen yemeğini kent merkezinde yemeye karar verdik. Arabayla gittik, Pollock Sokağı'ndaki şarküteride iki sandviç yaptırdık, yürüyerek kilisenin bahçesine gidip manolya ağaçlarının gölgesinde karnımızı doyurduk.

Yemekten sonra el ele Union Point'e yürüdük, Neuse Nehri'ni seyre daldık. Akıntı hafifti ve suyun üstü çeşit çeşit tekneyle doluydu; okullar başlamadan gençler yazın son günlerinin tadını çıkarıyorlardı. Jane'in bu hafta ilk kez tamamen rahat ve huzurlu olduğunu fark ettim. Kolumu omzuna doladığımda sanki hayata yeni atılan bir çift gibiydik. Yıllardır birlikte geçirdiğimiz en kusursuz gündü. Mutluluğum eve dönüp de telesekreterdeki mesajı dinleyinceye kadar sürdü.

Kate aramış, Noah ile ilgili şöyle demişti.

"Hemen buraya gelseniz iyi olur. Ben ne yapacağımı şaşırdım."

Creekside'a vardığımızda Kate koridorda dikilmiş bekliyordu.

"Bu konuda konuşmayı reddediyor," dedi telaşlı bir sesle. "Şu anda yukarıda, gözünü gölete dikmiş öylece oturuyor. Onunla konuşmaya çalıştığımda tersledi beni.

Zaten ona inanmadığıma göre anlayamayacağımı söyledi. İlle de yalnız kalmak istediğini yineliyor. Sonunda beni kovdu."

"Ama fiziksel olarak bir şeyi yok, değil mi?"

"Herhalde yoktur. Öğlen yemek yemedi, hatta yemek lafına bile sinirlendi. Ama bunun dışında iyi görünüyor. Odasına en son göz attığımda, bana çık dışarı diye basbayağı bağırdı."

Kapalı kapıya baktım. Bunca yıldır Noah'nın sesini yükselttiğini duymamıştım.

Kate ipek eşarbını sinirli sinirli kıvırıp duruyordu. "Ne Jeff'le, ne David'le konuştu. Biraz önce gittiler onlar da. Onun davranışlarına biraz gücendiler galiba."

"Benimle de konuşmak istemiyor mu?" diye sordu Jane.

Kate, "Hayır," dedi omzunu çaresizce silkerek. "Telefonda da söyledim ya, kimseyle konuşacağını sanmıyorum. Belki, bir ihtimal, seninle..." Kuşkulu gözlerle baktı bana.

Başımı salladım. Jane'in üzüleceğinden korkuyordum, hastanede Noah'nın benden başkasını görmek istemediğinde üzüldüğü gibi ama Jane beni desteklercesine elimi sıktı ve başını kaldırıp yüzüme baktı.

"En iyisi, sen gir bak bakalım."

"Galiba öyle."

"Ben burada beklerim Kate ile birlikte. Bir şeyler yemeye kandırabilirsen..."

"Tamam."

Noah'nın kapısını iki kez tıklattım, hafifçe araladım.

"Noah? Benim, Wilson. Girebilir miyim?"

Pencerenin yanındaki koltuğunda oturan Noah sesini çıkarmadı. Odaya adım atmadan önce bir an bekledim. El sürülmemiş yemek tepsisi yatağın üstünde duruyordu. Kapıyı kapattıktan sonra ellerimi kavuşturdum.

"Jane ile Kate... Benimle konuşmayı kabul edeceğini düşünüyorlar."

Derin bir nefes alırken omuzlarının dikleştiğini sonra yeniden düştüğünü gördüm. Ak saçları kazağının yakası üstüne dökülmüştü, sallanan koltukta minicik duruyordu.

"Dışarıdalar mı?"

Sesi o kadar alçaktı ki, onu zar zor duydum.

"Evet."

Noah başka bir şey demedi. Odanın içinde sessizce ilerleyerek yatağın üstüne oturdum. Dönüp bana bakmamıştı ama yüzündeki gerilimli çizgileri görebiliyordum.

"Ne olduğunu öğrenmek isterdim," dedim kararsız bir sesle.

"Gitmiş," dedi. "Bu sabah çıkıp baktığımda yoktu."

Kimden sözettiğini hemen anladım. "Belki göletin başka bir köşesine gitmiştir. Belki senin geldiğini bilmiyordur," dedim.

"Gitmiş, gitmiş," dedi, dümdüz, duygusuz bir sesle. "Sabah uyanır uyanmaz hissettim bunu. Nereden bildiğimi sorma, bildim işte. Yokluğunu kemiklerimde hissettim, gölete yaklaştıkça bu duygu gittikçe arttı. Gene de inanmak istemiyordum, bir saatten fazla seslendim ona ama görünmedi." Hafifçe titreyerek koltuğunda sırtını dikleştirdi, gözlerini pencereden ayırmadı. "Sonunda pes ettim."

Pencereden görünen göletin yüzeyi güneşten ışıl ışıldı. "Gidip bakalım mı, tekrar? Belki oradadır."

"Değildir."

"Nerden biliyorsun?"

"Çünkü biliyorum," dedi. "Bu sabah kalktığımda gittiğini nasıl biliyorsam."

Cevap vermek üzere ağzımı açtıysam da vazgeçtim. Bu aşamada tartışmanın anlamı yoktu. Noah kararını vermişti. Üstelik, içimde bir yerlerde onun haklı olduğundan emindim.

"Nasıl olsa geri gelir," dedim inandırıcı olmaya çalışarak.

"Belki," dedi. "Belki de gelmez. Nereden bileyim?"

"Seni özler, uzun süre dayanamaz."

"O zaman neden gitti?" diye kızgınca sordu. "Hiçbir anlam veremiyorum."

Sağlam elini koltuğun kolluğuna vurdu, başını iki yana salladı.

"Keşke anlayabilselerdi."

"Kimler?"

"Çocuklarım, hemşireler. Hatta Doktor Barnwell."

"Yani, kuğunun Allie olduğu konusunda mı?"

İlk kez olarak bana döndü. "Hayır. Benim Noah olduğum konusunda. Benim her zamanki kişiliğimden farklı biri olmadığım konusunda."

Ne demek istediğini anladığımdan emin değildim ama bir açıklama yapmasını ses çıkarmadan bekleyecek kadar aklım vardı.

"Onları görecektin bugün. Hepsini. Ne olmuş, bu konuda onlarla konuşmak istemiyorsam? Zaten kimse bana inanmıyor ki. Ne dediğimi bildiğime onları inandırmaya çabalama konusunda üşendiysem ne olmuş? Her zamanki gibi tartışmaya girişeceklerdi benimle. Öğlen yemeğimi yemedim diye... Sanırsın kendimi camdan atmaya kalktım. Asabım bozuk, asabımın bozuk olması için her türlü sebep var. Asabım bozuk olduğunda iştahım kaçar, kendimi bildim bileli böyledir bu. Ama şimdi, sanırsın akli melekelerimi kaybetmişim. Kate ağzıma kaşıkla sokarak yemek yedirmeye kalkıştı, sanki hiçbir şey olmamış gibi. İnanabiliyor musun? Derken Jeff ile David geldi, akıllarınca yokluğunu izah etmeye kalktılar; yiyecek aramaya gitmiş sözde. Ben günde iki kez beslemiyor muyum onu? Kim bilir neler geldi başına... Hiçbirinin umrunda değil."

Neler olduğunu anlamaya çalışırken birden fark ettim ki Noah'nın aşırı öfkesinin sebebi yalnızca çocuklarının tepkisi değildi.

"Aslında senin canını esas sıkan nedir?" diye sordum yumuşak bir sesle. "Onun hepi topu bir kuğu olduğunu düşünmeleri mi?" Bir an duraksadım. "Sen de biliyorsun, hep böyle düşündüler zaten. Şimdiye dek buna sinirlenmedin."

"Umurlarında bile değil."

"Aslına bakarsan, gereğinden fazla umurlarında."

Başını inatla öte yana çevirdi. "Bir türlü anlayamıyorum," dedi. "Neden gitmiş olabilir?"

Birden anlayıverdim, Noah çocuklarına kızmış değildi, gösterdiği tepki kuğunun birdenbire yok olmasına karşı da değildi. Hayır, daha derinde, başka bir şey vardı ve bunu kendine bile itiraf edebileceğinden emin değildim.

Üstüne gideceğime, sessiz kalmayı yeğledim. Bir süre konuşmadan oturduk. Elleri kucağındaydı, parmaklarını ovuşturuyordu.

Derken, hiçbir giriş yapmaya gerek görmeden, "Dün akşam, Jane ile işler nasıl gitti?" diye sordu.

Bu sözleri duyduğumda ve bütün tartıştıklarımıza rağmen, onun Allie ile mutfakta dans edişi bir imge olarak canlandı gözlerimin önünde.

"Beklediğimden çok daha iyi gitti," dedim.

"Albümü beğendi mi?"

"Bayıldı."

"İyi," dedi Noah. Odaya girdiğimden beri ilk kez gülümsedi. Ama gülücük anında silindi yüzünden.

"Eminim seninle konuşmak istiyor," dedim. "Kate de bekliyor kapının önünde."

"Biliyorum," dedi yenik bir sesle. "Gelsinler öyleyse."

"Emin misin?"

Kafasını 'evet' anlamına salladı. Elimi dizine koydum. "Sinirlenmeyeceksin, değil mi?"

"Hayır."

"Kuğudan sözetmemelerini söyleyeyim mi?"

Kısa bir süre düşündükten sonra başını iki yana salladı. "Önemli değil."

"Üstlerine gitmemeni hatırlatmama gerek var mı?"

Bana dertli dertli baktı. "Şaka kaldıracak havada değilim ama söz veriyorum bir daha bağırmayacağım. Ayrıca merak etme, Jane'i üzecek herhangi bir şey yapmam. Yarınki günü düşüneceğine benim için telaşlanmasını istemem."

Ayağa kalktım, çıkmadan önce omzunu sıktım.

Biliyordum ki Noah kendi kendisine kızgındı. Geçtiğimiz dört yıl boyunca kuğunun Allie olduğuna inandırmıştı kendini. Karısının bir yolunu bulup ona döneceğine inanmak ihtiyacındaydı. Şimdiyse, kuğunun açıklanamayan kayboluşu, inancını çok derinden sarsmıştı.

Odadan çıkarken şu soruyu sorduğunu sanki duydum: Ya çocuklar başından beri haklı idiyseler?

Hole çıktığımda, bildiğimi sandığım gerçeği kimseyle paylaşmadım. Yalnızca konuşmayı büyük ölçüde Noah'ya bırakmalarını, ellerinden geldiğince doğal davranmaya çalışmalarını önerdim.

Her ikisi de baş sallayarak beni onayladılar. Jane önde, biz arkasında odaya girdik.

Noah bize doğru baktı. Kate ile Jane durakladılar, ne olacağını kestiremediklerinden, ilerlemeden önce davet beklediler.

"Merhaba, baba," dedi Jane.

Noah, zoraki bir gülümsemeyle, "Hoş geldin, canım," dedi.

"İyisin, değil mi?"

Önce Jane ile bana, sonra da yatağın üstünde duran tepsideki soğumuş yemeğe baktı. "Karnım acıktı biraz. Onun dışında iyiyim. Kate... Bir zahmet bir şeyler..."

"Tabii, babacığım," dedi Kate yatağa doğru birkaç adım atarak. "Bir şeyler hazırlarım hemen. Ne istersin? Çorba? Ya da jambonlu bir sandviç?"

"Sandviç iyi fikir, yanında bir bardak da şekerli çay olabilir."

"Hemen getiriyorum," dedi Kate. "Bir dilim de çikolatalı pasta ister misin acaba? Bugün taze yapmışlar."

"Tabii," dedi, yutkundu. "Teşekkür ederim. Ayrıca... Deminki davranışım için özür dilerim. Asabım bozulmuştu ama acısını senden çıkarmama sebep yoktu."

Kate kısaca gülümsedi. "Önemli değil, baba."

Kate rahatlamışçasına baktı bana ama yüzünde hala sıkıntı vardı. O odadan çıkar çıkmaz, Noah eliyle karyolayı işaret etti.

"Gelin, gelin," dedi alçak sesle. "Rahatınıza bakın."

Odanın içinde ilerlerken gözlerimi Noah'dan ayırmadım; bir şeyler dönüyordu ama ne? Jane ve benimle yalnız konuşmak için Kate'i gönderdiğini sandım nedense.

Jane yatağın üstüne oturdu, ben de yanına iliştim. Karım elimi tuttu.

"Kuğunun gitmesine üzüldüm, baba," dedi.

"Teşekkür ederim." Yüzündeki ifadeden konuyu burada kapatacağını anladım. "Wilson evde yaptıklarını anlatıyordu bana," diye devam etti. "Anladığım kadarıyla, pek esaslı olmuş."

Jane'in yüzü yumuşadı. "Ah, baba, peri masalı gibi. Kate'in düğününde olduğundan bile daha güzel." Bir an sustu. "Şey diyorduk, Wilson saat beş civarları gelip seni alsın. Biliyorum, erken ama herkes gelmeden evi rahatça gezip dolaşırsın. Gelmeyeli epey oldu.

"Uygundur," dedi. "Eski yerleri yeniden görmek hoşuma gidecek." Bir bana, bir Jane'e baktı. El ele olduğumuzu yeni fark etmiş gibiydi. Gülümsedi.

"İkinize bir armağanım var. Kusura bakmazsanız Kate yukarı dönmeden vermek istiyorum. Anlayışla karşılamayabilir."

Jane sordu: "Nedir?"

"Kalkmama yardım eder misin? Masamın çekmecesinde duruyor... Uzun süre oturduktan sonra kolay kalkamıyorum."

Ayağa kalkıp koluna uzandım, o da kalktı, bir an öylece durdu, titrek adımlarla yazı masasına yürüdü. Çekmeceyi açtı, içinden bir hediye paketi çıkardı, ağır ağır yerine döndü. Bu yürüyüş onu yormuş gibiydi, yeniden otururken yüzünü buruşturdu.

Paketi bize doğru uzatarak, "Dün hemşirelerden birine sardırdım," dedi.

Küçük, dikdörtgen, parlak kırmızı kağıda sarılmış bir paketti bu.

Daha ilk çıkarttığında içinde ne olduğunu anlamıştım, Jane de biliyor gibiydi. İkimiz de almak için uzanmadık.

"Lütfen," dedi Noah.

Sonunda paketi almadan önce biraz daha tereddüt etti Jane. Elini kağıdın üstünde gezdirdi, sonra başını kaldırdı.

"Ama... Babacığım..." dedi.

"Aç, hadi," diye ısrar etti Noah.

Jane kağıdı sıyırdı; eski kitabı kabından hemen tanıdık, üst sağ köşesindeki kurşun deliği de bilindikti. II. Dünya Savaşı'nda Noah'ya isabet eden kurşunu durdurmuştu Walt Whitman'ın *Çimen Yaprakları* adlı şiir kitabı. Hastaneye ilk götürdüğüm eşyalar arasındaydı. Noah'yı bu kitapsız düşünemezdim.

"Evlilik yıldönümünüz mutlu ve kutlu olsun," dedi.

Jane kitabı kırmaktan korkuyormuş gibi tutuyordu. Bir bana baktı, bir de babasına. "Bunu alamayız," dedi.

Sesi yumuşaktı ama biraz da boğuktu, benim boğazım da aynı şekilde düğümlenmişti.

"Tabii ki alırsınız," dedi

"Ama neden?"

İkimize birden baktı. "Anneni beklerken bu kitabı her gün okuduğumu biliyor muydunuz? İkimiz de çocukken. O yaz gitmişti. Bir bakıma şiirleri ona okuyor gibiydim. Biz evlendikten sonra da, verandada oturup okurduk birlikte, aynen hayal ettiğim gibi. Yıllar içinde her şiiri belki binlerce kez okumuşuzdur. Bazen ben şiiri okurken annene bakardım, onun da dudaklarının benimkiyle birlikte oynadığını görürdüm. Artık şiirleri ezberden okuyacak hale gelmişti."

Pencereden dışarıya daldı bakışları, birden gene kuğuyu düşündüğünü anladım.

"Ben artık bu sayfaları okuyamıyorum," diye devam etti Noah. "Kelimeler karışıyor ama bu kitabı artık kimsenin okumayacağını düşünmek üzüyor beni. Kutsal bir nesne gibi, Allie ve benden kalan dokunulmaz bir yadigar gibi, raflarda oturup kalsın istemiyorum. Whitman'ı benim kadar çok sevmediğinizi biliyorum ama çocuklarım arasında yalnızca siz bu kitabı baştan sona okudunuz ve kim bilir, belki de, tekrar okumak istersiniz."

Jane kitaba baktı. "Okurum," dedi.

"Ben de," diye ilave ettim.

"Ben de bunu biliyordum," dedi, "Kitabı bu yüzden size vermek istedim."

Öğlen yemeğinden sonra, Noah biraz yorgun görünmeye başladı, dinlenmesi için onu yalnız bırakıp evimize döndük.

Saat dörde doğru Anna ile Keith geldiler, onlardan az sonra da Leslie'nin arabası evin önünde belirdi ve biz hep beraber, mutfakta toplanıp konuşmaya, şakalaşmaya başladık, aynen eski günlerdeki gibi. Kuğunun sözü geçtiyse de üzerinde durulmadı. Sonra arabalara doluşup Noah'nın evinin yolunu tuttuk. Bir gece önce Jane nasıl şaşkınlığa uğramışsa, Anna, Keith ve Leslie de aynı şekilde hayretler içinde kaldılar. Bir saat bahçeyi, çevreyi ve evi dolaştılar. Her gördüklerine ayrı hayret nidalar atıyorlar, bazen de nefeslerini tutuyorlardı. Ben oturma odasındaki merdivenlerin yanında durmuş onları izlerken, Jane mutluluktan ışıklar saçarak yanıma geldi. Gözlerime bakarak kafasıyla üst katı işaret edip göz kırptı. Güldüm. Leslie niçin gülüştüğümüzü sorunca Jane masum pozlara girdi.

"Babanla benim aramda bir şey, eski bir hikaye," dedi.

Eve dönerken havaalanına uğrayıp Joseph'i aldım. Beni her zamanki gibi selamladı, "Selam Babo." Bütün o kargaşaya rağmen de fark etmekten geri kalmadı, "Kilo vermişsin," diye ekledi. Bavullarını aldıktan sonra, benimle beraber Noah'yı almak üzere Creekside'a geldi. Joseph her zaman olduğu gibi benim yanımda suskundu ama Noah'yı görür görmez neşelendi. Noah da Joseph'le birlikte geldiğimiz için keyiflenmiş gibiydi. Arka koltukta oturup sohbeti koyulaştırdılar, ikisi de giderek daha canlandı. Arabadan eve yürürken sarmaş dolaştılar. Az sonra, Noah kanepede oturmuş bir yanına Leslie'yi diğer yanına Joseph'i almıştı. Karşılıklı hikayeler anlatarak hasret gideriyorlardı. Anna ile Jane'se mutfakta sohbete dalmıştı. Evin içindeki sesler eski günlerde olduğu gibi sıcak ve neşeliydi. Bunun hep böyle olması gerektiğini düşünürken buldum kendimi.

Akşam yemeği de, Anna ve Jane çılgın hazırlık ve alışveriş haftasını anlatırlarken kahkahalar arasında yenildi. Yemeğin sonuna doğru Anna'nın çatalını bardağına vurarak herkesin dikkatini çekmesi beni şaşırttı.

Sofra sessizliğe kavuşunca:

"Annemle babamın şerefine kadeh kaldırmak istiyorum," diyerek kadehini kaldırdı. "Siz ikiniz olmasaydınız, bunların hiçbiri olamazdı. Benim düğünüm kimsenin hayal bile edemeyeceği kadar güzel olacak."

Noah yorulunca onu Creekside'a geri götürdüm. Odasına birlikte yürürken koridorlar bomboştu.

"Kitap için tekrar teşekkür ederim," dedim, kapıda duraklayarak. "Bize verebileceğin en anlamlı armağanı verdin."

Noah kataraktan grileşmiş gözleriyle baktı bana, arkamda duran bir şeyi görür gibi. "Bir şey değil."

Boğazımı temizledim, "Belki yarın gelir," dedim.

Niyetimin iyi olduğunu bildiğinden, başını salladı.

"Belki," dedi.

Döndüğümde, Anna, Joseph ve Leslie masanın çevresinde oturuyorlardı. Keith biraz önce gitmişti. Jane nerede diye sorduğumda, terası işaret ettiler. Sürgülü cam kapıyı açtığımda Jane'i parmaklıklara dayanmış, nehre bakar buldum ve yanına gittim. Epey bir zaman birlikte taze yaz havasının tadını çıkarttık, hiçbir şey konuşmadan.

"Odasına bıraktığında iyi miydi?" diye sordu nihayet Jane.

"Olabildiği kadar iyiydi, biraz yorgundu tabii."

"Bu akşam hoşuna gitmiş midir sence?"

"Kesinlikle," dedim. "Çocuklarla birlikte olmaktan müthiş keyif alıyor."

Jane, camlı kapıdan içeriye, yemek odasındaki görüntüye baktı. Leslie el kol hareketleriyle komik bir öykü anlatıyordu. Anna ve Joseph'se gülmekten iki büklüm olmuşlardı, kahkahaları dışarıya kadar ulaşıyordu.

"Onları böyle görmek hatıraları canlandırıyor," dedi Jane. "Keşke Joseph bu kadar uzakta oturuyor olmasa, kızlar onu çok özlüyor. Yaklaşık bir saattir böyle gülüşüyorlar."

"Sen niye onlarla birlikte oturmuyorsun?"

"Birkaç dakika öncesine kadar onlarlaydım. Senin farlarını görünce dışarıya sıvıştım."

"Niçin?"

"Çünkü seninle yalnız kalmak istedim," dedi şakadan bir dirsek atarak bana. "Sana evlilik yıldönümü hediyeni vermek istedim. Senin de söylediğin gibi, yarın fazla koşuşturmalı olacak." Elime bir kart verdi. "Küçük göründüğünün farkındayım ama bu sarılabilecek bir hediye değil. Ne olduğunu gördüğün zaman anlayacaksın."

Merakım iyice kabarmıştı. Kartın zarfını açtım ve içinde kurs kayıt belgesini buldum.

"Aşçılık dersleri mi?" diye sordum gülümseyerek

"Evet, Charleston'da," dedi, bana iyice sokularak. Belgeyi işaret ederek açıklamaya başladı. "Dersler son derece üst-düzeymiş, görüyor musun? Mondori Inn'de baş aşçılarıyla bir haftasonu geçireceksin. Bu şef memleketin en iyi aşçılarından biriymiş. Sen zaten çok iyi iş çıkarıyorsun, biliyorum ama yeni şeyler öğrenmek ve denemek hoşuna gider diye düşündüm. Sözde, et dilimlemekten, tava ısısı ayarlamaya kadar her şeyi öğretiyorlarmış; servis tabaklarını süslemeyi bile. Helen'i bilirsin ya? Hani kilise korosundaki; o gitmiş. Hayatının en harika haftasonu olduğunu iddia ediyor."

Jane'i kısaca kucakladım. "Teşekkür ederim, sevgilim," dedim. "Kurs ne zaman?"

"Dersler eylülde ve ekimde, her ikisi de ayın ilk ve üçüncü haftasonunda, karar vermeden kendi programına bakarsın. Sonra bir telefon etmen yeterli."

Derslerin nasıl olduğunu kafamda canlandırmaya çalışarak kayıt belgesini inceledim. Sessiz kalmam Jane'i telaşlandırdı, "Beğenmedinse sana başka bir şey de alabilirim."

"Yo, hayır. Bu gayet iyi," diyerek rahatlattım onu. Sonra kaşlarımı çatarak, ekledim. "Bir küçük nokta var ama."

"Nedir?"

Kolumu beline doladım. "Derslerin hoşuma gideceğini sanıyorum ama dersleri ikimiz birlikte alırsak çok daha hoşuma gideceğinden eminim. Bu işi biraz da romantik bir haftasonuna dönüştürmeye ne dersin? Yılın bu mevsiminde Charleston harika bir yerdir, şehirde de çok iyi vakit geçirebiliriz."

"Ciddi misin?" diye sordu Jane.

Onu biraz daha kendime doğru çekerek gözlerinin içine baktım. "Yapmayı bundan daha çok istediğim bir şey varsa şu anda aklıma gelmiyor. Hem yalnız gitsem, seni o kadar özlerim ki, oraların keyfini çıkartamam."

"Bazen özlemek aşkı artırır," dedi Jane şakadan.

"Daha fazlası mümkün değil," dedim ciddileşerek. "Seni ne kadar sevdiğimi bilmiyorsun."

"Tabii ki biliyorum," dedi.

Eğilip karımı öperken, dudaklarını dudaklarımda hissederken, bir yandan da göz ucuyla çocukların bizi izlediğini gördüm. Bunu bilmek eskiden olsa beni tedirgin ederdi. Oysa şimdi, hiç de önemli değildi.

18

Cumartesi sabahı tahmin ettiğimden daha az heyecanlıydım.

Anna da herkes gibi uyandıktan sonra geldi. Bizimle beraber kahvaltı ederken doğal ve aldırmaz tavırlarıyla hepimizi şaşırttı. Daha sonra, hep birlikte arka terasta oturduk. Zaman kaplumbağa hızıyla geçiyordu. Sanıyorum hepimiz öğleden sonraki çılgın yorgunluğa hazırlamaya çalışıyorduk kendimizi.

Birkaç kez Leslie ile Joseph'i, Jane'le ikimizin şakalaşıp gülüşmemize hayretle bakarken yakaladım. Leslie bize çocuklarını izleyen mutlu anne ifadesiyle bakıyordu ama Joseph'in yüz ifadesini çözmek biraz zordu. Bizim hesabımıza memnun muydu, yoksa bu yeni devrenin ne kadar süreceğini hesaplamaya mı çalışıyordu anlayamadım.

Belki de tepkilerini doğal kabul etmek gerekirdi, ne de olsa onlar Anna gibi sık görmemişlerdi bizi son zamanlarda ve eminim ki her ikisi de, bizi en son birlikte gördükleri halimizle hatırlıyorlardı. Gerçekten de Noel'de Joseph bizi ziyarete geldiğinde Jane'le ben neredeyse hiç konuşmuyorduk. Tabii bir de annesinin geçen yılki New York ziyaretini anımsadığı kesin.

Çocukların bizi şaşkın şaşkın izleyişlerini Jane de fark etti mi diye merak ediyordum. Fark ettiyse bile, hiç aldırış etmiyordu. Leslie ve Joseph'e düğünün nasıl planlandığı ve hazırlıkları konusunda hikayeler anlatıp duruyordu. Bütün bu işlerin ne kadar çabuk ve mükemmel halledilebilmiş olmasından duyduğu mutluluğu saklamaya çalışmıyordu bile. Leslie yüzlerce soru soruyor ve her romantik yanıta eriyip bitiyordu. Joseph'se daha sakin ve sessiz dinlemeyi yeğliyordu. Anna da zaman zaman, genellikle Leslie'nin sorularından birini yanıtlamak için lafa karışıyordu. Anna kanepede benim yanımda oturuyordu. Jane yeniden kahve yapmak için kalktığında omzunun üstünden dönüp annesine baktı. Sonra benim elimi tutarak kulağıma eğildi ve "Bu akşamı iple çekiyorum," diye fısıldadı.

Ailenin kadınlarının saat birde kuaförde randevuları vardı ve hep birlikte kapıya doğru yürürlerken lise öğrencileri gibi konuşup gülüşüyorlardı. Bana gelince, öğleye doğru hem John Peterson, hem de Harry MacDonald's telefon etmiş ve benimle Noah'nın evinde buluşmak istediklerini söylemişlerdi. Peterson piyanonun sesini kontrol etmek istiyordu, MacDonald's da, her şeyin yolunda gideceğinden emin olmak için mutfağı gözden geçirmek istiyordu. Her ikisi de işlerini çabuk bitireceklerine söz verdiler ama ben onlara canlarının istediği kadar kalabileceklerini söyledim. Eve bırakmam gereken bir şey vardı zaten, bu yüzden eve uğramam gerekiyordu.

Tam evden çıkıyordum ki, arkamdan Joseph'in odaya girdiğini duydum.

"Hey babo, ben de gelebilir miyim?"

"Tabii ki."

Noah'nın evine giderken yolda Joseph pek konuşmadı, sadece pencereden dışarıyı seyretti. Buralara yıllardır gelmiyordu ve iki yanı ağaçlıklı yol buyunca manzarayı içine sindirmeye çalışıyormuş gibi bir hali vardı. Her ne kadar New York büyük ve heyecan verici bir kentse ve Joseph artık orasını kendi memleketi olarak kabul diyor olsa da, buraların doğal güzelliklerine hayran kalmaktan kendini alamıyor; buranın ne kadar harika bir yer olduğunu unuttuğunu düşündüğünü anlıyordum.

Arabayı yavaşlatıp evin araba yoluna saptım ve her zamanki yerime park ettim. Arabadan indiğimizde Joseph bir an durdu ve eve baktı. Yaz güneşinin ışıltısı altında muhteşem görünüyordu. Birkaç saat içinde Anna, Jane ve Leslie yukarı katta düğün için giyiniyor olacaklardı. Gelin ve beraberindekilerin papazın önüne yürüyüşlerinin evden başlamasını kararlaştırmıştık. Üst kat pencerelerine bakarak düğünün başlama anını ve tüm misafirler yerlerini aldıktan sonra merasimin gidişatını hayalimde canlandırmaya çalıştım ama beceremedim.

Kendimi hayal aleminden koparttığımda, Joseph'in arabanın yanından çadıra doğru yürüdüğünü gördüm. Elleri cebinde etrafına bakıyordu. Tente-çadırın başında durdu ve dönüp bana baktı, benim kendisine yetişmemi bekliyordu.

Tente çadırın altından ve gül bahçesinden, konuşmadan geçerek yürüdük ve eve vardık. Anna ve Leslie gibi heyecan belirtileri göstermese bile, Joseph'in de onlar kadar etkilendiği belliydi. Turunu bitirince, bütün bu yapılanlar hakkında birkaç teknik soru sordu, kimler, hangilerini, nasıl yaptı gibilerinden, servis şirketinin kamyonu dış kapıya yanaştığında, Joseph yeniden suskunlaşmıştı.

"Eee? Nasıl buldun?" diye sordum.

Hemen yanıtlamadı ama bir yandan malikaneyi gözden geçirmeyi sürdürürken bir yandan da dudaklarının kenarında gülümseme belirtileri göründü. "Doğruyu söylemek gerekirse," dedi itiraf eder gibi, "Bunca işi becerdiğine inanamıyorum."

Onun bakışlarını izlerken sadece birkaç gün önce buraların nasıl göründüğünü anımsadım. "Epey yüklü bir işti," dedim dalgın dalgın.

Joseph başını iki yana salladı. "Ben yalnızca bütün bu işlerden sözetmiyorum," dedi koluyla geniş bir daire çizerek. "Ben annemi kastediyorum." Biraz durdu. Tüm dikkatimi ona verdiğimden emin olduktan sonra devam etti. "Geçen yıl beni görmeye geldiğinde çok bozuktu, onu hiç o kadar mutsuz görmemiştim. Uçaktan indiğinde ağlıyordu, bunu biliyor muydun?"

Yüz ifadem benim yerime yanıt verdi.

Joseph, ellerini cebine sokup yere dikti gözlerini, bana bakmak istemiyordu. "Onu böyle görmeni istemediğini söyledi bana, onun için kendini tutmaya çalışmış. Ama uçakta... Tahammülü kalmamış herhalde." Bir an duraksadı. "Düşünsene, havaalanında annemi almak için bekliyorum, o uçaktan perişan iniyor, sanki cenazeden geliyor. İşimde insanların acılarıyla uğraşıyorum ama söz konusu kendi annen olunca..."

Sözünü bitirmedi, ben de hiç sesimi çıkarmadım.

"İlk gece beni gece yarılarına kadar uyutmadı. Aranızda olanları anlattı, ağladı, ağladı, anlattı durdu. İtiraf edeyim ki sana kızdım. Sadece evlilik yıldönümünüzü unuttuğun için değil, her şey için. Sanki ailemiz senin için, hayatını sürdürmen için bir kolaylıktı, sen çaba göstermek, üstüne düşeni yapmak istemedin hiç. Nihayet, onca yıl sonra bu kadar mutsuz olduğuna göre, yalnız yaşamasının daha iyi olacağını söyledim ona."

Ne diyeceğimi bilemiyordum.

"O harika bir kadın babo," dedi. "Ben de onu mutsuz görmekten bıkmıştım. Sonraki birkaç günde, az da olsa, biraz toparlandı. Ama gene de buraya dönmeyi hiç istemiyordu. Ne zaman dönme konusu açılsa iyice hüzünleniyordu. Ben de sonunda dayanamadım, New York'ta benimle kalmasını önerdim. Bir ara kabul edecek sandım ama hayır. Seni bırakamayacağını, ona ihtiyacın olduğunu söyledi.

Boğazım sıkıştı.

"Bu yılki yıldönümünüz için neler planladığını söylediğin zaman, ilk düşüncem katılmak istemediğim olmuştu. Haftasonu için buraya gelmeye de hiç hevesli değildim. Ama dün gece..." Başını iki yana salladı. "Annemin, sen Noah'yı evine götürmek için çıktığında neler söylediğini bir duymalıydın. Senden başka laf edemiyordu sanki. Yok ne kadar harika davranıyormuşsun, yok ikiniz ne kadar muhteşem anlaşıyormuşsunuz, ardı arkası gelmedi açıkçası. Sonra da dışarıda sizi öpüşürken görünce..."

Gözlerime baktı. Yüzünde hayrete yakın bir ifade vardı. "Başarmışsın babo. Nasıl yaptın bilmiyorum ama başarmışsın. Onu hiç bu kadar mutlu gördüğümü hatırlamıyorum."

Peterson ve MacDonalds tam zamanında geldiler ve söz verdikleri gibi fazla kalmadılar. Leslie'nin bagajındaki şeyi yukarı kata çıkardım ve ortadan kaldırdım. Dönüş yolunda smokin kiralayan dükkana uğradık ve iki smokin kiraladık, biri Joseph, diğeri de Noah için. Creekside'a gitmeden önce Joseph'i eve bıraktım çünkü törenden önce yapması gereken bir şey vardı.

Öğleden sonrası güneşi pencereden içeri vuruyordu. Noah pencerenin yanında sandalyede oturmuştu. Beni selamlamak için döndüğünde, kuğunun hala dönmediğini anladım. Kapıda bir an duraksadım.

"Merhaba, Noah," dedim.

"Merhaba Wilson," dedi. Yorgun görünüyordu, yüzündeki çizgiler sanki bir gecede derinleşmişti.

"İyi misin?"

"Daha iyi olabilirdim," dedi. "Daha kötü de olabilirdim tabii." Beni rahatlatmak için gülümsemeye çalıştı.

"Gitmeye hazır mısın?"

"Evet," başını salladı. "Hazırım."

Yolda kuğudan hiç sözetmedi, yalnızca, Joseph gibi, pencereden dışarıyı seyretti. Ben de onu düşünceleriyle baş başa bıraktım. Gene de eve yaklaşırken duyduğum heves arttı. Noah'ya evi göstermek için can atıyordum. Herkes gibi onun da gözlerini kamaştıracağını umuyordum.

Ancak Noah, arabadan indiğinde hiçbir tepki vermedi. Çevresine bakarak hafifçe bir omuz silkti. "Etrafı güzelleştirdiğini söylemiştin, hani?"

Doğru duyduğumdan emin olamadım bir an.

"Evet."

"Hani nerede?"

"Her yerde, gel sana bahçeyi gezdireyim."

Başını iki yana salladı. "Gerekmez, buradan da görüyorum. Bahçe her zamanki halinde."

"Belki şimdi ama sen burasını geçen hafta görecektin." Neredeyse kendimi savunan bir duruma düşmüştüm. "Her yeri otlar bürümüştü. Ev desen..."

Sözümü muzip bir sırıtmayla kesti.

"Nasıl işledin ama!" dedi göz kırparak. "Haydi gel, göster bakalım neler yaptın."

Bütün malikaneyi dolaştıktan sonra, verandadaki salıncağa oturduk. Smokinlerimizi giymemize daha bir saat vardı. Joseph zaten giyinmiş olarak geldi, ardından da Anna, Leslie ve Jane kuaförden doğruca buraya geldiler. Kızların neşesi yerindeydi, elbiseleri kollarında gülüşerek eve girip gözden kayboldular. Jane benim karşımda durakladı, arkalarından bakarken gözleri ışıl ışıldı.

"Unutma, Keith'in Anna'yı merasimden önce kesinlikle görmemesi gerek, sakın yukarı çıkmasına izin verme."

"Vermem."

"Aslında kimseye yukarı çıkma izni verme, sürpriz olması gerek."

Parmaklarımla izci yemini işareti yaptım. "Merdiven başını hayatım pahasına koruyacağıma söz veriyorum," dedim.

"Senin çıkman da yasak babacığım."

"Tahmin etmiştim," dedi Noah.

Boş merdivenlerden yukarıya baktı Jane. "Heyecanlanmaya başladın mı?"

"Biraz."

"Ben de. Küçücük kızımızın büyüyüp de evlenme çağına geldiğine inanasım gelmiyor."

Heyecanlı olmakla birlikte sesinde mutluluk da vardı. Uzanıp yanağını öptüm, bana gülümsedi.

"Yukarıya çıkıp Anna'ya yardım etmem gerek, gelinliğini giymek için bana ihtiyacı var, iyice üstüne oturması gerek. Ayrıca ben de hazırlanmalıyım."

"Biliyorum," dedim. "Birazdan görüşürüz."

Bunu izleyen bir saat içinde, önce fotoğrafçı geldi, onu John Peterson ve ikram servisi izledi. Her biri işlerini hakkıyla yerine getirmeyi bilen insanlardı. Pasta geldi ve ona ayrılan masaya yerleştirildi, çiçekçi, gelin buketini, korsajları ve düğme deliği çiçeklerini teslim etti, misafirlerin gelmesine az kala papaz bana izleyeceğim yolu gösterdi.

Az sonra malikanenin girişi arabalarla dolmaya başladı. Noah'yla ikimiz girişte misafirleri karşılayıp tente çadıra yönlendiriyorduk. Orada da Joseph ve Keith, hanımlara yerlerine kadar eşlik ediyordu. John Peterson piyanosunun başına geçmişti bile ve günün son saatlerini Bach müziğiyle dolduruyordu. Çok geçmeden herkes oturmuş, papaz da yerini almıştı.

Güneş batarken çadır mistik bir havaya büründü. Masalardan mumların titrek ışıkları yansıyordu, ikram görevlileri, masadan masaya koşarak arı gibi çalışıyorlardı.

Olay ilk kez gerçeklik kazandı benim için. Kendimi sakinleştirmeye çalışarak, bir aşağı, bir yukarı volta atmaya başladım. Düğün merasiminin başlamasına on beş dakikadan az kalmıştı, karım ve kızlarımdan ses seda çıkmıyordu, aşağı inmek için en son dakikayı beklediklerini tahmin ediyordum ama ikide bir açık kapıdan merdivenlere bakmaktan da kendimi alamıyordum. Noah verandanın salıncaklı koltuğunda oturmuş beni izliyordu yüzünde keyifli bir ifadeyle.

"Panayırlardaki nişan tahtalarına benziyorsun," dedi. "Hani bir o yana bir bu yana gidip gelen penguen vardır ya, onlara." Kaşlarımı çattım. "O kadar kötüyüm, ha?"

"Verandada delik açacaksın yakında."

Oturmanın iyi olacağına karar verdim ve tam Noah'nın yanına doğru gidiyordum ki, merdivenden ayak sesleri geldi.

Noah elini kaldırıp, orda kalacağını işaret etti, ben derin bir nefes alıp hole girdim. Jane, bir eli tırabzanın üstünde, merdivenlerden iniyordu. Gözlerimi ondan ayıramadım.

Saçları tepesine toplanmış, müthiş zarif duruyordu. Şeftali rengi saten elbisesi bedenine çekici bir biçimde oturmuştu, dudakları da pembe pırıltılı bir rujla ışıldıyordu. Koyu renk gözlerini vurgulamaya yetecek kadar far kullanmıştı. Yüz ifademi görünce, hayranlığımın tadını çıkartmak üzere durdu bir an.

"İnanılmaz derecede güzelsin," diyebildim.

"Teşekkür ederim," dedi Jane yavaşça.

Bir saniye sonra bana doğru yürümeye başladı ama onu öpmek için eğildiğimde geri çekildi.

"Sakın ha," dedi gülerek, "dudak boyamı bozarsın."

"Sahi mi?"

"Tabii ya," dedi onu kavrayan elimi iterek. "Daha sonra öpersin, söz. Ağlamaya başlayınca bütün makyajım bozulacak nasıl olsa."

"Anna nerelerde?"

Jane, başıyla üst katı işaret etti. "Hazır ama aşağıya inmeden Leslie ile yalnız konuşmak istedi," dedi. "Onu görünce bayılacaksın, hayatımda ondan daha güzel bir gelin görmediğime eminim. Her şey hazır mı?"

"İşareti alır almaz John Peterson düğün müziğini çalmaya başlayacak."

Jane başını salladı, çok heyecanlı görünüyordu. "Babam nerede?"

"Olması gereken yerde," dedim. "Endişelenme, her şey yolunda gidecek. Beklemekten başka yapılacak bir şey yok."

Tekrar başını salladı. "Saat kaç?"

Saatime baktım. "Sekiz," dedim, tam Jane yukarı çıkıp Anna'ya bir baksam mı diyecekken, yukarı katta kapının açıldığını duyduk. İkimiz aynı anda yukarıya baktık.

Önce Leslie göründü. Jane gibi, o da bir güzellik anıtıydı. Teni taze gül yaprağını andırıyordu. Neşesini saklamadan, zıplayarak indi merdivenlerden. Onun da elbisesi şeftali rengindeydi ama kolsuzdu. "Geliyor," dedi nefes nefese. "Bir iki saniyeye kadar aşağıda olur."

Arkamızdaki kapıdan Joseph içeriye süzüldü ve kardeşinin yanına geldi. Jane koluma uzandı. Ellerimin titremesi şaşırttı beni. İşte her şey bunun içindi, diye düşünüyordum ki yukarıda kapının yeniden açıldığını duyduk. Jane küçük bir kız gibi gülümseyerek, "İşte geliyor," dedi yavaşça.

Evet, Anna geliyordu ama o anda bile benim aklım sadece Jane'deydi. Yanımda duran karımı hiç bu kadar çok sevmemiştim. Birden ağzım kurudu.

Anna merdiven başında belirince, Jane'in gözleri fal taşı gibi açıldı. Bir an olduğu yerde donakaldı, konuşamıyordu. Annesinin yüz ifadesini görünce Leslie gibi o da merdivenlerden hızla indi, tek eli arkasındaydı.

Üstündeki elbise, birkaç dakika önce Jane'in Anna'nın üstünde gördüğü elbise değil, Leslie'nin elbisesinin eşiydi. Onu ben bu sabah getirip, boş dolaplardan birine asmıştım.

Jane kendine gelip de konuşmaya fırsat bulamadan, Anna ona doğru yürüdü ve arkasında sakladığı şeyi ortaya çıkarttı.

"Bunu takacak kişi sen olmalısın," dedi sadece.

Jane, Anna'nın uzattığı gelin duvağını görünce gözlerine inanamadı. "Neler oluyor?" dedi. "Neden gelinliğini çıkarttın?"

"Çünkü evlenen ben değilim," dedi Anna gülümseyerek. "En azından şimdilik."

"Neler söylüyorsun?" diye bağırdı Jane, "Tabii ki evleniyorsun..."

Anna başını iki yana salladı. "Bu başından beri benim düğünüm değildi, anneciğim, senin düğünündü." Bir an durdu. "Neden her şeyi sana seçtirdiğimi sanıyorsun?

Jane, Anna'nın söylediklerini bir türlü anlayamıyordu. Anna'dan Leslie'ye, ondan Joseph'e, onların gülümseyen yüzlerinden açıklama bekler gibi bakıyordu. Nihayet bana döndü. Jane'in elini alıp dudaklarıma götürdüm. Bir yıllık planım, bir yıllık gizli işler bu an içindi. Gözlerine bakmadan önce parmaklarını öptüm.

"Benimle tekrar evlenebileceğini söylemiştin, hatırladın mı?"

O anda sanki odada yalnızca ikimiz vardık. Jane bana bakarken, bir yıl boyunca gizlice yaptığım onca hazırlığı düşündüm. Tam zamanında, tatil işi tesadüfen 'iptal' olan fotoğrafçı ve mucize eseri 'müsait' olan ikram şirketi, başka haftasonu planları olmayan düğün davetlileri, malikaneyi birkaç gün içinde düzeltebilmek için 'programlarını ayarlayabilen' bahçe ekibi...

Birkaç saniye sürdü ama Jane'in yüzünde yavaş yavaş ne olduğunu anlayan bir ifade belirdi. Nihayet bütün bu hazırlıkların onun için olduğunu tam olarak anlayınca, inanmayan gözlerle baktı bana. "Benim düğünüm mü?" sesi yumuşaktı, zor nefes alıyordu.

Başımı salladım, "Sana çok uzun zaman önce vermiş olmam gereken düğün."

Her ne kadar Jane her şeyin açıklamasını en ufak ayrıntısına kadar hemen istediyse de, ben Anna'nın elindeki duvağı aldım.

"Hepsini sana davet sırasında anlatırım," dedim. Duvağı başına dikkatle koyarak. "Ama şimdi, Joseph ile ben çardağın yanında olmalıyız. Buketi almayı unutma."

Jane hala ısrarlıydı, "Ama... Dur..."

"Gerçekten duramayacağım, sevgilim," dedim yavaşça. "Unutma ki seni önceden görmemem gerek," dedim gülümseyerek. "Ama birkaç dakika sonra görüşürüz."

Joseph'le birlikte çardağa doğru yürürken, davetlilerin gözlerini üstümde hissediyordum. Bir dakika sonra, merasimi yapmasını rica ettiğim komşum papaz Harvey Wellington'un yanında duruyordum.

"Yüzükler sende değil mi?" diye sordum.

Joseph göğüs cebine iki kere emin bir edayla vurdu. "Burada babo. Söylediğin gibi, bugün aldım."

Ufukta güneş ağaçların arkasından alçalıyordu ve gökyüzü yavaş yavaş grileşiyordu. Gözlerimi alçak sesle konuşan misafirlerin üstünde gezdirdim. Hepsine şükran borçluydum. Kate, David ve Jeff eşleriyle birlikte ön sırada oturmuşlardı. Keith hemen onların arkasında yer almıştı. Oradan arkalara doğru, Jane'le benim bir hayat boyu paylaştığımız dostlarımız oturuyordu. Bugünü mümkün kıldıkları için her birine teşekkür borçluydum. Kimisi albüm için fotoğraf göndermişti, kimisi düğün planlarında bana yardımcı olacak insanları bulmama yardım etmişlerdi. Ancak şükran borcum bunların ötesindeydi. Zamanımızda sır saklamak neredeyse imkansız gibi görünüyor ama bizim dostlarımız sadece bu sırrı sıkı sıkı saklamakla kalmamıştı. Hepsi de hayatımızdaki bu özel günü bizimle paylaşmak için şevkle ve heyecanla bize katılmışlardı.

Hepsinden çok Anna'ya teşekkür etmek istiyordum. Bunların hiçbiri onun gönüllü katılımı olmadan gerçekleşemezdi. Anna için hiç de kolay bir görev olmadığını gayet iyi biliyorum. Bir yandan Jane'i oyalarken, bir yandan da ağzından çıkan her kelimeye dikkat etmesi gerekmişti. Keith için de epey bir yük oldu bütün bunlar, iyice ikna oldum ki o da bize günün birinde iyi bir damat olacak. Kesin karar verdim ki, onlar da evlenmeye karar verdiklerinde, masrafı ne olursa olsun, tam Anna'nın istediği gibi bir düğün yapacağım ikisine.

Leslie de en büyük yardımcılarımdandı. Jane'i Greensboro'da gece kalmaya ikna eden oydu. Kendi elbisesinin eşini dükkandan alıp bize getiren de gene oydu. Ama hepsinden önemlisi, bu düğünü çok güzel bir düğün yapabilmek için en çok onun fikirlerine başvurmuştum. Romantik filmlere olan merakı, bu işte çok işimize yaramıştı doğrusu, Harvey Wellington ile John Peterson'u ayarlamam da onun fikriydi.

Bir de Joseph vardı tabii. Çocuklarımın arasında bu işe kalkıştığımda en az heyecanlanan o olmuştu. Olanlardan sonra bunu tahmin etmem gerekirdi. Ama şimdi de, tahmin etmediğim bir şey oldu. Çardağın altında Jane'i beklerken, elinin ağırlığını omzumda hissettim.

"Hey babo," dedi fısıltı halinde.

"Evet?"

Gülümsedi. "Hiç, sadece bilmeni istedim ki sağdıcın olmamı istemen beni gururlandırdı."

Bu sözler boğazımı düğümledi. Sadece; "Teşekkür ederim," diyebildim.

Düğün tam umut ettiğim gibi geçti. Bütün davetlilerin sessiz bir heyecanla bekleyişlerini, sonra da kızlarımın çardağa giden yoldan geçişlerini izlemek için bütün başların onlara çevrilişini hayatta unutamayacağım. "Düğün Marşını" duyduğumda ellerimin nasıl titremeye başladığını, Jane'in, babasının kolunda çiçeklerle süslediğimiz çardağa gelen yoldan gelirken ne kadar göz kamaştırıcı olduğunu da hayatım boyunca unutmayacağım.

Duvağı da takınca Jane son derece güzel ve genç bir gelin oluvermişti. Elinde lale ve minik güllerden gelin buketiyle bana doğru kayar gibiydi. Yanında Noah mutluluktan aydınlanmıştı, her zerresiyle mağrur bir baba. Çardağın başında durdular, Noah yavaşça duvağın ön tarafını kaldırdı, Jane'i yanağından öptükten sonra, kulağına bir şeyler fısıldadı ve en önde Kate'in yanındaki yerine oturdu. Arkalarındaki davetliler arasında hanımların şimdiden mendillerini çıkartıp gözlerini sildiklerini görebiliyordum.

Harvey, merasimi bir şükran duasıyla başlattı. Bize birbirimize bakmamızı söyledikten sonra, aşktan, sevgiden ve yenilenmenin gerektirdiği çabadan sözetti. Bütün merasim boyunca Jane elimi sımsıkı tutuyor, gözerini de gözlerimden bir an olsun ayırmıyordu.

Zamanı gelince Joseph'ten yüzükleri istedim. Jane için pırlanta yıldönümü yüzüğü almıştım, kendimeyse, otuz yıldır taktığım yüzüğün tıpatıp eşini yaptırmıştım, gelecek güzel günlerin umuduyla parlayan bir yüzük.

Yıllar önce ettiğimiz bağlılık yeminlerini yineleyerek, birbirimizin parmağına yüzükleri taktık. Sıra gelini öpmeye gelince, alkışlar, ıslıklar ve sevinç nidaları ve fotoğraf makinesi flaşları arasında öptüm karımı.

Davet geceyarısına kadar sürdü. Akşam yemeği muhteşemdi, John Peterson da piyanoda tam formundaydı. Çocukların her biri bizim için kadeh kaldırdılar. Ben de kadehimi herkesin katkılarından dolayı teşekkürlerimi ifade etmek için kaldırdım. Jane bir saniye bile gülümsemekten vazgeçmedi. Yemekten sonra masaları daha da gerilere itip Jane ile saatlerce dans ettik. Arada her fırsatta Jane, bu son hafta boyunca benim de kendi kendime sorduğum, günlerimi azaba çeviren, geceleri uykumu kaçıran soruları bana sorup duruyordu.

"Ya bunca insandan birisi ağzından bir şey kaçırsaydı?"

"Kimse hiçbir şey kaçırmadı."

"Ama ya kaçırsalardı?"

"Bilmiyorum, herkesin sır tutacağını ümit etmekten başka çarem yoktu ama birisi ağzından bir şey kaçıracak olsa senin yanlış duyduğunu sanacağını umuyordum, ya da benim böyle bir çılgınlık yapacağıma ihtimal vermeyeceğini."

"Birçok kişiye çok güvenmişsin."

"Biliyorum ve beni haklı çıkardıkları için her birine teşekkür borçluyum."

"Ben de. Bu hayatımın en harika gecesi oldu." Bir an tereddüt etti, çevresine baktı. "Teşekkür ederim, Wilson. Her saniyesi için."

Kolumu beline doladım. "Bir şey değil, sevgilim."

Saat geceyarısına yaklaştıkça, misafirler birer ikişer gitmeye başladı. Hepsi benim elimi sıktı, Jane'i kucakladı. Peterson nihayet piyanonun kapağını kapattığında Jane onu teşekkürlere boğdu. O da içinden gelerek Jane'i yanaklarından öptü, "Böyle bir olayı dünyada kaçırmak istemezdim," dedi.

Harvey Wellington ve karısı en son ayrılanlar arasındaydı. Jane'le birlikte onları kapılarına kadar geçirdik. Merasimi yönettiği için Jane ona teşekkür edince Harvey başını iki yana salladı ve, "Teşekküre gerek yok," dedi. "Böyle harika bir olayın parçası olmak çok güzeldi. İşte bence gerçek evlilik budur."

Jane gülümsedi. "Sizi ararım, yakında birlikte bir akşam yemeği yeriz," dedi.

"Çok seviniriz."

Çocuklar bir masanın çevresinde oturmuş, alçak sesle gece hakkında konuşuyorlardı, onun dışında ev sessizliğe bürünmüştü. Jane masada çocuklara katıldı, ben de onun arkasında durmuş etrafa göz gezdiriyordum ki, birden Noah'nın sessizce ortadan kaybolduğunu fark ettim.

Bütün gece garip bir şekilde durgundu. Arka verandada başını dinliyordur diye düşündüm. Bu akşam daha önce de onu orada bulmuştum, doğrusu onun için biraz endişe ediyordum. Uzun bir gün olmuştu ve saat de geç olduğu için Creekside'a dönmek isteyeceğini düşünüyordum. Ancak verandaya çıktığımda Noah'yı orada bulamadım.

Tam içeriye dönüp odaları aramaya karar vermiştim ki, ileride, nehrin kıyısında yalnız bir kişi gördüm. O karanlıkta onu nasıl görebildiğimi hiçbir zaman bilemeyeceğim. Belki de karanlıkta ellerini seçebilmişimdir, yoksa, siyah smokiniyle tam anlamıyla karanlığa karışmıştı.

Bir an ona seslenmeyi düşündüm, sonra vazgeçtim. Neden bilmem içimde sanki orada olduğunu kimsenin bilmesini istemediğine dair bir his belirmişti. Ancak benim de merakım kabarmıştı ve çok kısa bir tereddütten sonra oraya doğru yürümeye başladım.

Tepemde yıldızlar tüm görkemleriyle parlıyorlardı. Havada bizim bölgelerin taze, tuzlu toprak kokusu vardı. İnce çakılların üstünde ayakkabılarımın sesi duyuluyordu ama çimenlik sahaya gelince, zemin meyillendi. Önceleri hafif olan meyil, giderek dikleşti. Ayağımın altındaki çimen ve yapraklardan dolayı dengemi korumakta zorlanıyordum. Yüzüme çarpan ağaç dallarını iterek ilerlerken, Noah'nın buralara tek başına nasıl inebildiğine şaşıyordum.

Noah, arkası bana dönük olarak ırmağın kıyısında duruyordu. Ben yaklaşırken bir şeyler fısıldadığını duydum. Sesinin yumuşak ahengini nerede olsa tanırdım. Önce benimle konuşuyor sandım ama sonra birden hatırladım ki, benim arkasında olduğumun farkında bile değil.

"Noah," dedim usulca.

Döndü ve hayretle bana baktı. Karanlıkta beni tanıması bir iki saniye aldı ama sonra yüz ifadesi yavaşça gevşedi. Orada karşılıklı dururken, bende onu yaramazlık yaparken yakalamışım gibi garip bir his uyandı.

"Geldiğini duymadım," dedi. "Burada ne arıyorsun?"

Muzipçe gülümsedim. "Ben de sana aynı şeyi soracaktım."

Bana cevap verecek yerde, başıyla evi işaret etti. "Müthiş bir partiydi," dedi. "Gerçekten, kendini bile aştın. Jane'in gülümsemesi bir an bile sönmedi."

"Teşekkür ederim," dedim. Anlık bir duraksamadan sonra da, "Sen eğlendin mi?" diye sordum.

"Benim için de harikaydı."

Bir iki saniye ikimiz de bir şey demedik.

"İyi misin sen?" diye sordum nihayet.

"Daha iyi olabilirdim," dedi ve ekledi. "Daha kötü de olabilirdim ama."

"Emin misin?"

"Tabii, tabii eminim."

Belki de benim garip yüz ifademe karşılık olarak, "Öyle güzel bir gece ki, biraz keyfini çıkartmak istedim," dedi.

"Burada mı?"

Başını salladı.

"Neden?"

Aslında gecenin o saatinde o tehlikeli inişi niçin göze aldığını anlamam gerekirdi ama o esnada aklıma gelmedi.

"Beni terketmediğini biliyordum," dedi sakin bir tavırla. "Gelip onunla konuşmak istedim."

"Kiminle?"

Noah sorumu duymamış gibiydi. Yanıt vereceği yerde başıyla ırmağı işaret etti. "Sanırım düğün için geldi."

Birdenbire neden bahsettiğini anladım ve ırmağa baktım, bomboştu. Yüreğim sıkıştı ve birden çaresizliğin ezici baskısını hissettim. Doktorlar haklı mıydı? Noah artık hayal aleminde mi yaşıyordu? Ya da bu akşam onu kaldıramayacağı kadar yormuştu belki. Onu eve dönmeye ikna etmek için ağzımı açtığımda kelimeler boğazıma takılıp kaldı.

Ayışığının tatlı tatlı oynadığı suların üstünde, sanki bir anda beliriverdi. Zarif hareketlerle bize doğru kayar gibi yaklaşıyordu. Bu tabii ortamda daha da muhteşem görünüyordu. Tüyleri ayışığında gümüş gibi parlıyordu. Gözlerimi kapattım, ben de mi hayal görmeğe başlamıştım? Gözlerimi tekrar açtığımda kuğu hala oradaydı. Önümüzde dairesel hareketlerle yüzüyordu. Birden gülümsedim, Noah haklıydı. Neden ve nasıl geldiğini bilmiyordum ama aynı kuğu olduğundan en ufak bir şüphem yoktu. Yüzlerce kez görmüştüm onu. Uzaktan bile yüreğinin tam üstündeki minik siyah nokta fark ediliyordu.

Sonsöz

Sonbahar artık tam anlamıyla geldi. Terasta durmuş düğün gecemizi düşünürken, akşam vaktinin serin havasını canlandırıcı buluyorum. Her anını, her saniyesini en ufak ayrıntısına kadar anımsıyorum, aynı o unutulan yıldönümünü izleyen yılı hatırladığım gibi.

Her şeyin geride kaldığını düşünmek garip geliyor bana. Hazırlıklar o kadar çok zamanımı almış, düşüncelerime o derece hakim olmuş ve hayalimde o geceyi öyle sık canlandırmıştım ki, şimdi eski ve iyi anlaştığım bir arkadaştan ayrılmış gibi hissediyordum kendimi. Ancak bütün o hatıraların sayesinde, bu gece buraya ilk çıktığımda kafamı kurcalayan sorunun yanıtını buldum.

Evet, kararımı verdim, bir insan gerçekten değişebilir.

Geçtiğimiz yılın olayları bana hem kendim hakkında çok şey öğretti, hem de birkaç evrensel gerçeği kavramama yol açtı. Örneğin, sevdiklerimizi kolaylıkla derinden yaralayabiliyoruz da, o yaraları genellikle çok zor iyileştirebiliyoruz. Ama gene de o yaraları iyi etme çabası, bana hayatımın en zengin deneyimini armağan etti. Ben bu vesileyle anladım ki, bir kez bir günde başarabildiklerime aşırı değer verirken, bir yılda başarabildiklerime yeterince değer vermemişim. Ama her şeyden önemlisi, iki insanın, aralarında bir ömür boyunca yaşanmış düş kırıklıkları olmasına rağmen, birbirlerine yeniden aşık olabileceklerini öğrenmiştim.

Kuğu hakkında ve o gece gördüklerim hakkında ne düşüneceğimi bilemiyorum, ayrıca itiraf edeyim ki, romantik bir insan olmak bana hala kolay gelmiyor. Kendimi yeniden yaratmak yoğun çaba gerektiriyor, bir yanımla da bu çaba hep gerekecek mi diye meraklanıyorum. Gerekecekse de, yapacak bir şey yok. Gerçek bir romantik olan Noah'nın, aşkı canlı tutma konusunda bana öğrettiklerine sarılırım. Ve hiçbir zaman Noah gibi gerçek bir romantik olamasam bile, bu yolda çaba harcamaktan asla vazgeçmeyeceğim.